KB031366

당시대관

唐詩大觀

3권

陳起煥 편역

明文堂

李白(이백)

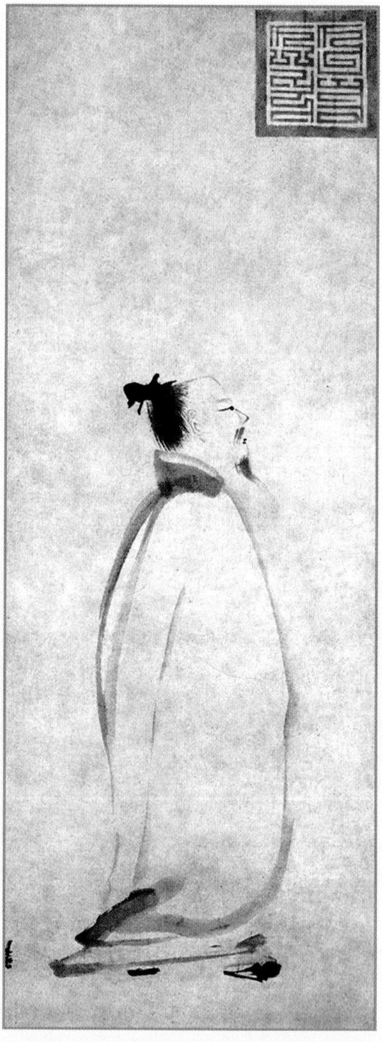

《李白行吟圖(이백행음도)》
日本 東京國立博物館 소장

劉長卿(유장경)

黃鶴樓(황학루)
湖北省(호북성) 武昌市에 있는 누각

당시대관

唐詩大觀

[3권]

陳起煥 편역

차례

001
崔顥(최호)

崔顥(최호, 704? – 754, 顥는 클 호)의 字나 號는 전해오지 않는다. 최호는 玄宗 開元 11년(723) 進士가 되었고 天寶 연간에 司勳員外郎을 역임하였다. 현존하는 詩는 겨우 四十여 수이고 가장 有名한 시는 물론 〈黃鶴樓〉이다.

최호의 재주는 비상하였으나 음주와 도박을 즐기는 등 품행은 그에 걸맞지 못했다고 한다. 소년시절에는 閨情(규정)을 소재로 한 시가 많아 浮艶(부염)하고 경박한 느낌이었으나, 뒤에 邊塞(변새)를 여행한 뒤로는 詩風이 雄渾奔放(웅혼분방)해졌으며 각지를 유랑하면서 시에 몰두하여 사람이 수척해질 정도였다고 한다.

長干曲(장간곡) 四首 (其一)

君家何處住, 妾住在橫塘.
停船暫借問, 或恐是同鄉.

장간리 노래 (1 / 4)

그대는 어디에 사시나요?
이몸은 횡당에 산답니다.
배를 멈춰 잠시 묻는 까닭은,
혹시 같은 고향 같아섭니다.

長干曲(장간곡) 四首 (其二)

家臨九江水, 來去九江側.
同是長干人, 自小不相識.

장간리 노래 (2 / 4)

내 집은 九江의 강가인데,
九江을 따라 오르내렸지요.
다 같이 장간리 사람이거늘,
어려선 서로 알지 못했네요.

長干曲(장간곡) 四首 (其三)

下渚多風浪，蓮舟漸覺稀.
那能不相待，獨自逆潮歸.

장간리 노래 (3 / 4)

물 아래 쪽은 풍랑이 심하여,
연꽃 따는 배는 거의 없다오.
어찌 나를 마주 보지 않고,
홀로 물 거슬러 돌아가나요.

長干曲(장간곡) 四首 (其四)

三江潮水急，五湖風浪湧.
由來花性輕，莫畏蓮舟重.

장간리 노래 (4 / 4)

三江도 강물이 빠르다지만,
五湖의 풍랑도 사납답니다.
본래 꽃 따는 배야 가벼워야 하나,
연꽃 배가 무거워도 두려워 마오.

| 詩意 | 長干里는 金陵(남경)의 지명으로, 상업과 유흥업이 흥성했던 곳이다. 〈長干里〉는 악부가사로 전해져 왔다. 이백의 시에도 5言古詩로 〈長干行〉이 있다.

이 시는 질박하면서도 솔직한 民歌이다. 이런 노래들을 歌妓가 신명나게 부를 수도 있고, 여인들이 큰 소리로 합창하면서 웃어댈 수 있는 노래이다. 특히 4수에서는 남자가 연꽃을 따는 처녀의 배로 옮겨 타겠다고 노골적인 메시지를 노래하고 있다.

黃鶴樓(황학루)

昔人已乘黃鶴去, 此地空餘黃鶴樓.
黃鶴一去不復返, 白雲千載空悠悠.
晴川歷歷漢陽樹, 芳草萋萋鸚鵡洲.
日暮鄕關何處是, 煙波江上使人愁.

황학루

옛사람은 황학을 타고 가버렸고,
여기엔 덩그러니 黃鶴樓만 남았다.
黃鶴은 한번 가고 다시 오지 않는데,
白雲만 천년 동안 내내 유유히 떠있다.
맑은 강에는 漢陽의 나무가 또렷하고,
방초는 앵무주에 무성히 자랐다.
날은 저무는데 고향은 어디인가?
안개속 물결치는 강에서 나그네는 서글프다.

| 詩意 | 최호가 武昌을 여행하고 황학루에 올라 〈黃鶴樓〉를 지었는데, 뒷날 李白이 와서 최호의 시를 읽고서는 '눈앞에 경치를 보고도 말로 할 수 없는데(眼前有景道不得), 최호의 시는 머리 위에 있도다(崔顥題詩在上頭).' 라 감탄하고서 시를 짓지 못했다는 유명한 이야기가 전해온다.

李白은 黃鶴樓에서 시를 못 짓고 金陵 봉황대에 가서 〈登金陵

鳳凰臺〉를 지었는데 두 시의 장구가 매우 흡사하다.

| 註釋 | ○ 〈黃鶴樓〉 – 今 湖北省 武漢市 黃鶴山에 있는 누각. 王子安이라는 신선이 황학을 타고 자주 들렀다는 이야기와 費文禕(비문위)라는 사람이 여기서 황학을 타고 승천했다는 이야기가 전한다.

○ 昔人已乘黃鶴去 – 昔人은 옛사람. 일반적으로는 八仙의 한 사람이며 劍仙, 酒仙, 色仙인 呂洞賓(여동빈)이 황학을 타고 이곳에 자주 와서 술을 마셨다는 이야기가 전해온다.

○ 此地空餘黃鶴樓 – 此地는 이곳. 黃鶴樓는 江南 4대 名樓의 하나. 모두 5층에 높이가 50.4m. 三國時代 吳의 黃武 2년(223) 처음 지어진 이후 계속 새로 지어졌는데 지금의 건물은 1985년에 重修한 것이라고 한다.

○ 白雲千載空悠悠 – 千載는 천년. 悠는 멀 유. 悠悠는 아주 먼 모양.

○ 晴川歷歷漢陽樹 – 晴은 갤 청. 晴川(청천)은 맑은 내(川). 歷歷(역력)은 또렷한 모양. 漢陽樹는 한양의 나무들.

○ 芳草萋萋鸚鵡洲 – 萋는 풀 무성할 처. 萋萋(처처)는 풀이 무성한 모양. 鸚鵡(앵무)는 앵무새. 長江은 가운데의 섬 이름. 洲는 섬 주. 강이나 호수의 섬.

○ 日暮鄕關何處是 – 鄕關(향관)은 고향.

○ 煙波江上使人愁 – 煙波(연파)는 물안개와 잔물결. 江湖를 뜻하기도 함. 江上의 煙波.

| 詩意 | 南宋의 문학비평가인 嚴羽(엄우)는 《滄浪詩話》에서 이 시를 '唐人七律 중 제일' 이라고 칭찬하였는데, 전반 4구는 황학루에 대한 전설을, 후반 4구는 황학루에 올라온 나그네의 愁心을 묘사했다.

이 시의 운율을 따져 본다면, 전반 4구는 平仄(평측)을 고려하지 않은 고체시에 속하며 후반 4구는 合律하다는 분석도 있다. 전반 4구는 일필휘지로 써내려간 듯 기세가 당당하다. 1, 3句는 보이지 않는 것을 2, 4句는 눈에 보이는 실물을 말했다.

후반 4구는 황학루에서 보는 장엄한 경치와 오히려 그 때문에 생기는 나그네의 향수를 그렸다. 漢陽樹와 鸚鵡洲의 모습이 눈에 생생한데 아득한 長江의 물안개와 잔물결이 시인의 향수를 자극하였다.

이 시에서는 疊字(첩자)를 많이 사용했다. 悠悠(유유), 歷歷, 萋萋(처처)가 그러하다. 또 黃鶴은 3번, 白雲은 2번, 人과 去와 空은 2번씩 쓰였다.

行經華陰(행경화음)

岧嶢太華俯咸京, 天外三峰削不成.
武帝祠前雲欲散, 仙人掌上雨初晴.
河山北枕秦關險, 驛樹西連漢畤平.
借問路傍名利客, 無如此處學長生.

화음현을 지나며

높고 높은 화산은 함양 땅을 내려보고,
하늘 위의 삼봉은 깎더라도 못 만든다.
무제의 사당 앞에 구름은 흩어지려 하고,
仙人掌 같은 봉우리에 비는 금방 그치었다.
渭水,華山은 북쪽 험한 함곡관을 밑에 깔았고,
驛樹는 서쪽의 漢畤 평원으로 이어졌다.
길가는 명리만 쫓는 나그네에게 묻노니,
여기서 장생술 배우는 것만 못하리다.

| 註釋 | ㅇ 〈行經華陰〉 - 〈화음현을 지나며〉.

華陰은 陝西省 동부, 渭水 하류의 市. 華山 북쪽이라서 이런 이름이 붙었다. 西安市에서 120km. 보리와 면화의 주산지.

ㅇ 岧嶢太華俯咸京 - 岧는 산 높을 초. 嶢는 산 높은 모양 요. 太華(태화)는 西嶽인 華山. 小華山과 구분하여 태화라 하였다. 俯는 구부릴 부. 내려다 보다. 咸京은 咸陽(함양), 秦의 國都.

○ 天外三峰削不成 – 天外三峰은 하늘 밖으로 솟은 세 봉우리. 화산의 芙蓉, 明星, 玉女峰. 削은 깎을 삭.

○ 武帝祠前雲欲散 – 武帝祠는 漢 武帝가 건립한 巨靈祠.

○ 仙人掌上雨初晴 – 仙人掌은 華山의 5봉우리가 마치 신선의 손바닥과 같다는 華山의 名勝.

○ 河山北枕秦關險 – 河山은 渭水와 華山. 枕은 베개 침. 베고 눕다. 秦關은 函谷關(함곡관).

○ 驛樹西連漢畤平 – 驛樹은 역참과 나무. 驛路(역로)로 된 판본도 있다. 畤는 재터 치. 천지신명께 제사하는 곳. 漢畤(한치)는 漢나라 때에 제사터.

○ 借問路傍名利客 – 傍은 곁 방. 路傍은 길을 가는.

○ 無如此處學長生 – 無如는 '何如' 로 된 판본도 있다. 長生은 長生術, 神仙의 도술.

| 詩意 | 시인이 화음현을 지나면서 바라본 경치를 스케일이 크게 묘사하였다. 華山의 높은 봉우리와 위수, 그리고 關中 八百里의 대평원을 실감나게 묘사하였다. 前 4구는 화산의 장엄함, 後 4구는 화음현의 지리를 설명하며 長生術을 배우는 것이 어떠냐고 入道를 권유하고 있다.

전체적으로 起承轉結(기승전결)의 격식을 무시하면서 웅혼하고 장려한 경관을 풍부한 含意(함의)로 묘사하였다.

002

孫逖(손적)

孫逖(손적, 696 – 761, 逖은 멀 적) – 唐 玄宗의 大臣, 詩人. 무후 天册 연간에 進士 급제. 開元 10년(722) 左拾遺, 이후 형부시랑 등 여러 관직 역임. 肅宗 上元 2년(761) 卒. 《全唐詩》 118권에 그의 시 수록.

同洛陽李少府觀永樂公主入蕃

(동락양리소부관영락공주입번)

邊地鶯花少，年來未覺新.
美人天上落，龍塞始應春.

洛陽의 李少府와 함께 永樂公主의 변방 출가를 구경하다

변경에는 꾀꼬리와 꽃도 적으며,
새해가 되어도 새 봄 같지 않다.
하늘서 떨어진 듯 미인이 가면,
변방 땅에도 비로소 봄이 오리라.

| 詩意 | 제목의 永樂公主(영락공주)의 부친은 楊元嗣(양원사)로, 태종의 손자 항렬인 東平王 李續(이속)의 外孫이다. 엄격히 따져 公主라 할 수 없지만, 이민족의 족장과 화친의 방법으로 공주라 칭하면서 결혼시켰다. 영락공주는 현종 開元 5년(717)에 契丹(글단, 거란) 首領인 李失活(이실활)에게 출가하였다. 그 다음 해 이실활이 죽자, 永樂公主는 다시 그 동생 李娑固(이파고)와 결혼하였다.

宿雲門寺閣(숙운문사각)

香閣東山下，煙花象外幽.
懸燈千嶂夕，卷幔五湖秋.
畫壁餘鴻鴈，紗窓宿斗牛.
更疑天路近，夢與白雲遊.

雲門寺 누각에서 자다

東山의 香閣 아래로는,
안갯속 꽃이 만물을 아늑히 감쌌다.
저녁엔 높다란 등불이 온산을 비치고,
휘장을 걷으니 五湖는 가을이 되었다.
벽화엔 기러기만 남아 있고,
비단 창으로 斗牛星이 보인다.
天路가 더욱 가까운 듯 느껴지고,
꿈에서 백운을 타고 유람했었다.

| 詩意 | 雲門寺는, 今 浙江省 紹興市 雲門山에 있는 절이다. 운문사에서 본 遠景과 야경, 운문사의 고색창연한 모습, 그리고 누각에서 하늘과 가까워 하늘에 오른 것 같다는 느낌을 차례로 서술하였다.

003

崔國輔(최국보)

崔國輔(최국보, 678? – 758?)는 吳郡(浙江省 蘇州) 사람으로, 개원 연간에 급제하고 許昌 縣令을 지내고 나중에 집현전 학사가 되었다. 최국보는 맹호연, 李白과 교유했으며 그의 오언절구는 매우 뛰어나다는 평을 받았다.

怨詞(원사) 二首 (其一)

妾有羅衣裳，秦王在時作.
爲舞春風多，秋來不堪著.

원사 (1 / 2)

나에게 비단 한 벌 옷이 있는데,
秦王이 계실 때 만들었답니다.
춤출 때 춘풍처럼 따뜻했었는데,
가을 되니 입을 수가 없답니다.

| 詩意 | 궁인들의 정서와 감정, 생활과 그리움을 묘사한 怨辭는 많고 많지만 이 원사는 그 짜임새가 특별하고 그 뜻이 매우 깊다.

여기서 秦王은 구체적인 누구라기보다는 옛날 자신을 귀여워해 주었던 사람이다. 春과 秋로 한창 때의 옛날과 지금의 쓸쓸함을 표현하였다. 비단 옷을 입고 춤출 때 봄바람이 불어오듯 사랑받았지만, 지금은 은총이 식었기에 비단옷을 입지 못한다는 원망을 완곡하게 표현하였다.

古意(고의)

淨掃黃金階，飛霜皎如雪.
下簾彈箜篌，不忍見秋月.

고의

깨끗이 황금의 계단을 쓸었는데,
무서리 내려서 눈이 쌓인 듯하네.
주렴을 내리고 공후를 타지만,
가을 달을 차마 보지 못하겠네.

| 詩意 | 이 시는 怨辭라 할 수 있다. 秋月을 볼 수 없다는 것은 외로움이나 그리움이 견디기 어려운 지경에 이르렀다는 뜻이다.

長信草(장신초)

長信宮中草，年年愁處生，
故侵珠履跡，不使玉階行.

장신궁의 풀

장신궁 뜰에 자라는 풀은,
해마다 수심 서리는 곳에 나서,
때때로 구슬 신발 자취를 덮어,
옥돌 계단을 밟지 못하게 하네.

| 詩意 | 장신궁은 前漢 成帝의 사랑을 받던 班婕妤(반첩여)가 趙飛燕(조비연)의 시기와 질투를 피해 자청해서 許皇后를 모시고 살던 궁궐 이름이다. 반첩여는 여기서 직접 일을 하면서 황후를 모시고 서러운 생활을 해야만 했었다.

반첩여는 《漢書》를 지은 班固의 대고모(왕고모, 할아버지의 여 형제)였다.

少年行(소년행)

遺却珊瑚鞭，白馬驕不行.
章臺折楊柳，春日路傍情.

젊은이의 노래

산호 채찍을 잃어버리니,
백마는 고집 부려 가지를 않네.
장대에 버들가지 꺾어 주기는,
봄날 길가는 나그네의 연정이라네.

| 詩意 | 산호 채찍을 가졌다면 귀족 자제이다. 章臺는 장안의 妓院들이 모여 있는 거리 이름이다. 起句와 承句의 뜻은 실제로 잃어버리고 또 가지 않는 사실이 아니라 여인을 향한 정 때문에 머뭇거린다는 표현일 것이다. 버드나무 가지를 꺾어 주는 것은 이별의 정표이며 젊은 남녀가 끌리는 정이란 그런 것이다. 버드나무(柳, liǔ)는 머물다(留, liú)와 諧音(해음)이기에 떠나는 사람을 붙잡아 두고 싶다는 보내는 이의 뜻이 들어 있다.

采蓮曲(채련곡)

玉溆花爭發，金塘水亂流.
相逢畏相失，並著采蓮舟.

채련곡

옥처럼 맑은 물에 꽃이 피었고,
깨끗한 연못 물을 멋대로 젓는다.
서로 만나면 서로 놓칠까 걱정해,
배를 나란히 함께 연밥을 딴다.

| 詩意 | 玉溆(옥서, 溆는 개울물 서)는 옥처럼 맑은 개울. 玉嶼(옥서, 嶼는 작은 섬 서)로 된 책도 있다. 〈채련곡〉은 악부의 제목이다.

小長干曲(소장간곡)

月暗送潮風, 相尋路不通.
菱歌唱不徹, 知在此塘中.

소장간곡

달뜨자 강물 따라 바람이 불고,
서로 길을 찾아가나 만나지 못했다.
마름 따는 노랫소리 그치지 않으니,
여기 연못 안에 있는 줄 알겠노라.

| 詩意 | 조용하고 한가한 농촌의 풍경을 묘사하였다.

中流曲(중류곡)

歸時日尚早，更欲向芳洲.
渡口水流急，迴船不自由.

중류곡

돌아올 때 해가 아직 많이 남아,
꽃핀 강물 섬으로 다시 가고 싶었다.
나루 입구에 물이 빨리 흐르기에,
배를 돌리기가 마음 같지 않았다.

| 詩意 | 시에 읊은 그대로 정경을 머릿속에 그릴 수 있다. 제목 一作 〈流水曲〉. 《全唐詩》 119권 수록.

九日(구일)

江邊楓落菊花黃, 少長登高一望鄕.
九日陶家雖載酒, 三年楚客已霑裳.

중양절

강가에 단풍잎 지고 노란 국화 피었는데,
젊은이 어른들 산에 올라 모두 고향을 그린다.
중양절 도연명 집에 술을 싣고온 사람 있었지만,
떠돌기 삼년에 남방 나그네, 눈물로 옷깃을 적셨다.

| 詩意 | 중양절에 고향을 그리는 시이다. 중양절이면 菊花(국화), 그리고 陶淵明은 단골 소재이다. 또 국화와 도연명에 술이 빠질 수 없고, 남방 나그네는 눈물 속에 서럽다. 《全唐詩》 119권 수록.

004
張旭(장욱)

張旭(장욱, 658 - 747)의 字는 伯高이고, 吳郡 吳縣(今 江蘇省 蘇州市) 사람이며 유명한 명필로 특히 초서를 잘 써서 '草聖' 이라 불렸다. 개원 연간에 常熟尉, 金吾長史를 지냈기에 '張長史' 라 호칭한다.

장욱은 豪飮(호음)으로 소문났었다. 〈飮中八僊歌(음중팔선가)〉에도 이름이 올랐던 애주가인데, 두보는 그를 '張旭三杯草聖傳, 脫帽露頂王公前, 揮毫落紙如雲烟' 이라 하였다. 장욱은 대취한 다음에 소리를 한바탕 지른 다음에야 붓을 들고 초서를 썼기에 그의 초서를 '狂草' 라고 불렀다. 장욱의 시는 지금 6首가 전해 온다.

唐朝에서는 이백의 시, 장욱의 글씨, 裴旻(배민)의 검무를 '三絶' 이라 하였다. 이백도 배민에게 검무를 배운 적이 있었다.

桃花谿(도화계)

隱隱飛橋隔野煙，石磯西畔問漁船.
桃花盡日隨流水，洞在清谿何處邊.

도화계

보일 듯 말듯 높은 다리는 들안개에 가렸는데,
물가 큰 바위 서편에서 어선을 보고 묻는다.
桃花가 종일 물을 따라 흘러오는데,
淸溪의 어디 쯤에 무릉동이 있습니까?

| 詩意 | 〈桃花源記〉는 陶淵明의 짧은 글이 붙은 五言古詩이다. 그러나 그 영향은 아주 컸다. 王維도 〈桃源行〉을 지었고, 張旭도 이 시를 읊었다.

결국 모두가 존재하지 않는다는 것을 알면서도 글을 지어 읊는 것은 무슨 뜻인가? 그것은 아마도 '念願'이다. 그 '염원'에는 언젠가는 이루어질 것이라는 '희망'이 있다. 그 희망마저 없다면 인간 세상은 너무 힘들 것이다.

山中留客(산중유객)

山光物態弄春輝, 莫爲輕陰便擬歸.
縱使晴明無雨色, 入雲深處亦沾衣.

손님을 山中에 머물게 하다

山色과 만물이 봄볕을 마음껏 즐기나니,
구름이 끼었다 하여 돌아가려 생각마오.
설령 맑은 날에 비가 아니 내리더라도,
구름 깊은 곳에 가면 역시 옷이 젖지요.

| 詩意 | 〈山中留客〉은 보통 가정에 찾아온 손님을 만류하는 것과 조금 다르다. 여기서는 산중의 별장에서 손님에게 일박을 권유한다. 하루 저녁을 만류하는 뜻은 물론 산중의 景色을 같이 보고 즐기자는 뜻이다.

산중의 경색은 지금 봄이 한창이다. 구름이 약간 끼어 비가 올 것 같지만, 그렇다고 쉽게 돌아가려 생각 말라고 거듭 손님을 만류한다.

맑은 날에도 이 산속에서는 구름이 피어나고 그곳에 들어가면 옷에 산 기운과 구름이 배어들어 눅눅하게 젖어 온다고 평지와 다른 산속의 경관을 설명하고 있다. 손님을 만류하는 주인의 성의가 이처럼 깊은데 뿌리치고 떠날 사람은 없으리라.

005
李白(이백)

一. 詩仙 李白의 生平

李白(701－762)의 字는 太白이고, 號는 靑蓮居士(청련거사)이다. 詩仙, 謫仙人(적선인), 酒仙이라는 별칭 외에도 '詩俠(시협)' 이라는 별호도 가끔 볼 수 있다. 이백은 杜甫와 함께 중국인들이 공인하는 최고의 시인으로 보통 '李杜' 라 병칭한다.

이백은 중국인들에게 널리 알려진 만큼 이백에 관한 많은 전설이 만들어졌고 또 그의 시 구절은 중국인의 일상용어가 되었다. 그의 시는 마치 하늘을 나는 天馬와 같고 行雲流水처럼 활달하고 자유로우며, 주체할 수 없이 넘쳐 나는 才氣와 낭만, 天賦(천부)의 화려한 言辭(언사)가 모든 작품에 가득하다. 이백의 詩는《全唐詩》의 161권～180권에 수록되어 있으며《李太白集》이 전해 온다.

그러나 이백의 생애는 그 기록에 애매한 부분이 많고, 그의 사상도 複雜多端(복잡다단)하여 그의 작품을 전체적으로 鳥瞰(조감)하거나 이해하기가 쉽지 않다.

실제로 산이 어지간한 크기일 때, 그 산의 전모나 특장을 알 수 있고 또 설명도 할 수 있다. 그러나 아주 큰 산은 그 전모를 파악하기가 쉽지 않다.

필자는 서울 북한산을 마치 답사하듯 기록하며 1년 동안 20여 차례 집중적으로 오르내렸다. 그랬더니 어느 정도 골짜기마다 다른 모습이 눈에 들어오고 또 계곡마다 다른 특징을 파악할 수 있었다. 그러나 지리산은 몇 차례 종주도 해 보았지만 지리산에 대하여 안다고 말을 할 수가 없었다. 북한산과 비교될 수 없는 큰 산이기에 지리산에 대한 탐사를 일찌감치 포기해 버렸다.

사실 이백의 詩山은 너무 높고 크며 계곡마다 경관이 달라 전체를 조감하거나 특장을 파악하고 나 나름대로 무엇이라고 또 어떻다고 종합하거나 요약할 수가 없다. 물론 이는 필자의 공부와 硏學이 부족한 탓이지만, 이백은 그만큼 위대하면서 다양하여 전모를 파악하기가 쉽지 않다.

이백의 祖籍(조적)은 隴西(농서) 成紀縣(今, 甘肅省 동남부 天水市 秦安縣)으로 알려졌다. 이백은 則天武后(측천무후)가 집권하던 長安 원년에(701) 劍南道 綿州(면주, 今 四川省 북부 綿陽市 관할 江油市)에서 출생한 것으로 알려졌는데, 그가 成紀에서 태어나 5세 때 四川으로 이주했다는 주장도 있다. 이백의 부친은 성공한 大商人이었고, 모친은 꿈에 長庚星(장경성, 太白星)을 보고 이백을 출산했다는 이야기가 전한다.

李白은 어려서 글을 배웠을 것이고, 소년시절에는 諸子書와 史書를 공부하면서도 검술과 奇書와 神仙에 관심을 가졌고 司馬相如(사마상여)처럼 賦도 지었다.(十五觀奇書, 做賦淩相如.) 이러한 광범위한 독서는 그의 자유분방한 사상의 밑바탕이 되었으며 후세에 시가 창작에 많은 영향을 주었다.

이백은 소년시절에 검술을 좋아했고 협객들과 어울렸으며, 은거생활에도 흥미를 느껴 산에 들어가 도사와 함께 은거도 했다. 청년시절

은거와 협객을 좋아하는 이런 양면성은 이백의 또 다른 개성이라 할 수 있다.

李白은 25세를 전후하여 사천을 떠나 각지를 유람하였다. 李白은 이 무렵 지금의 湖北省, 湖南省, 江蘇省, 浙江省(절강성) 등지를 유람하며 명산과 고적, 道觀과 佛寺를 두루 찾았다. 물론 그런 여행에서 많은 사람과 사귀었고 협객과 어울렸고 호방하게 음주를 즐겼다. 27세 경에, 今 湖北省 중동부 孝感市 관할 安陸縣에서 재상을 역임한 許圉師(허어사)의 손녀와 결혼하여 약 10년간 머물다가 이후 다시 각지를 유람하였다. 이백은 今 山西省과 山東省 지역도 유람했으며, 孔巢父(공소부) 등 여러 隱士(은사)와 徂徠山(조래산)에 은거하며 '竹溪六逸(죽계육일)' 이라 자처한 적도 있었다.

이백은 다시 강남 일대를 유람한 뒤 長安에 들어왔다. 李白은 江陵(강릉)에서 도사 司馬禎(사마정)을 만났다. 이백은 자신의 詩稿(시고)를 보여주며 가르침을 청했다. 사마정은 이백이 氣宇(기우)가 軒昻(헌앙)하고 비범한 자질에 놀라움을 금치 못하며, 이백에 대해 '有仙風道骨하니 가히 八極之表를 神遊할 수 있으리라.' 고 말했다.

이는 이백이 仙根을 타고 났다는 의미이다. 이후 이백은 그야말로 '鵬程萬里(붕정만리)' 의 유람을 계속한다. 이백은 신선같이 천하를 유랑하면서 시를 지었으니, 이백을 '詩仙' 이라 불렀던 것은 아주 적합한 호칭이라고 생각한다.

이백은 그때 명장 郭子儀(곽자의, 697 – 781)와 사귀었고 나중에 장안에 들어와 賀知章(하지장)의 천거로 현종을 알현했고, 천보 원년(742)에 翰林供奉(한림공봉)이 되었다.

현종에게 총애를 받으며 권력을 장악하고 있던 환관 '高力士가 이백의 신발을 벗겨 주고 양귀비에게 먹을 갈게 했다.(力士脫靴, 貴妃研墨.)'는 이야기는 이백의 호방한 성격과 통제 받을 수 없는 그 개성, 그리고 황제 앞에서도 주눅 들지 않는 당당함을 증명한다.

이백은 이후에 무렵 장안에서 杜甫와 高適(고적)을 만나 교유한다. 安史의 亂이 일어나자 이백은 永王 李璘(이린)의 幕僚(막료)로 일하다가 永王이 肅宗의 노여움으로 피살된 뒤에 감옥에 들어가기도 했으나 다행히 郭子儀의 보증으로 풀려났는데 당시 이백은 이미 59세의 老人이었다.

李白은 만년에 강남 일대를 떠돌았다. 62세 때 李白은 그보다 나이가 어리며 當途(당도)의 縣令인 族叔 李陽冰(이양빙)을 찾아가 의지하고 있다가 병으로 죽었다. 이양빙은 이백의 시를 정리한《草堂集》서문에서 이백이 임종할 무렵, 초고 1만여 편이 있었다고 했지만, 지금 전하는 것은 약 1천여 편의 시와 약간의 산문이 남아있다.

이백은 젊어서부터 명산과 고적, 隱士(은사)와 도사 등을 즐겨 찾았으며, 실제로 神仙術이나 煉丹(연단)을 수련하였기에 이백의 시에는 游仙(유선)이나 求仙과 관련한 내용이 많이 있다. 신선과 유관한 환상적 내용이나 자연을 읊은 시에도 道家的 사상이 많이 들어 있다. 때문에 이백을 도가적 시인으로 생각할 수도 있지만 그렇다고 이백이 도가사상으로만 일관하지는 않았다.

이백 역시 정치와 관련하여 濟世安民(제세안민)하고, 중국을 침략하는 이민족을 격퇴하고 富國强兵을 성취해야 한다는 포부와 이상을 갖고 있었다. 그리하여 이백은 前秦의 침략을 격퇴한 東晋의 명장 謝安(사안)이나, 역사적으로 유명한 諸葛亮(제갈량), 張良, 韓信 등을 흠모하는 내용의 시도 많은데, 이는 이백이 전통적 유가 사상도 갖고 있었다는 뜻이다. 이렇듯, 유가와 도가의 사상이 복합한 사상은 그의 천재성에 바탕을 두고 있다고 봐야 한다.

두뇌가 비상하고 사려가 깊으며, 博聞强記(박문강기)한 천재한 어느 한 가지 사상으로 그의 지적 욕구를 충족할 수가 없다. 그렇지만 유가적 功名이나 제세안민의 포부가 실현 불가하다는 현실을 이백도 알고 있었기에 그는 도가 사상에 더욱 탐닉하면서 한편으로는 호방하고 超脫(초탈)한 유람과, 奔放(분방)하고 浪漫的(낭만적) 자유를 마음껏 향유하였다. 그의 이러한 생활은 시에도 그대로 반영되어 시의 형식적 拘碍(구애)를 벗어나 破格(파격)의 시가 어느 시인보다도 많았다.

이백의 시는 絶句와 古詩, 특히 樂府詩에 뛰어난 수작이 많은데, 그렇다고 이백의 律詩가 우수하지 않다는 뜻은 아니다. 이백의 악부시는 漢이나 魏, 六朝 시대 民歌의 제목을 많이 차용하였는데, 내용으로는 5언과 7언의 古詩가 많기에 상대적으로 律詩는 많지 않다. 이는 두보와 비교되는 내용인데, 율시가 적은 이유는 그의 문학이 복고적인 경향도 있지만 그보다는 율시의 格律(격률)에 얽매이기를 싫어했기 때문이다.

이백의 그 많은 詩作은 遊仙詩, 山水詩, 邊塞詩(변새시), 艶情詩(염정시), 宮體詩 등 다양하게 분류할 수 있으며, 이백의 詩風은 豪放(호방), 飄逸(표일), 淸淡(청담), 淸新, 艶麗(염려) 등 다양하여 보통 사람의 기준으로 분류나 정의하기가 쉽지 않다. 때로는 가장 平易(평이)하게, 때로는 古典의 어려운 典故를 시에 자연스럽게 사용하여 그의 해박한 지식을 우리에게 보여주기도 한다. 하여튼 이백의 천재성은 이백보다 앞서 살았던 陶淵明(도연명), 孟浩然(맹호연), 岑參(잠삼), 高適(고적)의 모든 장점을 모두 아울렀다고 말할 수 있다.

이백의 시를 읽다보면, 그의 自由奔放(자유분방)과 奇想天外(기상천외), 縱橫無盡(종횡무진)의 상상력과 표현에 감탄하지 않을 수 없다. 한마디로 보통 사람으로서는 도저히 제어할 수 없는 天馬와 같다는 느낌과 감탄뿐이다. 그러니 이백의 시를 깊이 파고들어 研學이 깊은 사람이 느낄 때의 감동이 어떨지 짐작할 수 있다.

필자는 이백의 시 전모를 조금이라도 볼 수 있도록 형식별로 나눠, 총 114수를 번역하였다. 이백의 시를 수록 번역하면서 필자의 여러 말이 다른 독자들의 이해와 감상을 오히려 방해할 수 있다고 생각하여 주석에 치중하여 수록 번역하였다.

二. 五言絶句

重憶(중억)

欲向江東去，定將誰擧杯.
稽山無賀老，却櫂酒船回.

또 추모하며

지금 江東을 향해 가려 하는데,
그러면 누가 술잔을 같이 들랴?
회계산에 하대감이 안 계시니,
노를 멈추고 술 실은 배를 돌리네.

| 詩意 | 賀知章(하지장)은 이백의 詩才를 제일 먼저 알아주었고 연령을 초월하여 깊은 교류를 했던 사람이다. 李白이 고향 四川을 떠나와 각지를 유랑하다가 장안에 처음 도착한 뒤, 하지장을 만나 자신의 〈蜀道難(촉도난)〉을 보여주었다.

하지장은 李白의 시를 읽고 바로 "그대는 이 세상 사람이 아니네(公非人世之人也). 태백성의 정령이 아닌가?(可不是太白星精

耶)"라고 감탄했다. 이어 '그대는 인간 세계에 유배된 신선이요(子謫仙人也).' 라고 말했다. 이런 사실은 이백의 시에 사실대로 묘사되었다. 이후 이백은 '李謫仙(이적선)' 이면서, '詩仙' 이라 불리게 된다.

이백은 하지장이 죽은 뒤 〈對酒憶賀監〉(술을 대하고 賀 秘書監을 생각하다.) 오언율시 二首를 지었고, 또 나중에 위의 〈重憶〉이라는 추모시를 지었다. 이백은 〈對酒憶賀監〉의 서문에서 '태자빈객인 賀公을 장안의 자극궁에서 처음 만났는데, 나를 謫仙人이라 불렀고 이어 금거북이(金龜)를 풀어 주고 술을 사서 즐겼다. 그분이 죽은 뒤에 술을 대하니 슬프고 감회가 있어 이 시를 지었다.' 고 하였다.

夜下征虜亭(야하정로정)

船下廣陵去，月明征虜亭.
山花如繡頰，江火似流螢.

밤에 征虜亭(정로정)을 지나다

배를 타고 廣陵으로 가는데,
征虜亭에 달빛이 가득하다.
산에 핀 꽃은 여인의 화장한 뺨이고,
강에 켠 등은 날으는 반딧불 같도다.

| 註釋 | ○ 〈夜下征虜亭〉 – 《全唐詩》 180권에 수록. 征虜亭(정로정)은 東晉의 征虜將軍인 謝安(사안, 320 – 385, 字 安石)이 건립한 정자로 今 南京市에 舊基가 남아있다.

○ 船下廣陵去 – 廣陵은, 今 江蘇省 長江 북안 揚州市. 장강을 따라 내려가면 남경을 거쳐 揚州市에 이른다.

○ 山花如繡頰 – 繡頰(수협)은 여인의 화장을 한 뺨. 繡은 수놓을 수. 頰은 뺨 협.

○ 江火似流螢 – 江火는 강에 있는 배에 켠 등불. 流螢은 날아다니는 개똥벌레(반딧불이 螢형).

| 詩意 | 시인 이백은 여행 중의 견문을 일상적이면서도 명료한 언어로, 생동감 있는 비유로 표현하였다. 이백의 여정을 지금 지도로 확인하면 아주 정확하다. 이백은 정로정 주변의 낮과 밤의 풍경을 사실 그대로 묘사하였다.

贈內(증내)

三百六十日, 日日醉如泥.
雖爲李白婦, 何異太常妻.

아내에게

일년의 삼백육십 나날을,
날마다 진흙처럼 취하지요.
아무리 이백의 아내라고 하지만,
太常의 아내와 무엇이 다르겠소?

| 詩意 | 이 시는 이백의 첫 부인인 許氏〔재상 許圉師(허어사)의 손녀〕에게 준 유머러스한 시이다.

後漢의 宗廟(종묘) 관련 업무를 담당하는 太常卿(태상경)인 周澤(주택)은 업무 관계로 359일을 집에 가지 못하고 종묘에 기거하였는데 집에 들어가는 딱 하루는 술에 완전히 취했었다고 한다. 이백은 각지를 유람하고 또 술에 취해 살았으니 아내가 태상의 처와 똑같다는 위로의 시라고 할 수 있다.

怨情(원정)

美人捲珠簾，深坐顰蛾眉．
但見淚痕濕，不知心恨誰．

원망

미인은 주렴 말아서 올려놓고,
한참을 앉아 눈썹을 찌푸린다.
오로지 눈물 자국이 있지만은,
마음에 누굴 그리는지 알 수 없어라.

| 註釋 | ○ 〈怨情〉 – 지은 시기를 알 수 없어 뒤쪽에 수록했다.

○ 美人捲珠簾 – 捲은 말 권, 감아 말다. 珠簾(주렴)은 구슬로 만든 가리개〔簾(발 염, 렴)〕.

○ 深坐顰蛾眉 – 顰은 찡그릴 빈. 蛾眉(아미) – 나비 모양으로 그린 여인의 눈썹.

○ 但見淚痕濕 – 淚는 눈물 루. 痕은 흉터 흔. 자국. 濕은 젖을 습.

| 詩意 | 이 시도 오지 않는 임을 기다리다 지친 여인의 원한 맺힌 서글픈 심정과 情景을 濃艶(농염)한 필치로 그린 시다. 美人, 捲珠簾, 深坐, 蹙蛾眉(축아미) 등의 표현이 고민하는 미인의 자태를 사실적으로 그려내고 있다.

한편 '但見淚痕濕, 不知心恨誰' 구절 역시 怨(원)과 직결된다. 怨이 있어 눈물을 흘렸고 怨이 있어 恨(한)이 되었다. 다만 그것을 외부로 발현하지 않기에 그 怨은 더 깊어진다.

越女詞(월녀사) 五首 (其 一, 三, 五)

(一)

長干吳兒女, 眉目豔新月.
屐上足如霜, 不着鴉頭襪.

越 여인의 노래 (1 / 5)

장간리 사는 吳의 처녀는,
초승달 눈썹에 눈매가 아름다워!
나막신 위로는 하얀 발이 보이게,
까마귀 버선을 신지도 않았다오.

(三)

耶溪採蓮女, 見客櫂歌迴.
笑入荷花去, 佯羞不出來.

越 여인의 노래 (3 / 5)

약야계 냇물에서 연밥 따는 처녀는,
나그네 보면 노래 부르며 돌아가네.

웃으며 연꽃 사이 들어가서,
부끄러운 척 나오지 아니 하네.

(五)

鏡湖水如月，耶溪女似雪.
新妝蕩新波，光景兩奇絶.

越 여인의 노래 (5 / 5)

鏡湖의 수면은 거울처럼 매끈하고,
若耶의 처녀는 백설처럼 고옵도다.
곱게 화장하고 살랑이는 물결타니,
처녀와 호수가 기막히게 아름답다.

| 詩意 | 南朝 민가풍의 신악부시이다. 이백의 筆力으론 무엇이든 살아 숨 쉬고, 누구든 눈앞에 있는 듯 생생하게 그려낼 수 있다.

객지를 여행 중에 남다르게 살아가는 모습을 보는 것이 바로 여행의 즐거움일 것이다. 이백의 유랑은 고생이기보다는 낭만과 자유였으니 마치 떠도는 구름처럼 한가롭고 여유가 있었다.

憶東山(억동산) 二首 (其一)

不向東山久，薔薇幾度花?
白雲還自散，明月落誰家?

東山을 생각하다 (1 / 2)

東山에 오래 가지 못했는데,
장미는 몇 번이나 꽃을 피웠던가?
白雲은 여전히 절로 흩어지고,
明月은 누구의 집에 떨어지나?

| 註釋 | ○ 〈憶東山 二首〉 - 〈동산을 생각하다〉. 여기 東山은 東晋의 유명한 장군 謝安(사안)의 은거지이다. 東山은 지금의 浙江省 북부 紹興市 上虞區에 해당한다.

○ 薔薇幾度花 - 동산 근처에 薔薇洞(장미동)이 있는데 이곳에서 사안이 유유자적하며 잔치를 벌였다.

○ 白雲還自散 - 白雲과 明月은 白雲堂과 明月堂. 건물 이름이면서 본래의 뜻으로 사용되었다. 일종의 雙關語(쌍관어)이다.

| 詩意 | 이 시는 이백이 장안에서 참소를 받아 현종에게 소외되자, 장안을 떠나기 전에 지은 시로 알려졌다. 東山에 은거했던 謝安처럼, 그러다가 東山에서 再起한 그 뜻을 추앙하는 이백의 모습을 그릴 수 있다.

謝安(사안, 320~385년, 字는 安石. 號는 東山) – 東晋(동진, 317–420)의 가장 유명한 세족은 王氏와 謝氏였다. 사안은 문벌에 의한 벼슬에 뜻이 없어 王羲之(왕희지)와 교유하면서 유유자적했었다. 물론 조정에서 여러 차례 불렀지만 출사하지 않았다.

그러나 아우 謝萬(사만)이 敗兵했기에 庶人이 되고 형과 사촌들이 연이어 세상을 떠나자, 사안은 가문의 몰락을 염려하여 40이 넘은 나이에 처음으로 桓溫(환온)의 막료인 司馬가 된다. 사람들은 이를 '東山再起(동산재기)' 라 하였다. 물론 환온과 사안의 정치적 견해나 입장이 일치하지는 않았지만 환온도 사안을 존중하며 협조하였다.

사안은 일생동안 정당하게 정치와 소임을 다하였고 가장 청렴한 재상의 표준이며 高潔(고결)의 상징으로 이름을 남겼다. 사안은 太保 겸 都督十五州軍事 겸 衛將軍 등 요직을 역임했고, 前秦王 苻堅(부견)의 남하를 저지시켜 東晋을 지켰다.

勞勞亭(노로정)

天下傷心處，勞勞送客亭.
春風知別苦，不遣柳條青.

노로정

세상 사람이 가장 마음 아픈 곳은,
가는 사람을 보내는 勞勞亭이리라.
봄바람도 이별의 고통을 아는지,
버들의 파란 잎을 피우지 않았다.

| 註釋 | ○ 〈勞勞亭〉 – 今 江蘇省 南京市 남쪽에 옛 터가 남아 있다고 한다. 勞勞는 이별이 아쉬워 여러 번 손을 흔드는 모습이라는 주석이 있다. 《全唐詩》 184권 수록.

| 詩意 | 이백은 외물에 의탁하여 심경을 표현하였고 이별의 아픔을 묘사하였다. 본래 대장부가 눈물이 없는 것은 아니지만(丈夫非無泪), 헤어지더라도 눈물을 뿌리지 않는다(不灑別離間).

하여튼 슬픔도 좀 참을 수 있어야 대장부라는 뜻이다. 허나 인생살이가 그렇게 단순하지는 않다. 꽃이 피니 비바람이 많듯(花發多風雨), 인생에는 쓰디쓴 이별이 있다(人生苦別離).

獨坐敬亭山(독좌경정산)

衆鳥高飛盡, 孤雲獨去閑.
相看兩不厭, 只有敬亭山.

경정산에 홀로 앉아서

뭇 새들은 높이 날아가 버리고,
홑 구름은 홀로 한가히 떠있다.
서로 보아 싫증나지 않나니,
다만 경정산 뿐이라.

| 詩意 | 이 시는 천보 12년(753)에 이백이 江南을 유람하면서 지은 시라고 알려졌다. 경정산은 安徽省(안휘성) 동남부 宣城市(선성시)에 소재한 昭亭山(소정산)인데, 그곳에 敬亭(경정)이라는 정자가 있었고, 南朝 齊나라의 謝脁(사조)가 여기서 시를 읊었다고 한다.

사조(464 – 499, 字는 玄暉)는 小謝(소사)라 통칭하는데, 宣城(선성) 태수를 역임하여 보통 '謝宣城' 으로도 불린다. 남조의 저명한 산수 시인으로 竟陵八友(경릉팔우)의 한 사람이며 謝靈運(사령운)과 함께 '大謝', '小謝' 라 통칭한다.

哭宣城善釀紀叟(곡선성선양기수)

紀叟黃泉裏，還應釀老春.
夜臺無曉日，沽酒與何人.

宣城의 술 잘 빚던 紀氏 노인을 애도하다

기씨 노인은 죽어 황천에 가서도,
여전히 좋은 술을 빚고 있으리라.
무덤에 밝은 날이 없을 텐데,
술을 빚어 누구에게 팔겠는가?

| 註釋 | 紀氏 노인은 황천에 가서도 '老春' 이란 좋은 술을 빚을 것이다. '春' 에는 '술' 이란 뜻이 있다. 唐代에 좋은 술을 春이라 불렀다고(酒也, 唐人名酒爲春) 한다.

지금도 그러하니 四川의 名酒 '劍南春(검남춘)' 이 그 예이다. 당나라 때 四川은 劍南節度使 관할 지역이었다. '劍南春' 은 '검남의 술' 이란 뜻이다. 劍南春은 지금 세계적 명주로 알려졌지만, 그 이름의 뜻을 알고 마시면 술 맛이 더 좋을 것이다.

| 詩意 | 이백은 강남의 금릉이나 양주 일대를 즐겨 유람하며 술을 즐겼다. 때문에 長江 일대에는 '太白酒家', '太白遺風' 등 이백을 상호로 내건 크고 작은 주점들이 많다고 한다.

지금의 安徽省(안휘성) 동남부에 위치한 宣城(선성)이라는 곳에서 이백은 우리에게 감동을 주는 시를 남겼다.

이백은 이전에 지금의 北京 지역인 幽州를 여행하다가 虎患(호환)을 당한 紀氏 성을 가진 노인을 구원해 준 적이 있었다. 이 紀叟(기수, 기씨 노인)는 나중에 선성에서 주점을 내고 술을 빚어 팔면서 옛 은혜를 갚으려 이백을 찾고 있었다.

마침 어느 날 이백은 長江 하류 지역을 유람하다 우연히 술집에 들렀는데, 바로 기씨 노인의 주점이었다. 기씨 노인은 반가워 눈물을 흘리면서 최고 좋은 술로 이백을 모셨다.

이후 이런 소문이 퍼져 많은 사람들이 기씨 노인의 술집에 와서 이백의 시를 읽으며 술을 마셨다. 기씨 노인의 술집은 〈太白酒家〉라 불리면서 날마다 번창했다.

일 년 뒤, 이백이 다시 찾아 왔을 때 기씨 노인은 죽고 없었다. 이백은 노인과 술과 옛일을 회상하며 망자를 위한 시를 지었다.

기씨 노인이 술이야 빚겠지만 내가 없으니 '누구에게 팔겠느냐?' 는 물음으로 그 애도의 정을 다 표현하였다. 이런 평범한 노인을 애도하는 이백의 아름다운 정이 진정한 휴머니즘일 것이다. 또 이 점이 바로 시인 이백의 위대한 점이다.

위 시는 《全唐詩》 184권에 수록되었는데, 아래와 같이 개작한 시도 있다.

〈題戴老酒店〉

戴老黃泉下, 還應讓大春.

夜臺無李白, 沽酒與何人.

夏日山中(하일산중)

懶搖白羽扇，躶體青林中.
脫巾挂石壁，露頂洒松風.

여름날, 山中에서

천천히 백우선 부채질을 하고,
웃통을 벗고서 青林에 지낸다.
두건도 벗어서 석벽에 걸어놓고,
맨머리 그대로 솔바람 맞이한다.

| 詩意 | 白羽扇(백우선)은 부채 이름. 두건을 벗어놓은 것은 속세의 속박에서 완전한 이탈이다. 洒는 물 뿌릴 쇄(세), 여기서는 그냥 바람을 쐰다는 뜻.

自遣(자견)

對酒不覺暝，落花盈我衣.
醉起步溪月，鳥還人亦稀.

마음을 달래다

술을 마시다 어느 새 저물었는데,
지는 꽃잎이 옷자락에 가득하네.
취해 일어나 달 보며 냇가를 걸으니,
새는 둥지에 들었고 인적도 끊겼네.

| 詩意 | 유랑하는 나그네 – 음주 – 詩 이러한 연결은 아주 자연스럽다. 그러나 아무리 애주가이고 好酒家라 하지만 그래도 술이 깬 다음에 허전하고 후회는 언제나 남게 된다. 李白에게도 그런 마음이 있었을 것이다.

아무리 낙관적인 인생관을 갖고 천하를 유람한 이백이지만 이백의 근심 중 한 가지는 나이 먹으면서 老衰(노쇠)하는 늙음이다. 이백은 '근심 = 백발' 이라는 공식을 생각하고 살았던 시인이다. 이백은 늙어 가는 사내의 근심도 아주 뛰어나게 묘사했는데, 다음의 〈秋浦歌〉를 참고할 만하다.

秋浦歌(추포가) 十七首 (其四)

兩鬢入秋浦, 一朝颯已衰.
猨聲催白髮, 長短盡成絲.

추포가 (4 / 17)

추포로 온 뒤 양쪽 구레나룻이,
하루 아침 갑자기 세어 버렸다.
원숭이 울음이 백발을 재촉한 듯,
머리와 수염 모두 하얀 실이 되었다.

秋浦歌(추포가) 十七首 (其十四)

爐火照天地, 紅星亂紫煙.
赧郎明月夜, 歌曲動寒川.

추포가 (14 / 17)

용광로 불꽃이 여러 곳을 비추고,
시뻘건 불똥은 짙은 연기 속에 튄다.
火夫 얼굴은 달빛 아래 붉어졌고,
그들 노래는 차디찬 냇가에 퍼진다.

秋浦歌(추포가) 十七首 (其十五)

白髮三千丈, 離愁似箇長.
不知明鏡裏, 何處惹秋霜.

추포가 (15 / 17)

백발이 삼천 길이니,
시름 때문에 이렇게 늙었으리!
알 수 없네! 거울 속 몰골이,
어디서 이런 서리를 맞았는지.

| 詩意 | 이백은 流謫(유적)에서 풀려나 그 만년을 秋浦(추포)란 곳에서 보냈다. 추포는 지금의 安徽省 서남부 池州市 관할 貴池區로 그때도 은과 구리의 산지로 유명했었는데 이백은 753년경에 이 일대를 漫遊(만유)했었다.

14수는 추포의 제련하는 대장간의 모습이며 그들의 작업과 애환을 묘사하였다. 그리고 4수와 15수는 늙어가는 자신에 대한 탄식이다.

백발이 '어찌 三千丈이겠는가? 길어 보았자 三尺長일 것이다.' 라고 평하는 사람은 과학의 합리성만으로 시를 읽으려는 사람이다. 백발은 근심 때문에 생기는 것으로 이백은 생각하였다. 그 근심의 길이를 재어 본다면 三千丈이 되고도 남을 것이다. 백발의 길이가 아니라 수심의 길이일 것이다.

李白의 시를 한마디로 표현하자면 '豪放飄逸(호방표일)' 이라고 요약할 수 있다. 이는 그의 詩情이 무한히 넓고도 깊고 크며 힘차다는 뜻이며, 천마가 하늘을 날 듯 아무 거칠 것도 없는 그런 자유의 세계이다.

그러니 두보도 '落筆에 驚風雨하고(붓을 대면 비바람이 일고), 詩成하면 泣鬼神이라(시가 써지면 귀신도 운다).' 고 이백의 시를 말하였다.

望木瓜山(망목과산)

早起見日出，暮見棲鳥還.
客心自酸楚，況對木瓜山.

木瓜山을 바라보며

일찍이 일어나 뜨는 해를 보고,
저녁엔 둥지를 찾는 새를 본다.
나그네 마음은 언제나 씁쓸한데,
하물며 목과산을 마주해야 한다면!

| 詩意 | 木瓜(목과, 우리말로 보통 모과라 한다)는 장미과에 속하는 교목이라는 주석이 있다. 하여튼 여기서는 씁쓸한 신맛의 과일이다. 나그네 마음은 늘 애달프고 서러우며 씁쓸하다. 거기다가 모과를 생각하면 더욱 그러할 것이다. 《全唐詩》 180권 수록.

奔亡道中(분망도중) 五首 (其一)

蘇武天山上, 田橫海島邊.
萬重關塞斷, 何日是歸年.

피난 가는 길에서 (1 / 5)

소무는 天山서 양을 키워야 했고,
전횡은 海島에 숨었다가 자결했다.
여러겹 關門도 모두 막혔으니,
이몸이 돌아갈 때는 언제인가?

| 註釋 | ○ 〈奔亡道中 五首〉 - 이는 천보 14년(755) 安祿山(안록산)의 반란이 일어나자, 이백은 다음 해, 전란을 피해 서둘러 남방으로 피난을 갔다. 모두 5首인데 1~3首는 五絶이고 4, 5수는 五律로 지었다. 《全唐詩》 181권 수록.

○ 蘇武天山上 - 蘇武(소무)는 전한 무제 때 흉노에 사신으로 갔다가 억류되어 天山에서 牧羊하며 19년을 견디었다가 昭帝 때 귀환하였다.

○ 田橫海島邊 - 田橫(전횡)은 前漢 高祖에 투항을 거부하다가 자살했고 그 추종자 5백여 명도 섬에서 저항하다가 모두 자결하였다.

| 詩意 | 이백이 이 시에서 蘇武와 田橫의 행적을 언급한 뜻은 불굴의 저항정신이다. 唐이 결코 安祿山 같은 이민족 胡人에게 굴복할 수 없다는 뜻이다.

高句驪(고구려)

金花折風帽，白馬小遲回.
翩翩舞廣袖，似鳥海東來.

고구려

금꽃을 꾸민 折風을 쓰고,
白馬를 타고 천천히 맴돈다.
널따란 소매로 사뿐사뿐 춤추니,
海東서 날아온 한 마리 새와 같다.

| 詩意 | 〈高句驪〉－〈고구려〉. 우리나라에서는 高句麗이지만 중국인은 '高句驪' 로 표기한다. 중국은 주변 이민족을 동물로 표기하며 멸시하였다. 고구려의 驪는 '가라말 려' 이니, 검은 말이란 뜻이다. 濊貊(예맥) 또한 그러하다. 전한과 후한 사이에 '新朝' 의 王莽(왕망)은 고구려인이 저항하자 이를 정벌한 뒤 高句麗를 '下句驪' 로 개칭한 적도 있었다.

唐 太宗의 고구려 원정 실패(645년) 이후, 백제의 멸망(660)에 이어 고구려의 멸망(668)으로 이어지는데, 고구려 멸망 이후 고구려인들을 中原 지역으로 강제 이주 시켰다.

이백이 살았던 시절에 고구려인의 생활과 武勇, 놀이나 습관 등을 볼 수 있었을 것이다. 起句의 折風(절풍)은 고구려인의 모자 이름이다. 이 시는《全唐詩》165권에 실려 있다.

靜夜思(정야사)

床前明月光，疑是地上霜.
擧頭望山月，低頭思故鄕.

고요한 밤에 생각하다

침상 비춘 밝은 달빛을,
땅에 내린 서리로 알았었네.
고개 들어 산마루 달을 보고,
고개 숙여 고향을 생각하네.

| 註釋 | ○ 〈靜夜思〉 – 〈고요한 밤에 생각하다〉.

이는 新樂府詩에 속하는 思鄕詩이다. 望月懷鄕(망월회향)은 나그네라면 누구나 겪는 정서이기에 이 시는 많은 사람들이 좋아한다.

○ 床前明月光 – 床은 寢牀(침상).

○ 疑是地上霜 – 疑는 의심할 의. 의아하게 생각하다. 地上霜은 땅에 내린 서리.

○ 擧頭望山月 – 3, 4句는 대우를 이뤘다. 《全唐詩》 165권에 '明月'이 아닌 '山月'.

○ 低頭思故鄕 – 低는 낮게 하다. 숙이다.

| 詩意 | 객지에 나그네가 되었다면 생각은 어느 정도 단순화 된다.

나그네로 먹고 자거나 교통편에 대한 생각이 주를 이룬다. 그러나 밤이면 생각이 달라진다. 지난 일이 생각나고 앞날이 불안해진다. 그리고 떨칠 수 없는 생각은 고향이다. 고향 그리는 정은 사람마다 형상이 다르고 시간에 따라 그 深度도 다를 것이다.

이 시에는 특별한 언어가 없고 공들여 만들어낸 말도 없다. 동작도 단순하고 경치에 대한 묘사도 없다.

그러나 평범한 언어로 서술한 정경은 많은 사람들이 깊은 감동을 준다. 칼라가 없는 흑백 사진이 때로는 더 사실적이며 깊은 인식을 남겨주는 것과 비슷하다. 소박한 필치에 깊은 정서가 넘친다.

'景' 은 '景' 으로 끝이 아니라 '情' 을 끌어낸다. '名月' 이 주는 '情' 은 고향이다. 시인은 明月이라는 단순한 언어로 深思를 끌어내었고, 轉句에서는 '山月' 로 바꿔 밤이 많이 깊었음을 말했다.

三. 七言絶句

山中與幽人對酌(산중여유인대작)

兩人對酌山花開, 一杯一杯復一杯.
我醉欲眠卿且去, 明朝有意抱琴來.

山中에서 은자와 대작하다

두 사람 대작하니 메꽃이 피었고,
한 잔에 한 잔 다시 또 한 잔.
나는 취해 자려하니 그대는 돌아가오,
내일 아침 생각나면 거문고 들고 오게나!

| 詩意 | 술 취하면 졸리고 … 나는 잘 것이니 그대는 돌아가라고 말할 수 있는 사이 – 흉금을 터놓고 즐길 수 있는 사이이니 술을 마셔도 기분이 좋았을 것이다.

산중에서 술 마시며 悠悠自樂(유유자락)하는 모습은 이백의 다른 시에서도 볼 수 있다.

山中問答(산중문답)

問余何意栖碧山, 笑而不荅心自閑.
桃花流水窅然去, 別有天地非人間.

산중에서 묻고 답하다

내게 어인 일로 산속에 사느냐 묻지만,
웃고 대답 없어도 마음 절로 한가롭다.
桃花는 물에 떨어져 아득히 멀어지고,
여기는 다른 別天地 속세가 아니라오.

| 註釋 | ○ 問余何意栖碧山 – 余는 나 여, 餘(남을 여)의 俗字. 何意는 무슨 뜻. 栖는 살 서. 깃들다(棲와 同).

○ 桃花流水窅然去 – 窅然(요연)은 아득히 멀어지다. 窅는 움펑눈 요. 멀리 바라보다.

| 詩意 | 세속을 초탈한 천재의 자유분방함 그대로이다. 별다른 풀이가 필요 없다.

客中行(객중행)

蘭陵美酒鬱金香, 玉碗盛來琥珀光.
但使主人能醉客, 不知何處是他鄉.

나그네의 노래

난릉 울금향이 들어 있는 좋은 술을,
좋은 술잔에 가득 채우니 호박 빛이다.
다만 주인이 객을 취하게 할 수 있다면,
어디가 타향인지 알 수 없다네.

| 詩意 | 《全唐詩》 181권에 수록되었다. 蘭陵(난릉)은, 今 山東省 남부 臨沂市(임기시) 관할의 縣이고, 전국시대에 楚國의 땅으로 일찍이 荀子(순자)가 縣令을 역임했었다.

울금향 향기 좋고, 琥珀(호박)처럼 노란 술이 옥 술잔에 가득 찼다면 아니 마시겠는가? 또 아니 취할 수 있겠는가?

기분 좋게 취했는데 어디가 고향이고, 어디가 타향이겠는가? 술꾼에게는 좋은 술을 마실 수 있는 곳이 가장 마음 편한 고향이다.

秋下荊門(추하형문)

霜落荊門江樹空，布帆無恙掛秋風.
此行不爲鱸魚鱠，自愛名山入剡中.

가을에 형문산을 지나며

荊門에 내린 서리에 강변 나무는 잎이 졌고,
돛배는 아무 일없이 가을 바람을 안고 간다.
이번 여행은 농어회 맛보기가 아니라,
본래 명산을 좋아해 剡中을 찾는다오.

| 註釋 | ○ 〈秋下荊門〉 - 〈가을에 형문산을 지나며〉.

《全唐詩》 181권에 수록되었다. 荊門山은, 今 湖北省 서남부 宜昌市 관할, 長江 남안 宜都市에 있다. 동쪽으로 장강을 따라가면 荊州市에 이른다. 이 시는 현종 개원 3년(725), 이백이 고향 蜀을 떠나 처음 漫遊(만유)를 시작하며 지은 시로 알려졌다.

○ 布帆無恙掛秋風 - 帆은 돛 범. 恙은 근심 양. 掛는 걸 괘. 돛을 올리다.

○ 此行不爲鱸魚鱠 - 鱸魚(노어)는 농어. 鱠는 물고기회 회. 張翰(장한)이란 사람은 고향의 농어회가 먹고 싶어 관직을 사퇴했다.

○ 自愛名山入剡中 - 剡은 땅이름 섬. 今 浙江省 북동부 紹興市 관할 嵊州市(승주시)에 해당. 剡은 산수가 아름다워 魏晉 이래로 隱者들의 은거지로 알려졌다. 이백의 여행 목적지가 長江

하류와 東海 일원임을 알 수 있다.

| 詩意 | 사실 이백의 부친이 재산가가 아니라면 꿈에도 생각 못할 여정이다. 당시 蜀에서 長江을 따라 동해까지 여행하다니!

25세 젊은 이백의 꿈과 포부를 예상할 수 있다.

望廬山瀑布(망여산폭포)

日照香爐生紫煙, 遙看瀑布掛前川.
飛流直下三千尺, 疑是銀河落九天.

廬山의 폭포를 바라보며

향로봉에 햇살 비추면 자주색 연무가 피고,
폭포를 멀리서 보면 강물이 앞산에 걸렸다.
흐르는 강물이 곧장 3천 척을 떨어지니,
아홉겹 하늘서 떨어지는 은하와 같도다.

| 詩意 | 폭포의 묘사에 과장이 심한 것 아닌가? 폭포가 아무리 웅장하기로 3천 尺이라 말할 수 있는가? 그러나 하늘의 銀河가 廬山(여산)에서 쏟아진다면 얼마나 멋있겠는가? 시인만큼 상상의 나래를 펼 수 있다면!

사실적 묘사는 사진 같지만 상상의 묘사라면 그림 같지 않겠는가? 그만한 비유도 靈感이 아니라면 不可하다.

시인의 관찰, 통찰, 그리고 가장 適宜(적의)한 표현 – 이것이 詩가 아니겠는가?

少年行(소년행) 二首 (其二)

五陵年少金市東，銀鞍白馬度春風.
落花踏盡遊何處，笑入胡姬酒肆中.

젊은이의 노래 (2 / 2)

장안 젊은이 金市의 동쪽에 모여서,
은빛 안장의 白馬로 봄바람을 쐰다.
落花를 즐긴 뒤에 어디로 놀러 가는가?
胡姬가 있는 술집으로 웃으며 들어간다.

| 註釋 | ㅇ《全唐詩》165권에, 이백의 〈少年行〉은 二首로 五律 一首와 七絕 1수가 있다. 또 같은 제목의 7古의 長詩도 있다. 여기서는 7절 〈少年行〉을 번역했다.

ㅇ 五陵은 漢의 황릉인데, 여기서는 長安을 지칭한다. 장안에 있는 시장 중에서 金市가 가장 컸다고 한다. 銀鞍(은안) 백마는 銀으로 멋지게 장식한 안장을 얹은 백마이니 귀족의 자제임을 알 수 있다.

봄날에 젊은이들이 모여 이민족인 파란 눈의 胡族 女人들이 서비스하는 술집으로 기세 좋게 들어가는 모습을 실제로 보는 것 같다.

이백의 〈金陵酒肆留別〉에서는 '風吹柳花하여 滿店香한데 吳姬壓酒하여 勸客嘗하다.' 라고 금릉의 술집 풍경을 읊었다.

사실 이백은 협객의 기질이 있었다. 때문에 이백을 '詩俠' 이라고 부르기도 한다.

이백은 자신이 검술을 익히고 수련하였으니 사나이의 뜻이다. 언젠가는 사나이로서의 삶을 살아야 한다는 생각을 늘 했었을 것이다. 그런 포부와 웅지를 가진 이백의 시를 빼놓을 수 없다.

春夜洛城聞笛(춘야낙성문적)

誰家玉笛暗飛聲, 散入春風滿洛城.
此夜曲中聞折柳, 何人不起故園情.

봄날 밤, 洛城에서 피리소리를 듣다

어디선가 가늘게 들려오는 옥피리 소리,
봄바람에 실려서 낙성안에 두루 퍼진다.
오늘밤엔 〈折楊柳〉의 가락이 들려오니,
어느 누군들 고향을 그리지 않으리오?

| 詩意 | 이는 《全唐詩》 184권에 수록되었다. 이는 李白이 開元 말년 쯤, 洛陽에 머물고 있을 때 지었을 것이라 추정한다.

起承의 2구는 낙양의 피리소리를, 轉結의 3, 4구는 이백의 심사를 서술하였다. 〈折楊柳〉는 악부시제로 횡취곡의 하나이며, 이별의 악곡이다. 객지 생활이 몸에 밴 이백이지만 그래도 고향을 그리는 마음만은 다른 사람과 다르지 않았다.

越中懷古(월중회고)

越王勾踐破吳歸，義士還鄕盡錦衣.
宮女如花滿春殿，只今惟有鷓鴣飛.

越 땅에서 회고

越王 勾踐(구천)이 吳를 격파 개선하자,
義士는 모두 錦衣로 고향에 돌아왔었다.
궁녀는 봄꽃처럼 궁궐에 가득했지만,
지금은 오로지 자고새만 날아다닌다.

| 詩意 | 이백은 각지를 여행했고 산수가 아름다운 江東(오월의 옛 땅)에 즐겨 놀았다. 역사의 흥망성쇠는 필연이지만 그 필연이 시인에게는 좋은 詩材가 된다. 이 시는 《全唐詩》 181권에 수록되었다.

오왕 부차와 월왕 구천은 臥薪(와신)과 嘗膽(상담)을 경험한 사람이다. 그런 교훈을 겪고도 결국 여인 때문에 멸망했다는 자체가 아이러니며 교훈이 아니겠는가?

鷓鴣(자고)는 메추리 과에 속하는 새라고 한다. 그 궁궐과 그 영화는 다 어디로 사라졌는가? 결국 덧없는 영화이고 인생이다.

橫江詞(횡강사) 六首 (其一)

人道橫江好, 儂道橫江惡.
一風三日吹倒山, 白浪高於瓦官閣.

횡강사 (1 / 6)

남들은 횡강이 좋다고 말하지만,
나에겐 횡강이 고약하기만 하다.
한번 바람에 사흘간 산을 넘어뜨리고,
하얀 파도는 瓦官寺 누각보다 더 높다.

| 註釋 | ○ 〈橫江詞〉 – 《全唐詩》 166권 수록.

횡강은, 今 安徽省 동부 長江 하류 북안 馬鞍山市 관할 和縣을 흐르는 長江의 작은 지류이다.

○ 儂道橫江惡 – 儂은 나 농. 옛 시문에 가끔 쓰임. 그대, 너(你, 니). 道는 말하다.

○ 一風三日吹倒山 – '猛風吹倒天門山' 으로 된 판본도 있다.

| 詩意 | 이 시는 이백이 장안을 떠나 각지를 여행할 때 겪은 일을 묘사하였다.

橫江詞(횡강사) 六首 (其五)

橫江館前津吏迎, 向余東指海雲生.
郞今欲渡緣何事, 如此風波不可行.

횡강사 (5 / 6)

橫江의 驛館 나루터 관리가 맞이하며,
나에게 바다 동쪽의 구름을 보라한다.
'손님은 지금 왜 강을 건너려 하는가요?
풍파가 이런 날에는 건널 수 없습니다.'

| 詩意 | 여행을 하다보면 예상에서 벗어나는 일이 계속 발생한다. 모텔이 있다는 지도를 보고 갔더니 폐업을 했다든지, 농어촌 인구가 감소하여 대중교통편이 줄어 버스를 두세 시간 기다려야 한다면 나그네는 심란하게 된다. 그러면 울적한 심사에 설움까지 보태진다.

풍파로 건너지 못한다는 관리의 말에 실망한 이백의 표정이 떠오른다.

峨眉山月歌(아미산월가)

峨眉山月半輪秋, 影入平羌江水流.
夜發清溪向三峽, 思君不見下渝州

아미산의 달을 노래하다

가을밤 峨眉山(아미산)에 높이 걸린 반쪽달,
달빛은 平羌江(평강강)의 강물 따라 흐른다.
밤중에 淸溪를 떠나 三峽(삼협)으로 가는데,
그리운 벗님도 못보고 渝州(유주)로 향한다.

| 註釋 | ○ 〈峨眉山月歌〉 - 峨眉山(아미산, 峨嵋山)은, 今 四川省 중동부 樂山市 관할 峨眉山市(縣級) 소재, 最高峰인 萬佛頂은 해발 3,099m. 불교 4대 명산의 하나이며 성지 華藏寺가 있으며, '峨眉天下秀' 의 명성을 누리고 있다.

○ 平羌(평강)은 水名. 제갈량이 羌族(강족)을 물리쳤다는 江.

○ 夜發清溪向三峽 - 三峽은 長江의 三峽을 지칭. 아미산에서 1, 2일에 갈 수 있는 거리가 아니다.

○ 思君不見下渝州 - 渝州(유주)는 隋, 唐의 지명, 치소는 巴縣, 今 重慶市. 渝는 달라질 투. 본음 유.

| 詩意 | 《全唐詩》 167권에 수록 되었다. 蜀땅은 이백의 고향이니 가까운 곳에 그리운 知人도 있었으리라. 만나 여러 회포를 풀고 싶으나 그러지 못하고 떠나가는 심정을 아미산에 걸린 반달에 기탁하였다. 그립다는 말이 없어도 思鄕의 그리움을 느낄 수 있다.

宣城見杜鵑花(선성견두견화)

蜀國曾聞子規鳥, 宣城還見杜鵑花.
一叫一回腸一斷, 三春三月憶三巴.

선성에서 두견화를 보다

蜀國에서는 전부터 두견새를 들었었고,
宣城에서도 똑같이 두견화를 보았노라.
한번 울적마다 애가 한번씩 끊어지는데,
석달 봄 내내 고향 三巴를 생각하노라.

| 註釋 | ○ 〈宣城見杜鵑花〉 – 〈宣城에서 두견화를 보다〉 두견화는 우리말로 진달래 꽃. 映山紅(영산홍)이라고도 부르는데, 두견새가 피를 토하며 슬피 울어 꽃이 물들었다고 한다. 그러나 사실 진달래가 필 때 두견새가 우는 것이다.

두견새는 蜀을 대표하는 새이고 좀 늦은 봄날 밤에 구슬프게 우는데, 옛 상고시대 蜀王 杜宇(두우)가 살해되어 새로 환생했다는 전설이 만들어졌다. 그 새 울음이 '不如歸去, bùrúguīqù'와 비슷하다고 한다. 우리나라에서는 그 울음소리를 '계집 죽고, 자식 죽고' 와 비슷하다고 말한다. 《全唐詩》 184권 수록. 이 시를 杜牧(두목)의 詩로 또 제목을 〈子規〉라 한 경우도 있다.

○ 三春三月憶三巴 – 三春은 孟春, 仲春, 季春. 三巴는 漢代 이후 巴郡, 巴東郡, 巴西郡. 곧 蜀땅을 지칭.

| 詩意 | 1, 3구는 두견새를, 2, 4구는 두견화를 묘사하면서, 結句는 고향 巴蜀을 그리는 시인의 심사를 표현하였다.

특히 결구의 三春, 三月, 三巴의 三이 세 번 겹치지만, 시를 읽는 리듬을 살려주며 전혀 껄끄럽지가 않다. 이 또한 이백의 천재성이 아니겠는가?

東魯門泛舟(동로문범주) 二首 (其一)

日落沙明天倒開, 波搖石動水縈洄.
輕舟泛月尋溪轉, 疑是山陰雪後來.

東魯門에서 배를 띄우고 (1 / 2)

해가 져도 모래밭 밝으니 하늘이 거꾸로 선 듯,
물결 일면 바위도 흔들리고 물은 돌아 흐른다.
작은 배에 달을 싣고 시냇물 따라 돌아가니,
아마 눈이 그쳐 돌아온 山陰 왕희지 같으리.

| 詩意 | 《全唐詩》 179권에 수록되었다.

東魯門은 山東 曲阜(곡부)의 성문일 것이다. 이백은 齊와 魯 지역을 유람하였고 잠시 머물기도 했었다.

1, 2구에서는 시인의 뛰어난 관찰력에 놀라야 한다. 해가 진 다음 물가의 흰 모래밭은 주위보다 밝으니 하늘이 아래에 있다고 느낀 것이다. 그리고 잔물결 일며 바위 그림자가 흔들리며, 물은 바위를 감싸고 흐른다. 정지된 풍경에서 배를 저어가면 물에 비친 달이 따라오니 달을 싣고 가는 것이리라.

옛날 東晋 山陰 땅에 살던 명필 王羲之(왕희지, 303 – 361, 字 逸少)는 눈이 내리자 벗이 그리워 배를 저어 가다가 눈이 그치고 興도 다하자, 벗이 있는 곳까지 가지 않고 돌아왔다는 이야기가 있다. 말하자면 興이 있어 찾아간 것이고 흥이 식었으니 돌아왔다는 왕희지였다. 이날 李白의 詩興도 이와 같았을 것이다.

望天門山(망천문산)

天門中斷楚江開, 碧水東流至此迴.
兩岸青山相對出, 孤帆一片日邊來.

천문산을 바라보다

天門山 가운데 뚫고서 楚江이 흐르는데,
碧波는 동으로 흐르며 여기서 돌아간다.
양쪽의 강가에 青山이 마주 서있는데,
하늘서 외로운 돛단배 하나 내려온다.

| 詩意 | 《全唐詩》 180권에 수록되었다. 天門山은 본디 하나였는데, 長江이 그 가운데를 잘라 내며 흘러온다고 생각하였다. 天門山은, 今 安徽省 동부 馬鞍山市 관할 當途縣 서남에 있는 長江 양안의 梁山(양산)의 합칭이다. 또 그 지역의 장강을 楚江이라 부르는데, 우리나라 부여 부근의 금강을 白馬江이라 부르듯 장강의 일부를 초강이라 지칭한다.

贈汪倫(증왕륜)

李白乘舟將欲行, 忽聞岸上踏歌聲.
桃花潭水深千尺, 不及汪倫送我情.

왕륜에게 주다

이백이 배를 타고 떠나려 하는데,
갑자기 언덕에서 답가 소리 들렸네.
도화연 깊이가 천여 자라 하지만,
왕륜의 나를 보내는 정보다는 못하리.

| 詩意 | 이백의 명성이 한창 무르익었을 때, 涇州(경주, 통할 경. 今 安徽省 동남부 宣城市 관할 涇縣)에 汪倫(왕륜)이란 사람이 있었다. 왕륜은 호탕한 성격에 의리를 알고 재물을 쓸 줄 아는 사나이로, 이백의 명성을 듣고 흠모하며 꼭 만나보고 싶었다.

왕륜은 어느 날 이백이 宣城 일대를 유람 중이라는 소식을 들었다. 왕륜은 자신의 지인을 통하여 이백에게 초청하는 글을 보냈다.

"貴公께서는 경치 좋은 곳에 유람하시길 좋아하십니까? 우리 이곳에 '十里의 桃花'가 있습니다. 공께서는 愛酒하신다 하니, 우리 이곳에는 '萬家의 酒店'이 있습니다."

이백은 서신을 받았지만 모르는 이름이었다. 그러나 예의를 갖춘 서신이고 '十里桃花'와 '萬家酒店'이 있다니 좋을 것이라 생각했다.

이백은 본래 떠도는 나그네이니 고향과 타향을 어찌 구분하겠는가? '但使主人能醉客(다만 주인이 객을 취하게만 한다면), 不知何處是他鄕(어디가 타향인지 알지 못하겠네!)' 이 아닌가?

이백은 기분 좋게 곧바로 왕륜을 찾아왔고, 왕륜은 이백을 환대하였다. 이백이 '십리 길의 도화' 를 보러 가자고 말하자 왕륜이 말했다. "이곳 桃花潭(도화담)은 그 주위가 십리이기에 十里桃花라고 부릅니다. 그리고 우리 마을 술집 주인이 萬氏라서 우리는 萬家酒店이라 부릅니다."

십리에 걸쳐 도화가 피어 있는 길을 걷고, 여러 주점을 돌아다니며 술을 마시겠다는 이백의 예상은 크게 빗나갔다. 이백은 웃을 수밖에 없었다.

그러나 왕륜의 환대는 극진했다. 그동안 준비해 두었던 가장 좋은 술과 음식으로 이백을 즐겁게 했다. 이백은 고담준론을 나누고 시를 이야기 하며 매일 인근의 경치 좋은 곳에서 즐겁게 지냈다. 54세의 이백은 이때(754), 〈過汪氏別業〉 二首를 지었다.

이백은 왕륜의 진심어린 환대에 크게 감명을 받았다. 이어 이백은 왕륜과 헤어져야만 했다. 이백이 배를 타고 떠나려는 순간 갑자기 마을 사람들의 踏歌(답가, 踏은 밟을 답) 노래 소리가 들렸다. 이백이 강 언덕을 바라보니 온 마을 사람들이 모두 나와 줄을 지어 서서 발로 장단을 맞추며 이백을 환송하는 노래를 부르는 모습을 보았다.

이백은 너무 감동해서 배를 멈추고 눈물을 흘리며 이 시를 지어 왕륜에게 주었다.

이 한 수로 왕륜이란 이름은 영원히 남았고, '桃花潭水(도화담수)' 는 이별의 정을 뜻하는 成語로 사용되기 시작했다. 뒤에 그곳 사람들은 그곳에 酌海樓(작해루), 文昌閣(문창각)을 지어 이백을 추모했으며, 또 '踏歌兩岸(답가양안)' 이란 말이 생겼다.

지금도 涇縣(경현)의 도화담엔 이백을 그리는 사람들이 계속 찾아오고 있다 하니, 말하자면 '스토리텔링' 으로 성공한 관광지라고 할 수 있다.

清平調(청평조) 三首 (其一)

雲想衣裳花想容，春風拂檻露華濃.
若非羣玉山頭見，會向瑤臺月下逢.

청평조 (1 / 3)

구름은 귀비의 옷이요 모란은 얼굴이니,
봄바람 난간을 스치면 진한 이슬 맺힌다.
혹시나 群玉山서 만난 귀인이 아니라면,
틀림없이 요대의 달 아래서 만났으리라!

| 參考 | 《全唐詩》 164권에는 이 시에 관련하여 약간의 설명이 실려 있다.

天寶 2년(743)에 李白은 나이 43세로 翰林供奉(한림공봉)의 직을 받고 玄宗 곁에서 궁중시인 格으로 있었다. 그때 현종이 양귀비와 함께 모란꽃이 만발한 興慶宮 沈香亭에서, 이백으로 하여금 시를 짓게 했다. 술이 거나한 이백이 즉석에서 〈清平調〉 (樂府의 曲名) 三首를 지었다. 이는 貴妃의 미모와 자태를 충분히 칭찬해 준 악부시이다.

| 詩意 | '구름을 연상케 하는 옷'과 '꽃과 같은 얼굴', 그리고 春風처럼 온화하고 이슬만큼 농염하다는 구절이 보통의 칭찬이라면 '仙女' 같다면 더 이상의 칭찬이 없으리라.

세 首의 시에는 귀비가 그만한 은총을 받으면서 정사로 고생하는 玄宗의 근심을 풀어주는 소임을 다하였다는 칭송의 뜻이 있다.

唐代에는 모든 사람들이 부귀를 상징하는 모란꽃을 애호했다. 한편 현종의 총애를 독차지한 양귀비는 풍만한 미인이었다. 현종은 모란(牡丹)과 짝을 이룬 양귀비를 함께 보며 미소를 지었을 것이다. 현종의 사랑을 독차지하며 낮에는 歌舞와 宴樂(연락)에 분주했고, 밤에는 雲雨의 정을 나누었을 것이니 미인은 피곤하였을 것이다.

이백은 제 二首에서 양귀비를 '一枝紅艶露凝香' 이라고 치켜세웠다. 그러나 結句에서 '可憐飛燕倚新妝' 이라고 한 말이 화근이 되었다.

곧 현종의 정치적 참모이며 궁중 호위의 군사를 지휘하며 심복중의 심복이었던 환관 高力士가 '이백은 양귀비를 천한 신분 출신인 前漢 조비연에게 비유했다.' 고 참언하였다.

그전에 술에 취한 이백이 안하무인격으로 현종 앞에서 고력사에게 자기의 신을 벗기게 한 일이 있었고, 이를 기회로 고역사가 이백에게 앙갚음을 한 것이다. 결국 이백은 天寶 3년(744)에 장안을 떠나간다.

清平調(청평조) 三首 (其二)

一枝紅豔露凝香，雲雨巫山枉斷腸.
借問漢宮誰得似？可憐飛燕倚新妝!

청평조 (2 / 3)

붉고도 고운 꽃가지에 향기로 맺힌 이슬이니,
雲雨가 되는 巫山神女 공연히 애만 태운다.
묻노니 漢宮의 그누가 귀비와 닮았는가?
가련한 趙飛燕 단장을 마치면 이같으리!

清平調(청평조) 三首 (其三)

名花傾國兩相歡，長得君王帶笑看.
解釋春風無限恨，沈香亭北倚闌干.

〈청평조〉 (3 / 3)

牧丹과 경국의 미인은 함께 즐거우니,
君王은 언제나 미소를 띠고 바라본다.
春風의 무한한 근심을 풀어 주면서,
沈香亭 북쪽의 난간에 기대 서있다.

| 詩意 | 사실 시인의 우수한 두뇌와 글 솜씨로 타인을 격려하고 칭찬도 하지만 풍자하거나 심하다면 조롱할 수도 있을 것이다. 다른 표현은 그만두고서라도 여기서 '傾國(경국)' 이란 말이 그러하다.

傾國之色 – 미인임에는 틀림없다. 역사적으로 미색에 빠져 나라를 거덜 낸 군왕도 많이 있었다. 양귀비가 미인이라는 사실을 표현하는데 꼭 '傾國' 이외에 다른 표현은 없었을까?

실제로 뒷날 당나라를 기울게 한 사람이 양귀비였다. 양귀비 – 사촌인 楊國忠 – 절도사 안록산 – 재상이며 간악한 李林甫 이런 사람들이 모두 다 고리처럼 연결되어 있었다.

현종은 60이 벌써 넘은 노인이었다. 사리 판단의 능력은 많이 쇠퇴해진 상태였고 너무 오랫동안 태평했었다.

이백은 이미 나라가 기울 수도 있다는 조짐을 보았을 것이다. 그래서 풍자의 뜻으로 아니면 칭찬하면서 비꼬는 의미로 새길 수 있는 악부시를 지어 올렸을 것이다. 이백의 두뇌라면 충분히 그러고서도 남을 것이다.

聞王昌齡左遷龍標遙有此寄
(문왕창령좌천용표요유차기)

楊花落盡子規啼，聞道龍標過五溪.
我寄愁心與明月，隨風直到夜郎西.

왕창령이 좌천되어 용표로 간다는 소식을 듣고 詩를 보내다

버들개지도 다 지고 두견새는 우는데,
용표로 간다니 지금쯤 五溪를 지났겠지.
나의 걱정을 명월과 함께 보내니,
바람 따라 곧장 夜郎의 서쪽에 닿겠지.

| 詩意 | 이백과 왕창령은 호탕한 성격에 마음이 통하는 친우 사이였다. 龍標는 지금의 湖南省 서남부 懷化市관할 洪江市이고, 五溪와 夜郎도 모두 지명이다.

봄에 버드나무 잎이 나온 뒤 노란 꽃이 피면서 하얗게 날리는 버들개지는 떠도는 나그네의 상징이며, 두견은 슬픔으로 가득 찬 나그네의 마음을 대변해 주는 새이다.

이백은 자신의 걱정스런 마음을 명월과 함께 보낸다고 하였다. 왕창령이 어디에 있던 명월을 볼 것이니 용기를 가지라는 격려의 뜻일 것이다.

黃鶴樓送孟浩然之廣陵(황학루송맹호연지광릉)

故人西辭黃鶴樓，煙花三月下揚州.
孤帆遠影碧空盡，惟見長江天際流.

黃鶴樓에서 廣陵으로 가는 孟浩然을 전송하다

벗님은 서쪽의 황학루를 떠나서,
꽃피는 삼월에 양주로 내려간다.
외로운 돛배 멀어졌다 창공으로 사라지고,
오로지 뵈나니 長江만 하늘 끝에 흐른다.

| 註釋 | ㅇ 〈黃鶴樓送孟浩然之廣陵〉 – 〈광릉으로 가는 맹호연을 전송하며〉. 之는 동사로 '가다.' 廣陵은 江蘇省 揚州市.

孟浩然(689? – 740)은 이백보다 나이가 많았는데 각지를 떠돌았다. 이 시는 《全唐詩》 174권과 《唐詩三百首》에 실려 널리 알려졌다.

ㅇ 故人西辭黃鶴樓 – 故人은 맹호연. 老朋友. 西辭는 서쪽인 여기를 떠나가다. 黃鶴樓 – 今 湖北省 武漢市 黃鶴山에 있는 누각. 王子安이라는 신선이 황학을 타고 자주 들렀다는 이야기와 費文禕(비문위)라는 사람이 여기서 황학을 타고 승천했다는 이야기가 전한다.

ㅇ 煙花三月下揚州 – 三月煙花의 도치. 3월의 꽃그늘에서. 下는 내려가다. 하류로 가다. 揚州 – 玄宗 天寶 元年(742), 揚州를

廣陵郡이라 고치고 江都, 江陽, 六和, 海陵, 高郵, 揚子, 天長 등 7縣을 관할케 하였고 治所는 江都縣이있다. 숙종 乾元 원년(758)에는 다시 揚州라 하였다.

○ 孤帆遠影碧空盡 – 孤帆의 遠影이 碧空(靑天)으로 盡하다. 盡은 사라지다.

| 詩意 | 봄 안개와 봄꽃이 뽀얗게 어우러진 춘삼월에 서쪽 황학루에서 작별을 한다. 맹호연은 배를 타고, 長江을 동쪽으로 내려가 廣陵(揚州)으로 간다.

1, 2구는 떠나는 사람을 읊었는데, 여기에는 맹호연이 보인다. 李白은 높은 황학루에서 멀어져 가는 외로운 배 모습이 푸른 하늘 속으로 들어가 안 보일 때까지 주시하고 있었다.

그러다가 맹호연은 보이지 않고 배가 사라진 長江만이 화면에 가득하다. 李白의 슬픔은 단 한 글자도 말하지 않았지만 3, 4구에는 우인을 보낸 공허한 심정이 행간에 가득하다.

'孤帆遠影碧空盡, 惟見長江天際流' 의 두 구절은 무한한 대자연속에서 작별하는 우인에 대한 그리움을 그림으로 그리고, 또 동영상처럼 찍어내어 많은 사람들이 기억하는 名句로 남았다.

맹호연은 이백, 왕유와 각별한 우정을 간직하고 있었다. 이백의 오언율시 〈贈孟浩然〉도 아주 유명하다.

永王東巡歌(영왕동순가) 十一首 (其二)

三川北虜亂如麻，四海南奔似永嘉.
但用東山謝安石，爲君談笑靜胡沙.

永王의 동방 순시를 노래하다 (2 / 11)

三川의 북방 난군은 얽힌 삼단처럼 광분하고,
천하의 남방 피난은 永嘉 시절처럼 어지럽다.
그래도 東山 謝安石 같은 인재를 등용한다면,
담소로 북방 모래 바람을 진정시킬 수 있으리.

| 註釋 | ㅇ 〈永王東巡歌 十一首〉 – 〈永王의 동방 순시를 노래하다〉.

이 시는 이백이 玄宗의 16子인 영왕의 막료로 재직하며 지은 시이다. 《全唐詩》 167권 수록.

천보 15년(756) 안록산의 반군이 潼關(동관)을 공격 함락시키자, 현종은 四川으로 피난했다. 피난 중은 황자 永王 李璘(이린)을 山南, 東路, 嶺南, 黔中(검중)의 4도 절도사로 임명하며 江陵郡 大都督에 임명하였다. 그해 12월 영왕은 군사를 거느리고 순시하다가 九江에 이르러 사람을 보내 廬山에 은거 중인 이백을 불렀고, 이백은 영왕의 막료가 되었다. 영왕은 肅宗 至德 2년(757), 숙종의 허락 없이 대군을 모집했다 하여 숙종의 공격을 받아 피살되었다. 이 과정에서 이백은 옥에 갇혔다가 夜郎(야랑)이란 곳으로 유배된다.

○ 三川北虜亂如麻 – 唐의 東都인 낙양은 秦 시절의 三川郡이었다. 낙양의 황하와 洛水, 伊水를 삼천이라 칭했다. 麻는 삼. 삼베의 실 꾸러미.

○ 四海南奔似永嘉 – 四海는 천하. 南奔은 남으로 奔走(분주, 피난)하다. 永嘉(영가)는 西晋 懷帝 司馬熾의 연호. 307 – 313년. 311년 낙양을 수비하던 북방족 군사들이 반란(영가의 난)으로 회제가 반란군에게 생포되었다. 이후 서진은 316년에 망했다. 영가 연간에 북방의 귀족들이 남방으로 대거 피난하였다.

| 詩意 | 이백은 영왕의 막료로 재직 중에 이 시를 지었는데, 자신을 東晋의 명장에 비유하며 천하를 안정시키고 국가에 보답하겠다는 자신의 이상을 서술하였다.

黃鶴樓聞笛(황학루문적)

一爲遷客去長沙，西望長安不見家.
黃鶴樓中吹玉笛，江城五月落梅花.

황학루에서 피리소리를 듣다

어쩌다가 쫓겨난 나그네가 長沙를 지나가는데,
서쪽으로 장안을 바라보나 집이 보일 리 없다.
黃鶴樓에서 누군가가 옥피리를 부는데,
5월의 강변 읍성에는 매화가 지고 없다.

| 詩意 | 〈黃鶴樓聞笛〉 – 이백이 詠王 李璘(이린)의 모반에 연루되어 감옥에 갇혔다가 사형에서 감형 받고, 지금의 貴州省을 목적지로 유배를 떠난다. 유배 도중에 長沙를 지나며 屈原(굴원)과 가의를 생각했을 것이다. 그리고 황학루에 들려 옛 추억에 잠겼는데 어디선가 옥피리 소리가 들린다. 5월이라 하였으니 매화는 벌써 지고 없을 것인데, '五月落梅花' 라 읊은 것은 슬픔과 근심 속에 계절의 흐름도 잊었다는 증거이다. 여기서 이백의 슬픔을 가늠할 수 있다.

早發白帝城(조발백제성)

朝辭白帝彩雲間, 千里江陵一日還.
兩岸猿聲啼不住, 輕舟已過萬重山.

새벽에 백제성을 출발하다

아침에 붉은 구름 사이로 백제성을 떠나,
천리나 되는 강릉길을 하루에 도착했다.
양쪽 강 언덕에 원숭이 울음 그치지 않고,
배는 가볍게 벌써 만 겹의 산들을 지났다.

| 註釋 | ○ 李白은 安史의 난(安史之亂, 天寶之亂. 755년 12월 – 763년 2월. 安祿山과 史思明의 난)이 일어난 뒤 756년 12월 현종의 아들 永王 李璘(이린, ?720 – 757년, 현종의 16子)의 막료로 일하는데 영왕이 모반을 꾀한다 하여 肅宗에게 피살되었고, 이백 또한 체포되어 옥에 간히게 된다. 다행히 郭子儀(곽자의)가 극력 변호하여 사형은 면하고 夜郞(야랑, 今 貴州省 중부 安順市 관할 關岭縣 부근)으로 유배된다. 759년 3월에, 巫山(무산)을 지날 무렵 사면이 되었다는 소식을 듣는다. 이백은 즉시 배를 돌려 金陵을 향하게 된다. 이때 이백은 59세의 만년이었다. 《全唐詩》 181권 수록.

| 詩意 | 이 시는 사면을 받은 기쁜 마음으로 금릉을 향해 내려가며 지은 시이다.

白帝城은 지금 重慶市 동부 長江의 북안, 奉節縣으로부터 8km 지점에, 전에는 瞿塘峽(구당협)을 내려다보는 지점이었으나 지금은 三峽大壩(삼협대패, Sānxiá Dam) 때문에 수위가 높아져 강 가운데의 섬이 되었다.

千里江陵 – 백제성에서 장강을 따라 宜昌(의창)과 荊州(형주)를 거쳐 江陵까지는 1200리 길이라 하였다. 이토록 먼 길이라는 거리를 강조. 강물 흐름이 아주 급하고, 또 순풍이 불었기에 시속 3~40km로 배가 나아가 밤이 늦어서야 강릉에 도착했을 것으로 추정된다.

'兩岸猿聲啼不住' 는 이백의 빠른 배가 내려가는 동안 이산 저산의 원숭이 울음이 계속 들려온다는 뜻이다. 어떤 好事家는 원숭이는 長江 南岸에서만 살고, 北岸에는 원숭이가 살지 않으니 '兩岸' 이란 표현이 틀렸다고 주장하는 사람이 있다. 그러나 사실이 그렇다 하더라도 강폭이 매우 좁은 곳에서 메아리도 있는데, 남안 북안 어디서 들려오는지 구분할 수 없었을 것이다.

이 시는 시인의 紀行을 적은 시이기에 특별히 깊은 뜻은 없고 경쾌하고 가벼운 기분으로 감상할 수 있다. 起句에서는 출발지와 출발 시간의 아름다움으로 제목을 설명하였다. 次句에서는 목적지 강릉까지 걸린 시간을 말하여 감탄을 자아내게 하였다.

3, 4구는 원숭이 울음 속에서 첩첩 산중을 뚫고 흐르는 장강의 모습을 연상케 해준다. 시를 읽는 사람도 시인과 같이 배를 타고 가는 느낌이 들 정도이다. 이 시는 '歷代七絕第一' 이라는 찬사를 듣는 명작이다.

陪族叔刑部侍郎曄及中書賈舍人至遊洞庭 (배족숙형부시랑엽급중서가사인지유동정) 五首 (其二)

南湖秋水夜無烟, 耐可乘流直上天.
且就洞庭賖月色, 將船買酒白雲邊.

族叔인 형부시랑 曄(엽) 및 중서 賈(가)사인과 함께 동정호를 유람하다 (2 / 5)

가을날 南湖에는 밤들어 안개도 없는데,
강물을 따라가면 곧바로 上天할 수 없을까?
우선은 동정호 月色을 외상으로 사오고서,
이어서 배타고 白雲을 따라가 술을 사야지!

| 詩意 | 〈陪族叔刑部侍郎曄及中書賈舍人至遊洞庭 五首〉 - 이백이 夜郞으로 유배 가는 중 사면을 받아 신나게 長江 삼협을 거쳐 下江하였다. 그리고 지금의 湖南省 북단 岳陽에서 嶺南으로 좌천되어 여행 중이던 族叔 李曄(이엽)을 만나고, 그곳 岳州의 司馬인 賈至(가지)를 만나 3인이 동정호에서 회포를 풀며 놀았다.

첫 구는 동정호의 밤경치, 承句는 紅塵(홍진)을 떨쳐버리고 싶은 이백의 심사를, 轉句는 동정호의 유람과 술을 사오는 현실적 묘사로 동정호에서의 회포와 유람의 정을 그림처럼 그려놓았다. 豪放(호방) 그리고 脫俗의 기운이 느껴진다. 《全唐詩》 179권 수록.

結襪子(결말자)

燕南壯士吳門豪, 筑中置鉛魚隱刀.
感君恩重許君命, 太山一擲輕鴻毛.

결말자

燕南의 고점리와 吳나라 호걸 전저는,
筑에 납을 넣고 물고기에 칼을 숨겼다.
君王의 은택이 무겁기에 목숨 바치니,
泰山 같은 목숨이 鴻毛처럼 가벼워라.

| 註釋 | 제목의 〈結襪子(결말자), 버선 말〉는 악부시 雜曲歌辭(잡곡가사)의 제목이다. 이백은 〈결말자〉의 제목을 그대로 따서 〈결말자〉와 같은 뜻을 읊었다. 지은 연대를 추정할 수 없는 작품이라서 뒤쪽에 배치했다. 《全唐詩》 163권에 수록.

戰國 말, 燕나라 태자 丹(단)은 秦王 政(뒷날 秦 始皇帝)을 죽이려고 자객 荊軻(형가)를 보내는데 易水(역수)에서 송별한다. 형가의 친우가 高漸離(고점리)인데, 筑(축)이라는 악기를 잘 연주했다. 형가가 실패하여 죽음을 당한 뒤, 고점리는 형가의 원수를 갚으려 성명을 바꾸고 나중에는 자신의 눈까지 멀게 한 뒤, 기회를 얻어 진시황 앞에서 축을 연주하다가 납을 감춰 무게를 늘린 축으로 진시황을 격살하려 했지만 역시 실패한다.

春秋시대 吳의 專諸(전저)는 公子 光의 부탁으로 물고기 뱃속에 칼을 숨겨 吳王 僚(료)를 죽인다. '魚隱刀' 는 전저의 사적을 말한 것이다.

| 詩意 | 이백은 고점리와 전저의 행적을 예로 들면서 志士는 태산보다 더 중한 목숨을 대의를 위해서라면 鴻毛(홍모, 기러기)처럼 버릴 수 있다는 뜻을 읊었다.

四. 五言·七言律詩

送友人(송우인)

青山橫北郭, 白水遶東城.
此地一爲別, 孤蓬萬里征.
浮雲游子意, 落日故人情.
揮手自茲去, 蕭蕭班馬鳴.

友人을 전송하며

青山은 성곽 북쪽에 비껴 막았고,
白水는 성밖 동쪽을 감아 흐른다.
여기서 한번 이별을 하고나면,
쑥솜이 날듯 만리를 떠돌리라.
浮雲은 나그네의 마음이며,
落日은 벗님네의 염려로다.
잡은 손 놓고서 여길 떠나니,
가는 말 울음만 여기 남았다.

| 註釋 | ○〈送友人〉-〈友人을 보내며〉.《全唐詩》177권과《唐詩三百首》에도 실려, 人口에 정말로 널리 회자되는 시이다.

○ 靑山橫北郭 - 橫은 가로 지르다. 郭(곽)은 외성. 본래 城은 內城, 郭은 外城이지만 한 도시에 내성과 외성이 없다면 그냥 城이다.

○ 白水遶東城 - 遶는 두를 요. 이 首聯은 靑山과 白水, 橫과 遶, 北郭과 東城이 모두 對를 이루고 있다.

○ 此地一爲別 - 此地는 靑山과 白水가 있는 이곳. 爲는 동사로 쓰였다.

○ 孤蓬萬里征 - 蓬은 쑥 봉. 쑥은 가을이면 하얗게 꽃이 피고 그것은 솜처럼 공중을 날라 흩어진다. 蓬蒿(봉호). 征은 칠 정. 가다. 떠돌다.

○ 浮雲遊子意 - 浮雲은 定處가 없음을 상징. 떠나가는 사람의 자유분방한 성격을 표현. 遊子는 나그네.

○ 落日故人情 - 落日은 멈출 수 없다. 아침 해의 떠오르는 속도는 느리다 생각되지만 지는 해는 빨리 떨어진다. 여기서 落日은 친우가 나그네를 염려하는 마음은 잠시도 멈추지 않는다는 뜻이다.

○ 揮手自玆去 - 揮는 휘두를 휘. 떨치다. 揮手(휘수)는 '놓고 가는 손'. 玆는 무성할 자. 여기, 이에, 지금, 이제, 곧. 自玆去(자자거)는 여기를 떠나서 가니.

○ 蕭蕭班馬鳴 - 蕭蕭(소소)는 말 울음 소리. 헤어지기에 말울음 소리도 슬프게 들린다면서 말 울음 소리로 이별의 장면을 마무리 하였다. 班은 나눌 반. 차례. 옥을 나누다. 떠나가다(別也).

班馬(반마)는 떠나가는 말. 우인은 지금 말을 타고 떠나갔다. 班을 班如(걸음이 느리다)의 뜻으로 엮어 풀어도 좋다.

| 詩意 | 실제적인 인물이나 환경이 구체적으로 나타나지는 않았으나 벗과의 이별이 산뜻하고 리얼하게 그려진 걸작이며, 이 시의 짜임새는 꿰어 놓은 구슬과 같다.

首聯은 이별하는 장소를 완벽한 대구로 묘사하였다. 青山과 白水는 아름답지만 그 다음은 孤蓬萬里이다. 孤蓬은 너무 쓸쓸한 정경이다. 그 이별 장소의 아름다움과 쓸쓸함은 바로 尾聯에서 다른 모습으로 그려진다. 곧 잡은 손을 놓고 갔는데 쓸쓸한 말의 울음소리만 남았다고 하였다. 보내는 사람의 눈에 들어왔던 청산과 백수는 다 사라졌다. 이 얼마나 애틋한 마음인가!

首聯의 이별 장면 다음에 보내는 사람과 남은 사람의 마음이 그려진다. 가는 사람은 늦가을 바람에 날리는 쑥솜처럼 만 리 밖을 떠돌 것이다. 나그네의 지친 肉身이 느껴진다.

그리고 나그네는 떠도는 구름(浮雲)처럼 자유롭고 한가할 수 있겠지만, 보내는 사람이 걱정해주는 마음은 지는 해(落日)처럼 잠시도 멈출 수 없다.

孤蓬, 浮雲, 落日은 이별의 상징이다. 거기에 마지막으로 蕭蕭(소소)한 말 울음 소리를 추가로 더 첨가하여 완벽하게 이별을 묘사하였다. 그러니 名詩이고 絶唱이 아니겠는가?

江上寄巴東故人(강상기파동고인)

漢水波浪遠，巫山雲雨飛.
東風吹客夢，西落此中時.
覺後思白帝，佳人與我違.
瞿塘饒賈客，音信莫令稀.

江에서 巴東의 벗에게 보내다

(이곳) 漢水는 물결치며 멀리 흘러가고,
(그곳) 巫山엔 구름끼고 비를 뿌리겠네.
동풍이 불어와 나그네 꿈을 깨울 제,
지금쯤 서쪽의 고향에 도착했겠지요.
꿈에서 깬 뒤에 白帝城을 생각하니,
벗님과 나는 갈길이 서로 달랐지요.
구당협 지나는 상인이 아주 많으니,
소식이 뜸하지 않기를 바랄 뿐이요.

| 註釋 | ㅇ 〈江上寄巴東故人〉 - 〈江에서 巴東의 벗에게 보내다〉. 《全唐詩》 173권 수록.

ㅇ 漢水波浪遠 - 漢水는 長江의 최대 지류. 수량이 풍부. 今 湖北省, 武漢, 漢陽市에서 장강에 합류한다.

ㅇ 巫山雲雨飛 - 巫山(무산)은, 今 重慶市와 북부와 湖北省의 경계

를 이루는 산. 무산의 동부는 옛 巴東郡.

○ 瞿塘饒賈客 – 瞿塘峽(구당협)은 長江 三峽의 하나. 今 重慶市 奉節縣 부근.

| 詩意 | 이백이 머무는 漢水와 巫山(무산)을 대비시키면서 우인의 대한 진솔한 思念을 표출하였다.

'돈이 있으면 천리 밖 소식도 듣지만(有錢千里通), 돈이 없으면 옆집 소식도 못 듣는다.' 는 속담도 있다.

送友人入蜀(송우인입촉)

見說蠶叢路, 崎嶇不易行.
山從人面起, 雲傍馬頭生.
芳樹籠秦棧, 春流遶蜀城.
升沉應已定, 不必問君平.

蜀에 가는 友人과 송별하다

蜀路인 잠총로 말은 들었겠지만,
길이 험하여 쉽게 갈 수 없다오.
山은 面前에 불쑥 솟아 오르고,
雲은 馬頭의 옆에 절로 생기지요.
푸른 나무는 秦代의 잔도를 덮었고,
새봄 강물은 成都를 싸고 흐릅니다.
오르고 내리는 길은 이미 정해졌으니,
嚴君平을 찾아 물을 까닭이 없습니다.

| 註釋 | ㅇ 〈送友人入蜀〉 - 〈蜀에 가는 友人과 송별하다〉. 《全唐詩》 177권에 수록.

ㅇ 見說蠶叢路 - 見說은 들었을 것이다. 피동. 蠶叢路(잠총로)는 머리를 들어 올린 많은 누에들처럼 험한 길. 蠶은 누에 잠. 叢은 모을 총. 떨기.

ㅇ 崎嶇不易行 - 崎嶇(기구)는 험한 산길. 易는 쉬울 이.

○ 山從人面起 – 산길 경사가 급해 면전이 바로 산이란 뜻.

○ 芳樹籠秦棧 – 籠은 그물로 덮다. 덮어씌우다. 秦棧은 秦代에 개척한 棧道(잔도, 閣道).

○ 春流遶蜀城 – 遶는 두를 요. 에워싸다. 蜀城은 成都.

○ 升沉應已定 – 升沉(승침)은 산길을 오르고 내려가다.

○ 不必問君平 – 君平은 嚴君平(엄군평), 곧 嚴遵(엄준, 字는 君平). 漢代에 成都에 은거하며 占卜을 잘해 유명했다는 사람.

| 詩意 | 이백의 우인은 王炎(왕염)으로 알려졌다. 장안에서 蜀에 들어가는 험한 여정을 설명하여 우인을 전송하며 각별한 염려의 정을 표출하였다.

贈孟浩然(증맹호연)

吾愛孟夫子，風流天下聞.
紅顏棄軒冕，白首臥松雲.
醉月頻中聖，迷花不事君.
高山安可仰，徒此挹清芬.

맹호연에게 주다

나는 孟夫子를 애모하나니,
이분 풍류는 천하에 알려졌다.
젊어선 벼슬에 마음이 없었으며,
늙어선 청송과 백운에 노닐었다.
달에 취하고 자주 清酒를 즐기며,
꽃과 놀면서 벼슬하지 않았었네.
高山을 어이 아니 우러보리오?
이대로 맑은 향기 따를 뿐이네.

| 註釋 | ○ 〈贈孟浩然〉 - 〈맹호연에게 주다〉. 孟浩然(689~740)은 襄陽 출신으로, 鹿門山에 은거하며 독서와 詩作으로 세월을 보냈다. 이름은 浩이고, 字는 浩然인데 보통 字로 불린다. 왕유와 함께 '王孟'으로 병칭된다. 《全唐詩》 168권과 《唐詩三百首》에 실린 名作이다.

○ 吾愛孟夫子 – 夫子는 남자에 대한 존칭. 맹호연은 李白보다 연상이었고, 40대에 李白과 처음 교제했다.

○ 風流天下聞 – 孟浩然은 젊어서부터 四方을 떠돌았기에 後人은 그를 '孟鹿門', 또는 '鹿門處士'라 불렀다.

○ 紅顔棄軒冕 – 紅顔(홍안)은 童顔, 곧 젊은 나이. 棄는 버릴 기. 軒은 추녀 헌. 집. 수레의 총칭. 軺軒(초헌). 冕은 면류관 면. 고관들의 禮帽. 軒冕(헌면)은 높은 관직. 貴顯(귀현).

○ 白首臥松雲 – '紅顔에 軒冕을 棄하고 白首로 松雲에 臥하다'의 글자 10자로 맹호연의 일생을 다 서술하였다.

○ 醉月頻中聖 – 頻은 자주 빈. 中聖(중성) – '聖人을 만나다'라는 뜻이지만, 실제로는 술에 취한 사람, 술꾼을 지칭한다. 魏의 尙書令인 徐邈(서막)이 曹操의 금주령을 어기고 술에 취했었는데, 조조가 화를 내며 이를 따지자 鮮于輔란 사람이 나서서 '淸酒를 聖人이라 부르고, 濁酒(탁주)를 賢人이라 말하는데, 서막은 聖人을 만났던 것 같습니다.'라고 변명해 주었다.《三國志 魏書 徐邈傳》

○ 迷花不事君 – 迷花(미화)는 꽃에 취하다. 玄宗 재위 시에 맹호연은 장안에 올라와 진사과에 응시하였으나 낙방하였다. 王維가 玄宗에게 孟浩然을 추천하였으나 현종은 孟浩然의 詩〈歲暮歸南山〉중에서 '不才明主棄(재주가 없다고 明主가 버렸다.)'는 구절을 보고서 "나는 卿을 버린 적이 없거늘 어찌 이리 심한 말을 하는가?"라면서 싫어하여 임용되지 않았다. 또 採訪使 韓朝宗이 孟浩然을 좋아하여 맹호연을 조정에 추천키로 하고 잔치에 초청하였으나 맹호연은 다른 지인을 만나 술에 취하

여 한조종과의 약속을 지키지 못했다. 관직을 얻고자 하면서도 '얽매이지 않는 사유로운 삶' 을 포기할 수 없었을 것이다.

○ 高山安可仰 - 高山을 어찌 올려 볼 수 있겠나? '高山仰止하고 景行行止하다.' 라는 말이 있는데(詩經 小雅), 李白이 맹호연을 高山이나 景行(큰길)처럼 우러러보고 따른다는 뜻. '高山景行' 은 大道至德을 비유하는 말이다.

○ 徒此挹清芬 - 徒는 무리 도. 아무것도 없는(空), 다만. 挹은 물을 뜰 읍. 당기다. 본받다. 景慕하다. 芬은 향기로울 분. 清芬은 맑은 향기. 고상한 인품.

| 詩意 | 이 시의 주제는 '高山을 安可仰하리오. 徒此로 挹清芬하리라.' 이다. 仙風을 타고 飄逸(표일)하고 싶은 젊은 李白이 맹호연의 風流와 雅趣(아취)를 잘 알고 있기에 우러르고 본받으려 했다. 맹호연이 그의 고향 鹿門山에 은거하고 있을 때 찾아가 만난 이백의 감격을 짐작할 수 있다. 맹호연의 시는 山水의 아름다움과 유유자적하며 속세에 스스로 멀어지는 은일의 雅趣를 清新하게 읊었기에 그 인품에 감격한 이백이 시를 지어 칭송한 것이다.

이 시는 맹호연의 풍류(起) - 삶(承) - 은일(轉) - 이백의 존경심(結)을 그렸다고 생각할 수 있다.

渡荊門送別(도형문송별)

渡遠荊門外，來從楚國遊.
山隨平野盡，江入大荒流.
月下飛天鏡，雲生結海樓.
仍憐故鄕水，萬里送行舟.

荊門 건너에서 送別하다

물을 건너 멀리 형문산도 지나,
여기 와서 초의 옛 땅을 노닐다.
山은 넓은 들에 와서 스러지고,
江은 거친 땅에 들어 흘러간다.
달은 나는 거울처럼 하늘에 떴고,
구름 모여 바다의 누각을 만든다.
여전히 고향의 강물을 그리나니,
만리 밖 먼 곳에 배를 전송해주네.

| 註釋 | ㅇ〈渡荊門送別〉－〈荊門 건너에서 送別하다〉.《全唐詩》 174권과《唐詩三百首》에도 실려 널리 알려진 작품이다.

渡는 물 건널 도. 荊은 가시나무 형. 荊州. 荊門은 湖北省의 地名이며 산 이름. 형문은 江漢平原의 북쪽에 위치하여 동으로는 武漢과 연결되고 서로는 三峽을, 남으로는 瀟湘(소상)과 통할 수 있는 지역으로 춘추시대 楚의 서쪽 변경이었다.

長安에서 내려가면 '荊州나 楚에 들어가는 門戶' 라는 뜻이다.

이 시는 이백이 개원 13년이나 14년(726) 쯤, 25, 6세의 이백이 촉을 떠나 장강을 따라 여행하며 지은 시로 알려졌다. 詩 題目에는 送別이라 했지만 송별의 대상에 대한 언급도 없고 자연경관을 묘사하였기에 이백 스스로 '山水의 송별을 받는 자신' 을 읊었다고 생각할 수 있다.

○ 渡遠荊門外 – 이백의 긴 여정을 묘사했다.

○ 來從楚國遊 – 來는 다른 곳에서 지금 있는 곳으로 동작이 진행되었음을 표시한다. 從 ~로부터, ~에서, 지금까지, 여태껏. 楚國 – 형문의 동쪽은 옛 楚의 땅이었다.

○ 山隨平野盡 – 山은 平野를 따라 없어졌다. 산이 드높고 힘차게 달려왔다가 평야에서 없어졌다는 표현이다. 산이 없는 곳이 바로 평야이다. 이런 표현은 묘사의 대상을 바꾸어 생각한 것이다. 李陸史의 '모든 산맥들이 바다를 연모해 휘달릴 때도 차마 이곳을 범하던 못하였으리라.' 와 같은 의미이다.

○ 江入大荒流 – 江은 長江. 大荒(대황)은 廣漠(광막)한 평원. 江漢平原을 말한다. '끊임없는 광음을 부지런한 계절이 피어선 지고, 큰 강물이 비로소 길을 열었다.' 가 연상되는 구절이다. '山은 平野를 隨하여 盡하고, 江은 大荒에 入하여 流한다.' 는 이 구절은 李白 詩의 웅장한 스케일과 무한대로 확대된 공간개념을 반증하는 구절이다.

○ 月下飛天鏡 – 下는 '하늘에 떠서 지나가다.' 로 풀이하면 딱 맞을 것 같다. 飛天鏡은 날아가는 하늘의 거울. 밝고 큰 달을 표현하였다. 天鏡은 달.

○ 雲生結海樓 – '구름은 바다의 기운처럼 피어난다.' → 구름 색과 모양의 변화가 바다의 신기루와 같다. 海樓(해루) – 바다의 신기루. 이백은 '바다의 신기루' 를 직접 체험하지는 못했을 것이다. 다만 독서량이 많은 천재 시인이기에 이런 표현은 가능했을 것이다.

○ 仍憐故鄉水 – 仍은 인할 잉. 거듭. 아무래도. 憐은 불쌍히 여길 연(련). 어여쁘다. 故鄕水는 고향의 강. 長江의 상류 지역이 蜀이며 李白의 고향이다.

○ 萬里送行舟 – 萬里 떨어진 이곳까지 나를 보내주었다는 의미.

| 詩意 | '山隨平野盡' 을 '강물이 험준한 산악지대를 지나 넓은 평야를 흐르게 되자, 산들도 안 보이게 된다.' 는 뜻이라며, '蜀의 산들은 형문산에 와서 안 보인다.' 라고 말한 사람은 책상에 앉아서 시를 풀이한 것이다. 해석은 그럴 듯하지만 이치를 따지면 그럴 수가 없다. 물론 이백의 눈으로 안 보이지 마음속으로는 잊지 못한다고 보충할 수도 있다. 그러나 이백도 고향 촉에서 형문은 萬里라고 묘사하였다. 사람의 시력이 그리 좋은 것이 아니다. 여기는 고향땅과 산천의 형세가 완전히 다른 곳이다. 그냥 이곳 산수를 묘사한 것이지 '고향의 산이 여기서는 안 보인다.' 라는 풀이는 너무 관념적이다.

江入大荒流에 대한 풀이도 그렇다. 大荒은 땅의 끝이다. 李白의 이 묘사는 그 끝이 안 보이는 벌판 가운데를 강이 흐른다는 뜻이다. 산과 산 사이를 굽이굽이 돌아서 흐르는 蜀의 강이 아니다. 江의 스케일이 달라졌다. 다만 배로 여행하기에 물은 고향과 이어졌다고 느꼈다. 그래서 고향의 강이 생각나고, 고향의 강이 만리 밖 여기까지 와서 나를 전송한다고 읊었을 것이다.

李白의 이 두 句는 杜甫의 '星垂平野闊, 月湧大江流(별이 떨어지니 평야는 광활하고, 달이 떠오르는 大江은 흘러간다. 〈旅夜書懷〉)' 와 스케일과 발상이 비슷하다. '별이 떨어지는 광활한 평원. 흐르는 강물을 비추며 힘차게 솟아오르는 달' 을 표현하였는데, 자연을 바라보는 詩人의 감정은 이처럼 섬세하면서도 무한대이다.

이백과 두보 두 사람이 마치 높은 상공에서 하늘과 땅과 산과 강을 내려다보며 이 구절을 읊은 것 같다. 그리고 이백과 두보는 다 같이 여행 중에 이런 시를 썼다. 곧 여행 중이었기에 이런 표현이 가능했다는 의미도 있다. 그래서 사람들은 여행을 권하는지도 모른다.

그러나 두 시인의 묘사를 놓고 이 누가 더 낫고 못하다는 비교가 불가능한 絶唱(절창)이라 아니할 수 없다.

魯郡東石門送杜二甫(노군동석문송두이보)

醉別復幾日，登臨徧池臺.
何時石門路，重有金樽開.
秋波落泗水，海色明徂徠.
飛蓬各自遠，且盡手中杯.

魯郡 동쪽 石門山에서 杜氏 둘째 甫를 전별하다

취해 헤어진 뒤 다시 몇 날이 지났고,
산에 오르고 또 물가 정자도 보았소.
언제 다시 석문산 가는 길에서,
한번 또 술통을 끼고 마실 날 있으리.
가을 햇살 받는 泗水에 물결이 일고,
멀리 徂徠山 그림자는 수면에 잠겼다.
날리는 쑥솜도 제 갈길로 멀어지니,
이제는 술잔을 들어 모두 마셔야지!

| 註釋 | ○ 〈魯郡東石門送杜二甫〉 - 〈魯郡 동쪽 石門山에서 杜氏 둘째 甫를 전별하다〉. 石門山은 曲阜(곡부)의 동쪽에 있다. 《全唐詩》 176권 수록.

○ 醉別復幾日 - 復은 다시. 幾日은 몇 날, 몇일.

○ 登臨徧池臺 - 徧은 두루. 여러 곳의. 池臺는 연못이나 누각.

○ 秋波落泗水 - 泗水는 曲阜를 흐르는 강. 공자와 그 제자가 자

주 거닐며 講學했기에 공자의 학문을 '洙泗之學(수사지학)' 이라고 한다.

ㅇ 海色明徂徠 – 徂徠(조래)는 산 이름. 今 山東省 泰安市 동남에 있다.

ㅇ 飛蓬各自遠 – 飛蓬(비봉)은 가을되면 쑥대의 머리에 흰 솜 같은 것이 펴서 바람에 날려 흩어진다.

| 詩意 | 이백과 두보는 天寶(천보) 3년(정확히는 三載. 744년), 참소를 받고 장안을 떠난 이백과 이백보다 11살 젊은 두보는 지금의 河南省 동부 開封市에서 처음 만나 완전 의기투합하여 함께 유람하며 즐겼다. 잠시 헤어졌던 두 사람은 천보 4년(745년) 봄에 魯郡에서 다시 만나 齊州 일대를 유람했는데, 두 사람은 함께 마시고 시를 주고받으며 서로의 수족처럼 마음이 통했다. 그러다가 잠시 헤어졌다가 가을에 魯城에서 다시 만났다. 그리고 석문산에서 다시 갈 길을 달리하며 이 시를 주고받으며 서로 헤어진다.

두 사람의 만남과 석별은 물 흐르듯 저절로 그리고 어떤 강요나 作爲(작위)가 없는, 자연스러운 상봉과 別離(별리)였다.

沙丘城下寄杜甫(사구성하기두보)

我來竟何事, 高臥沙丘城.
城邊有古樹, 日夕連秋聲.
魯酒不可醉, 齊歌空復情.
思君若汶水, 浩蕩寄南征.

沙丘城에서 杜甫에게 주다

내가 왜 무슨 일로 여기 왔는가?
沙丘城에서 아무 일 없이 지낸다.
사구성 근처 고목이 있고,
해질녘 가을 매미가 운다.
魯의 술은 싱거워 취하지 않고,
齊의 노래에 괜히 옛정이 그립다.
그대를 그리는 마음 汶水와 같나니,
호탕히 南으로 떠난 그대에 보낸다.

| 註釋 | ㅇ 〈沙丘城下寄杜甫〉 - 〈사구성에서 두보에게 주다〉. 沙丘城(사구성)의 정확한 위치는 미상이지만 魯城인 曲阜(곡부) 부근으로 추정. 이 시는 이백이 〈魯郡東石門送杜二甫〉를 지어 두보와 헤어진 뒤에, 곧 두보를 그리면서 지은 시라고 알려졌다. 《全唐詩》 172권에 수록.

○ 思君若汶水 – 君은 두보. 汶水(문수)는 大汶河. 今 山東省 중앙부를 흘러 濟南市에서 黃河에 합류한다.

○ 浩蕩寄南征 – 浩蕩(호탕)은 넓고 큰 모양. 征은 行. 떠나다. 출발하다.

聽蜀僧濬彈琴(청촉승준탄금)

蜀僧抱綠綺，西下峨眉峰.
爲我一揮手，如聽萬壑松.
客心洗流水，餘響入霜鐘.
不覺碧山暮，秋雲暗幾重.

蜀의 승려 濬의 탄금을 듣고

蜀의 스님이 綠綺 거문고를 안고,
서쪽 아미산에서 하산하였다.
나를 위해 한 곡을 탔는데,
온 골짝 소나무에 부는 바람이었다.
나그네 마음을 씻어주는 냇물처럼,
여음이 산사의 종소리에 이어졌다.
어느 사이 靑山에 어둠이 내렸고,
높은 구름은 벌써 몇 겹이런가?

| 註釋 | 〈聽蜀僧濬彈琴〉 – 〈蜀의 승려 濬(준)의 탄금을 듣고〉. 《全唐詩》 183권, 《唐詩三百首》에 수록된 名篇(명편)이다. 濬은 도랑을 파낼 준. 파내어 물길을 트는 것. 요즈음은 浚渫(준설)이라는 말을 쓴다. 여기서는 僧名이나 기다는 미상.

○ 蜀僧抱綠綺 – 抱는 안을 포. 綠綺(녹기)는 漢의 司馬相如(사마상여)가 탔다고 하는 신묘한 거문고. 司馬相如(前 179? – 117, 字

長卿), 蜀의 成都人으로 前漢 辭賦 作家(代表作 〈子虛賦〉). 촉의 부잣집 미인 卓文君과 私通하고 달아나 술장사를 하며 생계를 이었다는 로맨티스트.

○ 西下峨眉峰 – 峨眉峰(아미봉)은 四川省 중부 峨眉山市에 있는 산 이름. 최고봉은 萬佛頂으로 해발 3099m.

○ 如聽萬壑松 – 壑은 골자기 학. 萬壑松(만학송)은 모든 골짜기에 있는 소나무. 그 소나무 사이를 부는 바람 소리.

○ 餘響入霜鐘 – 餘響(여향)은 餘音. 霜鐘(상종)은 서리가 내릴 때 우는 종소리. 맑은 종소리의 여운과 같다는 의미.

○ 秋雲暗幾重 – 暗은 어느새. 나도 모르게. 幾重(기중)은 몇 겹.

| 詩意 | 앞의 4구는 제목 그대로이다. 거문고 연주를 묘사하면서 그 거문고 소리를 깊고 험한 산속 소나무 숲을 스치는 바람소리와 같다고 하였다.

후반 4구는 거문고의 餘音을 묘사하였는데 가을 山寺의 종소리처럼 여음이 길게 이어지는데 청산에 어둠이 내리고 하늘에는 높은 구름이 만들어진다면서 여음을 시각적 형상으로 만들었다.

이 시는 이백이 그냥 단숨에 읊었다. 그야말로 숨을 쉴 겨를도 없이 一氣呵成(일기가성)으로 써내려간 시처럼 느껴진다.

읽는 사람을 마치 거문고 소리 앞에 몰아넣는 듯하다. 시인은 먹물을 찍어 중간에 단 한 번만 붓을 멈춘 것 같다는 느낌이 든다.

아무런 군더더기가 없다. 그야말로 '高山流水' – 아무런 막힘이 없이 맑은 소리를 내며 흘러내렸다.

그러면서도 끝에 가서는 조용히 황혼 속에 홍취를 식히고 눌러 앉히고 있다.

碧山에 내린 어둠과 높이 피어오른 秋雲으로 형상화하여 끝을 맺었다.

호방한 이백의 또 다른 일면을 보는 것 같다.

夜泊牛渚懷古(야박우저회고)

牛渚西江夜，靑天無片雲.
登舟望秋月，空憶謝將軍.
余亦能高詠，斯人不可聞.
明朝挂帆席，楓葉落紛紛.

우저에서 야박하며 회고하다

우저에 배를 멈춘 西江의 밤,
靑天엔 조각 구름 조차 없다.
배에서 가을 달을 바라보며,
공연히 謝장군을 생각해 본다.
나도 역시 시를 즐겨 읊지만,
그분 같이 들어줄 이 없도다.
내일 아침 돛을 올리고 떠나면,
단풍잎만 어지러이 떨어지리라.

| 註釋 | ㅇ 〈夜泊牛渚懷古〉 - 〈우저에서 야박하며 회고하다〉. 《全唐詩》 181권과 《唐詩三百首》에 수록된 名詩이다.

渚는 물가 저. 牛渚山은 安徽省 동남부 馬鞍山市(마안산시) 관할 當途縣(당도현)에 있는 산. 당도현은 江南水鄕으로 風光이 秀麗한 지방인데, 이 우저산 아래로 長江이 흐르는데 험한 산이 長江으로 툭 튀어 나왔고 그곳을 采石磯(채석기, 磯는 강가의 자갈밭)

라고 부른다.

전해오는 이야기로는 李白이 거기서 술을 마시면서 달을 건지러 물에 들어갔다고 한다. 당도현 靑山風景地區에 李白의 墓園이 있다.

○ 牛渚西江夜 – 西江은 長江의 安徽省(안휘성) 구간을 특히 서강이라 한다. 여기서는 南京이 가깝다.

○ 靑天無片雲 – 無片雲하면 분명 별이 총총했을 것이다.

○ 空憶謝將軍 – 憶은 생각할 억. 東晋의 문장가인 袁宏(원굉, 328 – 376)이 여기서 시를 읊었고, 이를 그곳의 행정관이던 謝尙이 이를 알고 칭찬했다는 이야기가 전한다.

謝尙은 채석기의 돌을 채취해 최초로 石磬(석경)을 만들만큼 음률에도 밝았다고 한다. 謝尙은 陳郡 謝氏의 일족으로 사실상 東晋의 정치와 군사를 이끌었던 인물이다.

謝鯤(사곤), 謝尙, 謝安, 謝玄 등이 모두 陳郡 謝氏로 琅琊(낭야) 王氏와 함께 南朝의 최고 명문가이었다. 여기서는 이백 자신을 袁宏(원굉)과 비교하면서 자신의 시문을 알아줄 사람이 없다는 뜻을 표했다.

○ 余亦能高詠 – 余 나 여. 高詠(고영)은 낭랑하게 시를 읊다.

○ 斯人不可聞 – 斯人席 이 사람. 謝尙. 懷才不遇(회재불우)의 아쉬움을 토로하였다.

○ 明朝挂帆席 – 挂는 걸 괘. 帆은 돛 범.

| 詩意 | 首聯은 경치를 읊어 제목을 풀이하였고, 頷聯(함련)과 頸聯(경련)에서는 袁宏(원굉)과 謝尙의 故事를 빌어 자신의 회포를 말

했으며, 尾聯에서 떠난 다음의 경치를 그리면서 못다 한 감회를 다시 풀었다.

내용으로는 자기를 알아주는 사람이 없으니 떠나더라도 여전히 남게 되는 아쉬움을 읊었다. 尾聯의 평범한 서술이 오히려 슬픔을 더해준다.

여행 중인 李白이 내일 아침에 떠나는 것은 그럴 수 있는 것이고 가을이니 낙엽은 떨어질 것이다. 그런데 그 뒷맛은 쓸쓸하기만 하다.

자신의 불우를 이야기 한 다음의 情景이라 슬픈 것인가? 나중에 이 근처에서 李白이 죽었다는 것을 우리가 알고 있기에 서글픈 것인가?

이 시는 律詩이나 율시의 격식인 함련과 경련에서 對句가 이루어지지 않았으므로 파격이라 할 수 있다. 천재 시인인 만큼 율시의 격식을 엄격히 따르자면 못할 것도 아니지만 그럴 뜻이 없었다고 보아야 할 것이다.

對酒憶賀監(대주억하감) 二首 (其一)

四明有狂客, 風流賀季眞.
長安一相見, 呼我謫仙人.
昔好杯中物, 翻爲松下塵.
金龜換酒處, 卻憶淚沾巾.

술을 마주하고 賀 秘書監을 그리다 (1 / 2)

四明山에 사는 狂人 仙客은,
風流를 아시는 賀知章이었다.
長安에서 처음 만났을 때,
나를 귀양 온 仙人이라 불렀다.
옛날 술을 무척 좋아했지만,
지금 송림 사이에 묻혀있네.
황금 거북을 술과 바꾼 그곳을,
그리나니 눈물로 수건을 적신다.

| 註釋 | ○ 〈對酒憶賀監〉 - 〈술을 대하고 賀 秘書監을 생각하다〉.

賀知章(하지장, 659 - 744, 字 季眞, 만년 號는 四明狂客) - 越州 永興(今 浙江省 杭州市 蕭山區) 출신. 하지장은 어려서부터 文名이 있었고, 측천무후 때(695) 진사가 되어 國子監 司文博士를 거쳐 太常博士를 역임했다. 현종 開元 13년(710) 禮部侍郞 겸 集賢院 學士가 되었다가 太子賓客, 檢校工部侍郞, 秘書監 등의 관직을

차례로 역임하였다.

이백은 〈對酒憶賀監〉의 서문에서 '태자빈객인 賀公을 장안에서 처음 만났는데, 나를 謫仙人이라 불렀고 이어 금거북이(金龜)를 풀어 주고 술을 사서 즐겼다. 그분이 죽은 뒤에 술을 대하니 슬프고 감회가 있어 이 시를 지었다.' 고 하였다.

이백은 하지장을 그리는 〈對酒憶賀監〉 二首를 지었고, 나중에 〈重憶〉이라는 추모시도 지었다.

○ 四明有狂客 – 四明은, 今 浙江省의 산 이름. 賀知章(하지장)은 이백의 詩才를 제일 먼저 알아주었고 연령을 초월하여 깊은 교류를 했던 사람이다. 李白이 고향 四川을 떠나와 각지를 유랑하다가 장안에 처음 도착한 뒤, 하지장을 만나 자신의 〈蜀道難(촉도난)〉을 보여주었다.

○ 呼我謫仙人 – 하지장은 李白의 시를 읽고 바로 "그대는 이 세상 사람이 아니네(公非人世之人也). 태백성의 정령이 아닌가?(可不是太白星精耶)"라고 감탄했다. 이어 '그대는 인간 세계에 유배된 신선이요(子謫仙人也).' 라고 말했다. 이런 사실은 이백의 시에 사실대로 묘사되었다. 이후 이백은 '李謫仙(이적선)' 이며 '詩仙' 이라 불리게 된다.

對酒憶賀監(대주억하감) 二首 (其二)

狂客歸四明，山陰道士迎.
敕賜鏡湖水，爲君台沼榮.
人亡餘故宅，空有荷花生.
念此杳如夢，淒然傷我情.

술을 마주하고 賀 秘書監을 그리다 (2 / 2)

초연한 선객이 四明山에 歸隱하니,
山陰의 道士가 그를 영접했다.
칙령으로 鏡湖의 산천을 하사하니,
賀監의 누각과 소택은 영광이었다.
사람은 갔지만 옛 집은 남았고,
연꽃은 속절없이 피었으리라.
이러한 상념은 꿈처럼 묘연하여,
처연히 내 마음만 아프게 한다.

| 註釋 | ○ 山陰道士迎 – 山陰縣은, 今 浙江省 紹興市 부근이었다.
○ 敕賜鏡湖水 – 鏡湖는 하지장의 고향인 浙江省(절강성)에 있는 호수이다. 하지장이 辭職할 때, 玄宗이 '鏡湖'라 특별히 賜名해 주었다.

| 詩意 | 본래 내 마음을 알아주는 사람에게 이야기를 한다(有話說給

知己人). 그리고 그 이야기는 知己를 만난다면 천 마디 이야기도 오히려 적다(人逢知己千言少).

인생에서 얻기 어려운 것은 한 사람의 진정한 친구(人生難得一知己)이고, 한 사람의 지기를 얻는다면 죽어도 여한이 없다(得一知己 雖死不憾).

그러기에 詩人 王勃(왕발)도 '이 세상에 마음이 통하는 친구가 있다면(海內存知己), 천리 밖이라도 바로 이웃에 사는 것과 같다(天涯若比隣).' 고 읊었다.

본래 '志士는 자신을 알아주는 사람을 위해 죽을 수 있고(士爲知己者死), 여자는 자신을 기쁘게 해주는 사람을 위하여 화장을 한다(女爲悅己者容).' 고 하였다.

천재 시인 李白도 자신의 능력을 인정하고, 나이 어린 자신에게 진심으로 대해준 하지장이 정말 고마웠을 것이다.

待酒不至(대주부지)

玉壺繫青絲, 沽酒來何遲.
山花向我笑, 正好銜杯時.
晚酌東窗下, 流鶯復在茲.
春風與醉客, 今日乃相宜.

술을 기다리나 오지 않고

옥호에 파란 실을 매어,
술 사러 보냈는데 어찌 이리 늦나?
뫼 꽃이 나를 보고 피었으니,
한 잔 마시기 딱 좋은 때로다.
해 저물도록 동산에서 마시는데,
꾀꼬리 날며 다시 여길 찾아왔네.
봄날의 바람과 술 취한 사람은,
오늘은 서로 좋은 짝이 되었네.

| 詩意 | 술병에 파란 실을 묶어서 보내는 것은 술을 사는 사람이 누구라는 것을 알리는 방법이다. 주점에서는 그 파란 실을 보고서 어느 집에서 보냈는가를 구별하고 단골이면 좀 많이 줄 수도 있다. 시골 사람이 닭을 팔려면 닭의 다리에 풀을 매듭지어 묶어 놓는데, 이는 거래에서의 관습이다.

술꾼에게 어느 날인들 술 마시기 나쁜 날은 없지만 봄바람과 취객이 좋은 짝이 되었다는 이 표현은 정말 멋진 구절이다.

太原早秋(태원조추)

歲落衆芳歇, 時當大火流.
霜威出塞早, 雲色渡河秋.
夢繞邊城月, 心飛故國樓.
思歸若汾水, 無日不悠悠.

太原의 초가을

한해 절반이 지나면서 초목도 시드는데,
大火星(心宿)이 서쪽으로 기울 때이다.
관문에는 벌써 서리가 내려 추워졌고,
황하를 건너온 구름도 秋色이 완연하다.
변방의 달빛을 꿈에서도 보나니,
마음은 고향땅 누각으로 날아간다.
고향을 그리는 마음은 汾水와 같아서,
날마다 유유히 흐르지 않는 날이 없다.

| 註釋 | ○ 〈太原早秋〉 - 〈太原의 초가을〉.

본 편은 현종 開元 23년(735)에, 李白과 우인 元演(원연)이 함께 太原에 유람하며 지은 시이다. 그해 여름에 태원에 도착하여 가을까지 머물면서 북방의 가을철 경치의 묘사와 함께 思歸의 心境을 읊었다.

太原은 당 왕조의 발상지로 京都인 長安, 東都인 洛陽과 함께

'三都' 또는 '三京' 의 지위를 누렸다.

지금의 太原市는 山西省의 省會(省都)로 인구 500만이 넘는 대도시이다.

《全唐詩》 181권 수록.

○ 歲落衆芳歇 – 歲落은 1년의 절반이 지나가다. 衆芳歇은 화초나 수목이 凋落(조락)하다. 歇은 쉴 헐.

○ 時當大火流 – 때는 大火星(心宿)이 서쪽으로 이동할 때이다.

○ 霜威出塞早 – 關塞(관새, 雁門關) 일대에 이른 서리가 내리다.

○ 雲色渡河秋 – 河는 黃河. 태원의 서쪽을 흐르는 황하는 이미 가을이다.

○ 夢繞邊城月 – 繞는 두를 요. 에워싸다.

○ 心飛故國樓 – 故國은 故鄕.

○ 思歸若汾水 – 汾水(분수)는 山西省의 중앙부를 북에서 남으로 700km를 흘러내리는데 山西省의 母親河라는 별칭으로도 불린다. 분수는 山西省의 서남부 運成市 관할 河津市에서 황하에 합류한다.

○ 無日不悠悠 – 悠悠(유유)는 강물이 유유히 흐르는 모양. 이백의 憂思가 많음을 표현.

王右軍(왕우군)

右軍本清眞，瀟灑出風塵.
山陰過羽客，愛此好鵝賓.
掃素寫道經，筆精妙入神.
書罷籠鵝去，何曾別主人.

왕우군

왕희지는 본래 깨끗하고 순진하며,
산뜻하고 맑아 속세를 초탈하였다.
山陰縣의 어떤 道士를 만났는데,
거위를 좋아하는 손님을 반겼다.
흰 비단을 펴고 道家 經文을 필사하니,
정묘한 필법이 入神의 경지에 들었다.
쓰기를 마치자 거위를 들고 떠나면서,
주인께 굳이 작별 인사를 했겠는가?

| 註釋 | ㅇ 〈王右軍〉 - 《全唐詩》 181권에 수록. 東晋의 명필 王羲之(왕희지, 303 - 361, 字 逸少)이다. 산동에서 會稽郡 山陰縣(今 浙江省 紹興市)로 이주하였다. 書聖의 칭호로 통한다. 뒷날 右軍將軍에 임명되었기에 '王右軍' 으로 불린다. 왕희지의 〈蘭亭集序〉 서첩은 '天下第一行書' 로 통한다. 왕희지의 아들 王獻之(왕헌지) 역시 명필로 유명했다.

○ 掃素寫道經 – 道經을 보통 《道德經》으로 번역하지만 '道家의 經典' 이다. 알려진 바에 의하면, 도사의 필독서인 《黃庭經》이다. 이는 〈換鵝帖〉이라 불리기도 하는데, 그 탁본이 전한다.

| 詩意 | 이백은 왕희지의 소탈하고도 脫俗한 자유분방을 흠모했을 것이다. 자신이 하고 싶은 일을 즐길 수 있는 여유와 자유 – 천재들은 속박을 싫어한다.

送張舍人之江東(송장사인지강동)

張翰江東去，正値秋風時.
天淸一鴈遠，海闊孤帆遲.
白日行欲暮，滄波杳難期.
吳洲如見月，千里幸相思.

江東에 가는 張舍人을 전송하다

張翰이 江東으로 길 떠났듯,
때마침 가을바람 불 때이다.
하늘은 맑고 외기러기는 높이 날며,
드넓은 바다 외롭게 내려갈 돛배다.
白日은 이제 막 저물려 하고,
푸르른 파도 기약할 수 없다.
吳에 가서 혹시나 달을 보거든,
행여 천리 밖 나를 생각해 주게.

| 註釋 | ㅇ〈送張舍人之江東〉 – 〈江東에 가는 張舍人을 전송하다〉. 《全唐詩》 175권에 수록.

ㅇ 張翰江東去 – 張翰(장한, 생졸년 미상)의 자는 季鷹(계응)으로, 吳郡 吳縣(今 江蘇省 蘇州市) 사람으로 西晉의 文人이었다. 제목의 張舍人이 아니다. 이백은 장사인을 서진의 문인 장한과 비슷하다고 생각하였다. 장한은 본 시 이외에 《行路難》, 《金陵送

張十一再遊東吳》 등에도 보인다.

○ 海闊孤帆遲 – 闊은 넓을 활. 遲는 늦을 지. 천천히 가다.

○ 滄波杳難期 – 滄은 차가울 창, 푸를 창(蒼 通). 杳는 어두울 묘, 이득하게 멀 묘.

| 詩意 | 어디론가 떠날 수 있다면 – 새로운 일을 기대할 수 있다.

곧 상황의 변화이고 새 경험이다. 여행은 인간의 호기심을 가장 잘 충족시켜준다.

그러기에, 산이 험해도 길손은 그치질 않고(險山不絶行路客), 물이 험악해도 나루를 건너는 사람은 있다(惡水也有擺渡人).

남은 사람은 떠나는 사람의 안위를 걱정하고 다시 돌아오기를 기대한다.

清溪行(청계행)

清溪清我心, 水色異諸水.
借問新安江, 見底何如此.
人行明鏡中, 鳥度屛風裏.
向晩猩猩啼, 空悲遠遊子.

清溪의 노래

清溪는 내 심경을 깨끗이 하나니,
물색도 다른 강물과 같지 않았다.
묻나니 新安江이 맑다지만,
이처럼 강바닥이 보이는가?
사람이 明鏡에 있듯 걸어가고,
새들은 병풍 안처럼 날아간다.
저녁 무렵 원숭이가 울어대니,
괜히 먼길 나그네만 서글프다.

| 註釋 | ㅇ 〈清溪行〉 - 〈清溪의 노래〉. 一作 〈宣州清溪〉. 《全唐詩》 167권 수록.

ㅇ 借問新安江 - 新安江은 安徽省 남부 黃山에서 발원하는 浙江省 富春江의 지류.

| 詩意 | 이백이, 今 安徽省 동남부 宣城市 일대를 만유할 때의 작품

으로 淸溪 산수의 秀麗(수려)한 景色을 읊었다.

그러나 말련에서 원숭이 울음으로 뜻을 이루지 못하고 방랑하는 천재의 우울한 심경의 일면을 드러내었다.

戲贈鄭溧陽(희증정율양)

陶令日日醉, 不知五柳春.
素琴本無絃, 漉酒用葛巾.
淸風北牕下, 自謂羲皇人.
何時到溧里, 一見平生親.

장난삼아 鄭 율양에게 지어주다

현령 도연명은 날마다 술에 취했는데,
다섯 그루 버들에 봄인 줄도 몰랐네.
장식도 없는 琴은 본디 줄이 없었고,
머리의 갈건을 벗어서 술을 걸렀다.
서늘한 바람이 부는 북창 아래서,
자신은 羲皇 시절 사람이라 말했다.
언제 율리를 찾아가서,
평생 가까운 친우를 한 번 만날까?

| 註釋 | ○ 〈戲贈鄭溧陽〉 - 〈장난삼아 鄭 율양에게 지어주다〉 溧陽(율양)은 현명. 今 江蘇省 서남부 常州市 관할 溧陽市.

○ 陶令日日醉 - 陶令은 팽택 현령을 역임한 陶淵明(365 - 427).

○ 漉酒用葛巾 - 漉은 술 거를 록. 漉酒는 누룩과 곡물이 함께 발효하여 술이 되면 이를 삼베 같은 거친 천으로 걸러 마셔야 한다. 그런데 도연명은 술을 거를만한 천이 없자 자신이 머리에

쓴 갈건으로 술을 걸렀다고 한다.

○ 自謂羲皇人 – 羲皇은 伏羲氏(복희씨).

| 詩意 | 이백은 도연명의 소박하면서도 진실한 일면을 좋아하고 흠모하였다. 이백은 친우인 율양현령인 정씨가 팽택현과 멀지 않은 율양현의 현령이라서 도연명을 흠모하듯 좋아하면서 함께 만나 술을 즐기고 싶다는 뜻을 완곡하게 표현하였다.

嘲王歷陽不肯飮酒(조왕력양불긍음주)

地白風色寒，雪花大如手.
笑殺陶淵明，不飮杯中酒.
浪撫一張琴，虛栽五株柳.
空負頭上巾，吾於爾何有.

술을 아니 마시려는 王 歷陽令을 조롱하다

눈 덮인 땅에 겨울바람이 차고,
눈 쌓인 꽃송이는 손바닥만큼 크다.
陶淵明이 술을 마시지 않는다면,
웃다가 죽을 일이 아니련가!
줄도 없는 素琴을 공연히 매만지고,
다섯 그루 버들은 헛되이 심었도다.
괜히 쓰던 갈건으로 술을 거를 것이니,
내가 술도 안하는 당신을 어이하리오!

| 詩意 | 도연명이 처음부터 술을 아니 마셨다면, 그가 왜 五柳를 심었겠는가? 그가 팽택령이 된 것도 公田에 차조를 심어 술을 빚을 수 있다고 생각했기에 부임했다. 술을 아니 마신다면 갈건을 술을 걸렀다는 아름다운 이야기도, 줄 없는 素琴을 어루만지는 이야기도 없었을 것이다.

술을 마시고도 자존심을 지켜야 하기에, 오두미 때문에 허리를 굽힐 수 없었기에 80여 일만에 〈歸去來辭〉를 읊으며 돌아왔다.

歷陽의 현령이나 팽택 현령은 다 같은 줄 알았는데, 서로 극과 극이니, 이백이 조롱할만했을 것이다.

登金陵鳳凰臺(등금릉봉황대)

鳳凰臺上鳳凰遊, 鳳去臺空江自流.
吳宮花草埋幽徑, 晉代衣冠成古丘.
三山半落青天外, 二水中分白鷺洲.
總爲浮雲能蔽日, 長安不見使人愁.

금릉의 봉황대에 올라

봉황이 날아와 봉황대에 놀더니,
봉황이 떠나간 봉황대엔 강물뿐이다.
吳宮의 화초는 외진 샛길에 묻혔고,
晉代의 귀족은 낮은 무덤이 되었다.
三山은 푸른 하늘 끝에 반쯤 솟았고,
二水로 나뉜 땅은 白露洲가 되었다.
언제나 뜬구름은 해를 가릴 수 있나니,
장안을 볼 수 없는 나그네는 서글프다.

| 註釋 | ○ 〈登金陵鳳凰臺〉 - 〈금릉의 봉황대에 올라〉.

이 名篇은 《全唐詩》 180권과 《唐詩三百首》에 수록되었다. 金陵은 지금 江蘇省의 南京. 鳳凰臺는 남경의 봉황산에 옛 자취가 남아 있다고 한다.

○ 吳宮花草埋幽徑 - 吳宮은 金陵은 삼국시대 吳의 도읍이었다. 埋는 묻을 매. 묻히다. 幽徑(유경)은 한적한 小路.

- 晉代衣冠成古丘 – 晉代는 東晋시대(317 – 420). 衣冠은 동진 시대 王氏와 謝氏 등 귀족이나 世家들. 古丘는 오래된 무덤.
- 三山半落青天外 – 三山은 南京市 서남, 長江가의 三峰.
- 二水中分白鷺洲 – 二水는 강의 두 줄기 흐름. 白鷺洲(백로주)는 長江 가운데의 섬 이름.
- 總爲浮雲能蔽日 – 總은 늘, 언제나, 총체적으로. 爲는 여기서는 ~때문에, 원인을 나타내는 介詞(개사). 浮雲能蔽日은 浮雲이 蔽日(폐일)할 수 있다. 구름이 해를 가리다. 奸臣이 明主의 판단을 흐리게 하다.
- 長安不見使人愁 – 崔顥(최호) 〈黃鶴樓〉의 '煙波江上使人愁'와 뜻과 느낌이 거의 같다.

| 詩意 | 이 시는 최호의 〈黃鶴樓〉와 같이 천고의 絶唱이라는 점에서는 똑같다. 그리고 李白이 황학루에서 최호의 시에 감탄하고 시를 짓지 못했었는데, 이곳 금릉 봉황대에 와서 이 시를 지었다고 하는 이야기도 이미 널리 알려졌다.

〈黃鶴樓〉가 景物에서 촉발되는 향수를 노래했다면, 〈登金陵鳳凰臺〉는 회고 속에서 우국의 뜻을 밀도 있게 묘사했다는 큰 차이를 말할 수 있다.

淸末의 高步瀛(고보영)이란 사람은 "태백의 시는 전적으로 최호의 〈황학루〉를 모방했으나 최호 시를 넘어서지 못하였고 結句만 약간 좀 나은 것 같다."고 말했다.

하여튼 〈황학루〉와 분위기가 비슷하게 흘렀다는 것은 부인할 수 없다. 이백은 首聯에서만 봉황대를 서술하였고 3, 4구는 옛날

榮華의 덧없음을, 그리고 5, 6구는 오늘의 景觀을, 마지막 尾聯은 長安에 대한 그리움으로 끝을 맺었다.

金陵城西樓月下吟(금릉성서누월하음)

金陵夜寂涼風發，獨上高樓望吳越.
白雲映水搖空城，白露垂珠滴秋月.
月下沈吟久不歸，古來相接眼中稀.
解道澄江淨如練，令人長憶謝玄暉.

달빛 아래 金陵城 西樓에서 읊다

밤들어 적막한 금릉에 서늘한 바람이 불어와,
외로이 높다란 누각에 올라 吳越을 바라본다.
강물에 비치는 白雲과 성곽은 멋대로 흔들리고,
방울져 떨어진 白露에 秋月이 구슬처럼 담겼다.
달빛을 받으며 한동안 읊조리며 돌아가지 않으니,
옛부터 이어진 수많은 이야기는 안중에도 없도다.
'맑은 강은 비단처럼 곱다' 는 싯구를 알만 하니,
많은 사람은 謝玄暉를 오랫동안 기억하리라.

| 註釋 | 〈金陵城西樓月下吟〉 - 〈달빛 아래 金陵城 西樓에서 읊다〉. 이 시는《全唐詩》166권에 실려 전한다.

금릉은 지금의 江蘇省 南京市이고 三國 孫吳의 수도였는데, 이후 東晋 - 宋 - 齊 - 梁 - 陳을 거치며 六朝의 도읍이었다.

○ 獨上高樓望吳越 - 吳越은 吳와 越의 땅. 장강 동남부. 江蘇省의 蘇州, 浙江省의 紹興市 일대. 남경에서 보인다는 뜻은 아니

다. 동남쪽 땅을 그냥 바라보며 생각하다.

○ 解道澄江淨如練 – 解道는 이해하다. 깨달아 설명할 수 있다는 뜻. '澄江淨如練'의 澄은 맑을 징. '澄江淨如練'는 南朝의 齊〔南齊, 479 – 502 존속, 건국자 蕭道成(소도성)〕의 시인인 謝朓〔사조, 464 – 499, 字 玄暉(현휘)〕의 싯구이다. 사조는 보통 '小謝'라 하여 大謝인 謝靈運(사령운)과 合稱하는데, 宣城太守를 역임했기에 '謝宣城'이라고도 불린다.

이 구절은 사조의 시 〈晚登三山還望京邑〉의 '餘霞散成綺 澄江淨如練'인데, 이백이 그 구절의 眞景이나 의미를 완전히 이해할 수 있다는 뜻이다.

| 詩意 | 李白은 금릉의 산수간을 노닐면서, 금릉 주변의 빼어난 산수를 묘사하고, 아울러 謝朓의 名句를 인용하여, 사조에 대한 그리움을 표출하였다.

早春寄王漢陽(조춘기왕한양)

聞道春還未相識, 走傍寒梅訪消息.
昨夜東風入武陽, 陌頭楊柳黃金色.
碧水浩浩雲茫茫, 美人不來空斷腸.
預拂青山一片石, 與君連日醉壺觴.

이른 봄에 王 漢陽 현령에게 보내다

새봄이라 들었어도 아직 느끼지 못하여,
추위속에 매화곁에 서서 소식을 들었소.
어젯밤 봄바람이 武昌과 漢陽에 불었으니,
길가의 버드나무 샛노란 꽃자리 맺혔다고.
넘실대는 파란 강물, 온 하늘 덮은 구름,
그리는 님 오지 않아 공연히 애만 태웠소.
青山에 너른 바위 하나 미리 치워놓고,
그대와 새날 마다 술에 취하고 싶다오.

| 註釋 | 〈早春寄王漢陽〉 – 漢陽(한양)은 지명. 長江의 최대 지류인 漢水가 장강과 합류하는 지점. 이 시는《全唐詩》173권에 수록.

○ 聞道春還未相識 – 聞道는 ~이라는 말을 듣다. 道는 말하다. 道白. 常言道~. ~라고 생각하다. 未相識은 아직 본인이 새봄이 온 사실을 못 느꼈다는 뜻.

○ 昨夜東風入武陽 – 武陽은 武昌과 漢陽. 둘 다 지명.

| 詩意 | 술꾼은 늘 술친구가 그립다.

새 봄이 되었으니 친우와 함께 봄맞이 술을 마셔야 한다. 언제 올지 알 수 없기에 시를 지어 초청의 뜻을 전한다.

수련에서는 봄이 왔다는 사실을 추위를 이겨내고 핀 매화를 통해 확인한다. 매화를 의인화했다.

頷聯(함련)에서는 매화가 전하는 말이다. 무창과 한양에도 봄바람이 불어 버드나무 가지 끝에 노란 싹이 피어 났다고! 그러니 王 漢陽도 새봄을 알 것이다.

頸聯(경련)에서는 빨리 만나고 싶은 시인의 감정이다.

末聯은 친우를 위해 미리 술자리까지 준비한다는 정성을 표현했다.

題東谿公幽居(제동계공유거)

杜陵賢人清且廉, 東溪卜築歲將淹.
宅近青山同謝朓, 門垂碧柳似陶潛.
好鳥迎春歌後院, 飛花送酒舞前簷.
客到但知留一醉, 盤中祇有水晶鹽.

東谿公의 은거에서 짓다

杜陵의 賢人은 청빈하고 또 청렴한 분,
東溪에 擇里해 집을 지어 거의 1년이다.
집에서 青山이 가까우니 謝朓와 같으며,
대문앞 버들이 푸르르니 陶潛을 닮았다.
귀여운 새들이 봄이 되자 후원에서 지저귀고,
떨어진 꽃잎은 처마 끝에 춤추듯 술을 권한다.
찾아온 손님을 재우며 취토록 권할 줄 알지만,
소반의 안주는 오로지 수정 같은 소금뿐이다.

| 註釋 | ○ 〈題東谿公幽居〉 - 〈東谿公의 은거에서 짓다〉. 東谿公은 未詳(미상). 이는 《全唐詩》 184권에 수록되었다.

○ 杜陵賢人清且廉 - 杜陵은 前漢 중흥의 군주 宣帝의 능. 동계공이 두릉에서 이주해온 사람인지, 아니면 두릉이 동계공의 거주지인지는 미상.

○ 東溪卜築歲將淹 - 卜築은 卜地(복지)하고 집은 짓다. 歲將淹은

1년이 다 지나간다. 淹은 담글 엄. 잠기다. 지나가다.

○ 宅近青山同謝朓 – 謝朓(사조)는 南齊의 전원시인. 小謝.

○ 門垂碧柳似陶潛 – 陶潛(도잠)은 陶淵明(365 – 427, 一名 潛) – 一說에는 晉世의 이름은 淵明, 字는 元亮(원량). 劉宋(南朝의 宋)에서 潛(잠)으로 개명. 自號는 五柳先生. 私謚(사시)는 靖節先生(정절선생).

○ 盤中祗有水晶鹽 – 盤中은 술안주를 차려온 쟁반. 祗는 祗(다만 지). 水晶鹽(수정염)은 수정 같은 소금. '안주가 없으면 소금으로 안주한다.' 는 말은 들었지만, 이백의 詩에서 확인될 줄은 정말 몰랐다.

| 詩意 | 은자의 거처에서 봄밤을 지낸 이백은 은자의 생활을 사실적으로 묘사하였다. 謝朓(사조)와 陶淵明의 산수전원을 노래한 시들이 이백에게 영향을 주었음을 확인할 수 있다.

上李邕(상이옹)

大鵬一日同風起，搏搖直上九萬里.
假令風歇時下來，猶能簸卻滄溟水.
世人見我恆殊調，聞余大言皆冷笑.
宣父猶能畏後生，丈夫未可輕年少.

이옹에게 헌상하다

大鵬은 어느 날 바람처럼 일어나서,
회오리 바람 속에 9만 리를 곧장 올라간다.
어쩌다 바람이 잠잠하면 잠시 내려오는데,
그래도 큰 바다 깊은 물을 크게 쳐올린다.
세상 사람은 내가 늘 다른 짓을 한다면서,
나의 큰 뜻을 듣고선 모두가 냉소를 보낸다.
공자도 後生이 두렵다고 말씀하셨으니,
丈夫라도 젊은이를 경시할 수 없답니다.

| 註釋 | ○ 〈上李邕〉 – 李邕(이옹, 674 – 746, 字 太和. 邕은 화할 옹) – 北海太守 역임, 李北海로 통칭. 저명한 書法家(名筆). 李林甫(이임보)의 질시와 모함으로 죽었다.

○ 大鵬一日同風起 – 大鵬(대붕)은 상상 속의 큰 새. 《莊子 逍遙遊(소요유)》에 나온다.

○ 猶能簸卻滄溟水 –簸는 까부를 파. 들어 올리다. 簸卻(파각)은

손이나 도구로 물을 쳐올리다. 滄溟水(창명수)는 큰 바닷물.

○ 宣父猶能畏後生 − 宣父는 孔子. 文宣王. 畏後生 − 後生可畏(후생가외)는 《論語 子罕(자한)》에 실린 말. 子曰, "後生可畏, 焉知來者之不如今也? 四十五十而無聞焉, 斯亦不足畏也已." 후생은 李白 자신.

| 詩意 | 이 시는 이백이 이옹에게 자신을 천거해달라고 부탁하는 시이다. 자신은 큰 그릇이며, 남들이 냉소하지만 자신은 大鵬과 같은 큰 뜻을 갖고 있다고 하였다. 천거를 부탁하는데도 참으로 당당하다.

鸚鵡洲(앵무주)

鸚鵡來過吳江水，江上洲傳鸚鵡名.
鸚鵡西飛隴山去，芳洲之樹何青青.
煙開蘭葉香風暖，岸夾桃花錦浪生.
遷客此時徒極目，長洲孤月向誰明.

앵무주

앵무가 吳江 강물을 찾아 날아왔기에,
강물의 섬은 앵무주라 이름이 남았다.
앵무는 서쪽 농산으로 날아갔지만,
꽃피는 앵무주 수목은 어찌 이리 푸른가?
봄날 香風은 연무 속에 난초를 꽃피우고,
兩岸 桃花는 지면서 비단 물결을 이룬다.
유배된 나그네는 이때 먼데를 바라보니,
강물 긴 섬에 뜬 달은 누굴 위해 비추나?

| 註釋 | ○ 〈鸚鵡洲〉 – 〈앵무주〉 洲는 강안에 있는 섬. 또는 강가의 땅을 의미. 이 시는《全唐詩》180권에 수록.

○ 鸚鵡來過吳江水 – 吳江은, 今 湖北省 중동부 武漢市 일대의 長江을 지칭.

○ 鸚鵡西飛隴山去 – 隴山(농산)은, 今 陝西省과 甘肅省의 경계를 이루는 산.

○ 岸夾桃花錦浪生 – 岸는 냇 둑. 강 언덕. 夾은 낄 협. 桃花가 물에 떨어져 비단처럼 아름다운 물결을 치게 한다는 뜻.

| 詩意 | 이 시는 李白이 唐 肅宗(재위 756 – 762년) 上元 원년(760)에 零陵(영릉)에서 江夏(강하, 今 湖北省 중동부 武漢市 江夏區)로 돌아와 지은 시로 알려졌다.

시인은 극히 자연스러운 언어로 앵무주 부근의 미려한 경치를 서술하고 자신의 정처 없는 떠돌이 방랑생활의 처량한 심경을 표출하였다.

五. 五言古詩

登峨眉山(등아미산)

蜀國多仙山，峨眉邈難匹.
周流試登覽，絶怪安可息.
青冥倚天開，彩錯疑畫出.
泠然紫霞賞，果得錦囊術.
雲間吟瓊簫，石上弄寶瑟.
平生有微尚，歡笑自此畢.
煙容如在顔，塵累忽相失.
儻逢騎羊子，攜手淩白日.

아미산에 오르다

蜀國에는 신선이 사는 산이 많나니,
峨眉山은 특별해 견줄 상대가 없다.
아미산에 올라 주위를 한번 둘러보면,
빼어난 절경에 마음 편히 쉴 수 있다.

푸르른 봉우리 하늘 끝에 기대었고,
뒤섞인 색채는 그려 놓은 것 같도다.
표연히 상봉서 자색 연무를 구경하면,
정말로 신선의 술법을 알아볼 수 있다.
구름 속에서 옥퉁소를 불거나,
바위 위에서 보옥의 瑟을 탄다.
평생에 이 작은 소원을 품었기에,
기꺼이 웃으며 스스로 만족한다.
연무는 나의 얼굴에 그대로 배어있고,
속세의 티끌은 홀연 모두 다 사라진다.
만약 羊을 타고 오는 신선이 있으면,
함께 손잡아 白日을 타고 넘어가리라.

| 註釋 | ○ 〈登峨眉山〉 – 〈아미산에 오르다〉. 《全唐詩》 180권에 수록.

○ 峨眉邈難匹 – 邈은 멀 막. 아득히 멀다. 難匹은 견줄 상대가 없다.

○ 絶怪安可息 – 絶怪는 奇特(기특)하다. 다하다.

○ 青冥倚天開 – 青冥(청명)은 아주 진한 푸름. 상봉우리. 倚는 기댈 의.

○ 果得錦囊術 – 錦囊(금낭)은 비단 주머니. 錦囊術은 신선이 될 수 있는 술법.

○ 平生有微尙 – 微尙(미상)은 작은 소원.

○ 儻逢騎羊子 – 儻은 빼어날 당. 만약. 騎羊子는 신선. 周代에 葛由(갈유)란 사람은 羊을 조각해서 팔았는데 어느 날 양을 타고 蜀으로 들어가 신선이 되었다고 한다.

○ 攜手凌白日 – 攜手(휴수)는 손을 잡다. 凌白日은 해를 타고 넘다. 신선이 되다.

| 詩意 | 고향 아미산에 대한 그리움과 함께 신선처럼 脫俗하고픈 이백의 仙意를 표출하였다.

下終南山過斛斯山人宿置酒
(하종남산과곡사산인숙치주)

暮從碧山下，山月隨人歸.
卻顧所來徑，蒼蒼橫翠微.
相攜及田家，童稚開荊扉.
綠竹入幽徑，青蘿拂行衣.
歡言得所憩，美酒聊共揮.
長歌吟松風，曲盡河星稀.
我醉君復樂，陶然共忘機.

종남산 아래 斛斯山人 집에 들려 자며 술을 마시다

해질녘에 종남산을 내려오는데,
산에 걸린 달이 나를 따라온다.
뒤로 돌아 내려온 길 돌아보니,
울창한 숲에 푸른 기운이 걸쳤다.
그와 손을 잡고 초가에 다다르니,
어린아이가 사립문을 열어준다.
綠竹이 그윽한 뜰에 심겨졌고,
푸르른 덩굴이 옷깃에 걸린다.
편안히 반겨주는 환대에 감사하고,
美酒를 단숨에 마시며 술잔을 턴다.

길게 읊으면서 솔바람을 노래하니,
노래 끝나면서 은하별이 드물도다.
나는 취했고 그대 더 즐거우니,
기뻐 취하여 함께 시름 잊었어라.

| 註釋 | ○ 〈下終南山過斛斯山人宿置酒〉 - 〈종남산 아래 斛斯山人 집에 들려 자며 술을 마시다〉. 終南山은 長安의 南山, 太乙山이라고도 부르는데, 일반적으로 秦嶺山脈(진령산맥)에서 陝西省(섬서성) 부분을 지칭한다. 道敎의 聖地인 樓觀台(누관대)가 있다. 過는 '지나는 길에 들르다.' 斛斯山人(곡사산인)의 성명 미상. 斛斯는 複姓. 宿置酒는 留宿했고 술대접을 받았다.

○ 卻顧所來徑 - 卻은 물리칠 각. 뒷걸음치다. 결국, 도리어, 반대로. 却과 同. 顧는 돌아볼 고. 卻顧는 되돌아보다. 徑은 지름길 경. 좁은 길.

○ 蒼蒼橫翠微 - 蒼은 푸를 창. 蒼蒼은 검푸르고 어둑어둑하다. 橫은 가로 횡. 가로 눕다. 翠는 푸를 취. 微는 작을 미. 翠微(취미)는 산의 푸르른 기운. 새파란 嵐氣(남기), 산에서 피어오르는 아지랑이 같은 것.

○ 相攜及田家 - 攜는 끌 휴. 손으로 잡아끌거나 운반하다. 及은 다다르다. 도착하다.

○ 童稚開荊扉 - 稚는 어릴 치. 童稚는 어린아이. 童子. 荊은 가시나무 형. 扉는 문짝 비. 荊扉는 나무로 대충 만든 대문. 柴扉(시비)와 同.

○ 綠竹入幽徑 - 幽는 그윽할 유. 深遠하다. 徑은 지름길 경. 여기

서는 荊扉에서 사랑채나 건물에 이르는 길.

○ 青蘿拂行衣 – 蘿는 무 나(라). 새삼, 댕댕이, 담쟁이 같은 덩굴 식물. 拂은 떨칠 불, 떨어내다. 行衣는 옷.

○ 歡言得所憩 – 歡은 기뻐할 환. 憩는 쉴 게.

○ 美酒聊共揮 – 聊는 귀가 울릴 요(료), 의지하다. 잡담하다. 애오라지, 잠시, 약간. 揮는 휘두를 휘. 지휘하다. 술잔 바닥에 남은 술을 털다(振去餘酒曰揮).

○ 曲盡河星稀 – 河는 하늘의 銀河. 稀는 드물 희.

○ 陶然共忘機 – 陶는 진흙 도, 기쁠 도. 陶然은 얼큰하게 취하다. 취하여 기분이 좋은 모양, 陶醉한 모양. 機는 술수 기. 機微(기미)는 상대나 다른 사람을 이용하려는 의도.

| 詩意 | 天寶 14년(744) 이백의 나이 44세 때에 지은 詩로 알려진, 《全唐詩》 179권과 《唐詩三百首》에 수록된 名詩이다.

종남산에서 하산 길에 산속에 은둔하고 있는 斛斯(곡사)라는 성을 가진 사람의 농가에 들어가 하룻밤을 유숙하며 함께 통쾌하게 마시고 또 노래했다. 잠시나마, 둘이 함께 도연히 취해 속세의 잡스럽고 추악한 일들을 잊었다는 시다.

앞에서부터 네 구절은 下山 광경, 그 다음 네 구절은 농가의 정경, 그리고 나머지 구절은 주객이 歡飮(환음)하고 터놓고 이야기하며, 잊어버린 기쁨을 취해 세속의 利慾을 잊어버린 기쁨을 그렸다.

전체적으로 사실적 필치로 평이하게 속세를 초탈한 경지를 그리고 있다. 특히 이 시의 제목과 시의 내용이 잘 어울린다. 즉 제목의 '下終南山'을 시에서는 暮從碧山下로 표현했다. 제목의 '過斛斯山人'을 시에서는 '相携及田家'로 적었다. 제목의 '宿'을 시에서는 '歡言得所憩'로 옮겼다. 그리고 제목의 '置酒'를 시에서는 '美酒聊共揮'로 표현하였다. 곧 제목과 시의 내용이 아주 자연스럽게 연결되었다.

이 시는 杜甫의 〈贈衛八處士〉와 友人을 찾아가 즐긴다는 내용은 같지만 분위기는 크게 다르다. 이백은 質朴하면서도 飄逸(표일)하여 仙氣가 느껴지지만, 두보의 시는 深沈(심침)하면서도 진지하고 애절한 감정이 곳곳에 드러난다.

月下獨酌(월하독작) 四首 (其一)

花間一壺酒, 獨酌無相親.
擧杯邀明月, 對影成三人.
月旣不解飮, 影徒隨我身.
暫伴月將影, 行樂須及春.
我歌月徘徊, 我舞影零亂.
醒時同交歡, 醉後各分散.
永結無情遊, 相期邈雲漢.

月下에 獨酌하다 (1 / 4)

꽃이 핀 거기 술이 한 병이라서,
같이 할 사람 없어 혼자 마신다.
술잔 들어 달을 맞이하여,
그림자 함께 셋이 어울린다.
달이야 본래 마실 줄 모르며,
그림자는 괜히 나만을 따라온다.
잠시 달과 그림자와 짝을 맺고,
즐기나니 오로지 이 봄날이다.
내 노래하면 달도 멈칫거리며,
내 춤을 추면 그림자가 흔들린다.
멀쩡한 정신에는 같이 즐겼지만,

취하면 제각각 흩어 떠나간다.
오래도록 世情을 잊고 사귀자며,
아득히 먼 은하를 두고 기약한다.

| 註釋 | ㅇ 〈月下獨酌〉 - 〈月下에 獨酌하다〉. 酌은 따를 작. 잔질하다. 酉는 닭 유, 술 유. 酉변은 거의 술과 관계되는 글자이다. 酤는 술 살 고, 酬는 잔 돌릴 수, 酌은 잔질할 작, 酣은 술 즐길 감, 酩은 술 취할 명, 酗는 술주정할 후, 醒은 술이 깰 성 등등 술을 사서 마시며 즐기고 취한 뒤에 깨어나는 酒客의 동작이나 단계마다 해당하는 글자가 있다는 것은 중국인들이 그만큼 술을 즐겼다는 뜻이다. 《全唐詩》 182권 수록.

ㅇ 花間一壺酒 - 花間은 꽃이 핀 곳. 술은 분위기이다. 壺는 병 호. 壹(하나 일)과 혼동하기 쉬운 글자.

ㅇ 獨酌無相親 - 獨酌을 즐길 수 있어야 진정 好酒家이나, 지금은 '中毒者' 라는 표현을 많이 쓴다.

ㅇ 擧杯邀明月 - 邀는 맞을 요. 맞이하다. 李白과 酒와 月은 三位一體이다.

ㅇ 對影成三人 - 對는 마주할 대. 對應. 물체 그대로 그림자가 생기기에 對影이라 했다. 對影은 그림자로 풀이해야 한다. 자신과 그림자, 그리고 明月이 술자리를 같이한 三人이다.

ㅇ 月旣不解飮 - 旣는 본래. 처음부터. 解는 알다, 터득하다. (죄인을) 호송하다.

ㅇ 影徒隨我身 - 徒는 무리 도. 공연히. 겨우. 隨는 따를 수.

ㅇ 暫伴月將影 - 暫은 잠시 잠. 잠깐. 伴은 짝 반. 따르다. 將은 장

수. 거느리다. ~을, 겨우, 막, 곧, 또한, ~으로서, 더불어.

- 行樂須及春 – 須는 모름지기 수. 及은 미칠 급. 따라잡다, 놓치지 않다.
- 我歌月徘徊 – 歌는 노래하다. 동사로 쓰였다. 徘는 노닐 배. 망설이다. '俳 광대 배'와 혼동하기 쉬움. 徊는 노닐 회. 徘徊(배회)는 멈춰 나아가지 못하는 모양.
- 我舞影零亂 – 零亂(영란)은 어지럽게 흔들거린다.
- 醒時同交歡 – 醒은 술이 깰 성. 交歡(교환)은 같이 즐기다. 친선을 도모하다.
- 永結無情遊 – 無情은 忘情(망중). 遊는 交遊. 名利나 愛憎(애증)을 초월한 소탈한 사귐.
- 相期邈雲漢 – 邈은 멀 막. 아득하게 멀다. 雲漢은 銀河水.

| 詩意 | 李白의 月下獨酌은 모두 4수이다. 이는 그중의 제1수이다. 李白은 달과 술을 사랑한 시인이었다. 밤하늘에 뜬 달은 만인에게 모두 골고루 빛을 주는 평등한 존재이기에, 곧 희망과 낭만의 대상이었다. 詩仙이며 酒仙이기에 이백은 자주 달을 노래했다. 특히 술 취하기 전에는(醒時) 같이 즐기다가 취하면 각자 흩어진다(醒時同交歡 醉後各分散)는 구절은 맑고 높은 교유를 상징한다.

淸의 沈德潛(심덕잠)은 그의 《唐詩別裁(당시별재)》에서 '힘들이지 않고 입에서 나오는 대로 읊은 시로 하늘의 맑은 울림처럼 순수하다. 이런 시를 사람들은 쉽게 배우지 못하리라.(脫口而出, 純乎天籟. 此種詩, 人不易學.)' 고 하였다.

月下獨酌(월하독작) 四首 (其二)

天若不愛酒，酒星不在天.
地若不愛酒，地應無酒泉.
天地旣愛酒，愛酒不愧天.
已聞清比聖，復道濁如賢.
賢聖旣已飮，何必求神仙.
三杯通大道，一斗合自然.
但得酒中趣，勿爲醒者傳.

月下에 獨酌하다 (2 / 4)

하늘이 술을 좋아하지 않았다면,
하늘에 酒星이 있을 수 없다.
大地가 술을 좋아하지 않았다면,
땅위에 응당 酒泉이 없어야 한다.
하늘과 땅도 이처럼 술을 좋아하니,
애주는 하늘을 우러러 부끄럽지 않다.
이미 알지만 淸酒는 聖人과 같으며,
濁酒는 현인이라고 말할 수 있으리!
청주와 탁주를 모두 다 마셨으니,
어찌 기어이 신선이 되려 하는가?
석잔 술로 大道에 통달하고,

한말 술에 자연과 合一한다.
그러니 술의 이런 재미를 안다면,
술 아니 먹는 사람께 말하지 마소.

| 註釋 | ○ 地應無酒泉 – 酒泉은 前漢 武帝가 서역을 개척하며 전진 기지로 설치한 郡名.(元狩 2년, 前 121). 河西 四郡 중 최초로 설치된 군. 지금의 甘肅省 서북부의 지명이다. '城 안에 물맛이 마치 술처럼 좋은 金泉이 있어 酒泉' 이라 했다. 또 다른 이야기로는 漢 武帝 때 霍去病(곽거병)이 흉노와 싸워 대승을 거두었다. 이에 무제가 御賜酒를 내렸는데 술은 적은 양이고 장졸은 많아 그 술을 샘에 쏟아 부운 뒤에 모두가 함께 그 우물물을 마셨다고 한다. 이후 그곳의 지명이 酒泉이라는 아름다운 이름으로 남았다. 우리나라 강원도 영월군에 酒泉面(2015년 인구 4,000명)이 있다.

| 詩意 | 술을 즐기는 어느 누구든 陶醉(도취) – 기분 좋게 취함 – 했다면, 도취할 수 있는 경지에 도달했다면, 그날 하루는 보람 있게 살았다고 말할 수 있다.

업무상이나 계산적으로 마시는 술에는 情과 興이 없다.

李白은 왜 술을 마셔야 하는가를 논리적으로 풀어 말했다. 술의 재미가 이처럼 좋은 데, 술에는 聖과 賢이 다 있는데, 청주나 탁주 가리지 않고 마셨다면 굳이 신선이 되기를 바라느냐고 되묻고 있다. 그렇다면 그 대답은 딱 한마디. – '아니오!' 이다.

방안에서 마시는 술보다 나무 그늘 아래서 마시는 술이 좋고,

벌건 대낮의 술보다 달밤에 달을 보며 마시는 술이 좋다. 달(月)과 술(酒) – 가장 이상적인 組合(조합)이다.

달밤에 술잔을 들고 달에게 물어보며(〈把酒問月〉, 七言古詩 참고) 대화를 나누는 시인 李白의 마음은 얼마나 흥겨웠겠는가?

春思(춘사)

燕草如碧絲，秦桑低綠枝.
當君懷歸日，是妾斷腸時.
春風不相識，何事入羅幃.

봄날의 시름

燕땅의 새 풀이 파란 실 같을 때,
秦땅의 뽕나무는 푸른 가지 드리웠네.
낭군이 돌아올 날 꿈꾸던 그날이,
이몸은 애타게 그리던 그때였어요.
춘풍은 내 마음을 모르는지,
어이하여 규방에도 불어오는가요?

| 註釋 | ○ 〈春思〉 – 굳이 우리말로 옮긴다면 〈봄날의 시름〉이라 해야겠지만 〈春思〉라 하면 읽는 사람이 나름대로 제목을 생각할 수 있을 것이다. 《全唐詩》 165권과 《唐詩三百首》에도 수록되었다.

○ 燕草如碧絲 – 燕 땅의 풀이 푸른 실 같으나, (겨우 봄이 되었다.) 燕은 나라 이름 연. 春秋戰國시대에 지금의 北京과 天津 일대, 곧 河北省과 山東省 일부 지역을 차지했던 나라. 이후 5胡16國 시대에도 많은 燕나라가 건국되고 멸망했으며 隋와 唐에서는 지방 반란세력이 燕을 국호로 내건 경우도 있었다. 그러나 춘추 전국시대 이후 燕은 地名으로 통용된다. 예를 들어

《三國演義》에서 張飛가 '나는 燕人 張翼德이다.' 라고 소리를 지르는데, '燕나라 백성 장익덕' 으로 새겨듣지는 않는다. 燕草는 '연 땅의 풀' 이지 '연나라의 풀' 이 아니다.

○ 秦桑低綠枝 – 秦땅의 뽕나무는 푸른 가지가 쳐졌다. (녹음이 한창이다.)

전국시대의 분열과 혼란을 통일한 秦(진)은 기원전 670년경에 陝西省(섬서성) 서쪽을 차지한 西周의 제후국으로 출발하였다. 이후 戰國시대에 秦은 지금의 西安(長安)을 중심으로 蜀을 비롯한 중국 서부 지역을 지배했다.

秦이 지명으로 쓰일 경우에는 지금의 陝西省(섬서성) 西安市 일대를 지칭한다. 참고로 중국 北京市는 우리나라 신의주와 비슷한 緯度(위도)이고, 西安市는 우리나라 木浦와 비슷한 위도에 있다. 따라서 西安(1월 평균기온 4.8°C)은 우리 서울(1월 평균기온 1.6°C)보다도 따뜻한 지역이다. 이러한 지리적 지식은 詩를 이해하는데 도움이 된다.

○ 當君懷歸日 – 君은 郎君. 낭군은 지금 북쪽 국경에 防戍(방수)하러 나갔다. 懷歸(회귀)는 돌아가기를 그리다. 當은 日에 이어지고 다음 구의 是는 時에 이어진다.

○ 是妾斷腸時 – 妾은 여자 자신의 謙稱. 斷腸은 애가 끊어진다. '애가 탄다' 의 '애' 는 창자(腸). '當君懷歸日' 과 '是妾斷腸時' 에서 君과 妾, 懷歸와 斷腸, 當～日과 是～時는 완벽한 對句이다.

○ 春風不相識 – '不相識' 은 '서로 얼굴을 알지 못한다.' '顔面이 없다.' 곧 '모르는 사이' 라고 번역한 책들이 있는데, 이는

잘못이다. 相은 妾과 春風의 관계이고, 識은 '얼굴이나 또는 의인화한 春風' 을 모른다는 뜻이 아니라 서로 상대의 마음을 모른다는 뜻이다. 곧 春風은 '임이 그리워 애타는 첩의 이 마음을 모르고' 로 해석해야 다음 句에 자연스레 이어진다.

○ 何事入羅幃 – 羅는 새 그물 나(라), 깁(명주실로 짠 비단), 벌려 놓다. 幃는 휘장 위. 羅幃는 얇을 비단으로 만든 휘장. 그런 휘장을 두른 방. 곧 閨房(규방).

| 詩意 | '원부춘사(怨婦春思, 봄날 그리움이 사무친 부녀자의 마음)' 에 속하는 五言古詩이다. 봄바람이 비단 휘장을 둘러친 규방까지 불어들 때면 객지에 나가있는 낭군 생각이 더욱 간절할 것이다. 북쪽 추운 곳에서 고생하며 야위었을 낭군을 '봄이면 겨우 실처럼 가늘게 나오는 燕 땅의 풀(燕草如碧絲)' 이라 생각했다.

한편 낭군을 그리며 춘정이 넘치는 女心을 '秦桑低綠枝' 로 표현했다. 또 '當君懷歸日' 과 '是妾斷腸時' 도 對句이다. 이러한 詩作法을 '流水對句(유수대구)' 라고 한다. '春風不相識' 과 '何事入羅幃' 도 심리적으로 절묘한 대구를 이루고 있다. 浩蕩(호탕)한 李白이 이렇게 섬세하게 여인의 심정을 그려내고 있으니, 역시 詩仙이라 하겠다.

淸 吳喬(오교)는 《圍爐詩話(위로시화)》에서 「'春風不相識, 何事入羅幃' 는 孔子가 《論語》에서, 《詩經》의 詩는 '그 思念에 사악함이 없다(思無邪).' 고 말한 것과 같이, 표현이 淸麗(청려)하고 절묘하여 본받을 만하다(思無邪而詞淸麗妙絶可法).」고 하였다.

友人回宿(우인회숙)

滌蕩千古愁，留連百壺飮.
良宵宜淸談，皓月未能寢.
醉來臥空山，天地卽衾枕.

벗과 함께 자면서

천년의 근심을 모두 씻어 내려는 듯,
떠나지 못하고 있는 술을 다 마신다.
선선한 밤이라 정담 나누기 좋고,
휘영청 밝은 달에 잠들지 못하리.
술취해 인적 끊긴 산에 누웠으니,
하늘과 땅이 이불이며 베개로다.

| 註釋 | ○ 〈友人回宿〉 - 〈벗과 함께 자면서〉. 여행길에 동행한 우인과의 통음을 노래했다. 天地가 이백을 위해 편안한 잠자리와 이불이 되었다.

○ 滌蕩千古愁 - 滌蕩(척탕)은 씻어내다. 滌은 씻을 척. 蕩은 쓸어버릴 탕.

○ 留連百壺飮 - 留連(유연)은 마음에 연년한 정이 있어 머물다. 百壺는 1백 병. 壺는 병 호. 단지.

○ 良宵宜淸談 - 良宵는 좋은 밤, 춥지도 덥지도 않은 밤. 宵는 밤 소.

| 詩意 | 본래 '기쁠 때 술(喜酒), 울적할 때 차(悶茶), 화날 때 담배(生氣的烟)라.' 하였고, 담배와 술은 네 것 내 것을 가리지 않는다(烟酒不分家). 그리고 술과 여색, 돈과 재물은 사람마다 다 좋아한다(酒色錢財人人愛). 그러다 보니 술이 지나치면 말이 많고(酒多話多), 말이 많으면 실패도 많다(話多錯多). '술 취한 군자는 없다(酒後無君子).' 하였으니, 우리말에서도 '술 취한 개' 라고 하지 않는가? 하여튼 세상살이에 교제가 중요하다지만, 술과 고기로 사귄 친구는 오래 가지 않고(酒肉朋友一世無), 술잔에 빠져 죽은 사람은(酒杯裏淹死的人), 바다에 빠져 죽은 사람보다 오히려 더 많다(比大海的還要多).

이상과 같은 이유로 술을 멀리하는 사람이라면 무슨 재미로 사는가?

여색에 미혹되지 않으면 참된 군자이지만(見色不迷眞君子), 술을 보고도 마시지 않는다면 대장부가 아니다(見酒不飮非丈夫). 서로 만나 술 한 잔도 없이 그냥 헤어진다면(相逢不飮空歸去), 마을 입구에 핀 도화라도 그를 비웃으리라(洞口桃花也笑人).

오늘 이 저녁에 술이 있다면 오늘 취하고(今夕有酒今夕醉), 내일 걱정거리가 생긴다면 내일 걱정하리라(明日愁來明日愁). 술을 마실 때는 그냥 술만 마셔야 한다(得飮酒時且飮酒). 다른 일은 생각하지 말자는 말이다. 한 잔 술로 모든 걱정거리를 풀고(一飮解百結), 술 두 잔에 온갖 근심을 잊는다(再飮破百憂)고 하였다.

하여튼 '술이 知己를 만나면 1천 잔도 많지 않다(酒逢知己千杯少).' 고 하였다. 李白이 知己와 百壺飮하고 空山에 누우니 '天地가 곧 衾枕(금침)이라.' 는 뜻을 알 수 있지 않은가?

春日醉起言志(춘일취기언지)

處世若大夢, 胡爲勞其生.
所以終日醉, 頹然臥前楹.
覺來盼庭前, 一鳥花間鳴.
借問此何時, 春風語流鶯.
感之欲歎息, 對酒還自傾.
浩歌待明月, 曲盡已忘情.

봄날 취한 뒤, 일어나 心志를 말하다

한 세상 살기가 꿈속 같은데,
왜 힘든 삶을 살아야 하나?
그래서 종일 취토록 마시고,
대청 기둥 사이에 쓰러져 누웠다.
깨어나 앞 뜨락을 바라다보니,
한마리 새, 꽃에서 지저귄다.
묻나니, 지금이 어느 철인가?
봄바람 불고, 나르던 꾀꼬리 지저귄다.
새봄을 느껴 한숨이 나오려는데,
술상을 당겨 혼자서 잔을 기울인다.
큰 소리 노래하고 명월을 기다리면서,
한 곡조 마쳤더니 잡념을 모두 잊었노라.

| 詩意 | 인생이란 한 판의 바둑과 같아(人生好似一盤棋), 정해진 승패는 없다. 그리니 인생의 성패에 목을 매달 필요는 없지 않은가? 백 살의 늙은이의 한평생이(人生百歲翁) 마치 바람 한 번에 날려지는 꽃과도 같다(似花飛一陣風). 사실 인생을 마칠 때, 되돌아보면, 천지는 모두 빈 것이며, 인생도 모두 幻影이다.(天地皆空, 人生皆幻.) 인생은 꿈과 같고 꿈은 인생과 같다(人生如夢 夢如人生). 아니면 인생 한 살이란 한바탕의 큰 꿈이다!(人生一世 大夢一場!)

하여튼 술 취한 꿈속의 하늘과 땅은 넓기만 하고(夢裏乾坤大), 술병 속의 세월은 잘도 간다(壺中日月長). 한마디로 '醉中別有天地' 가 아니겠는가?

古風(고풍) 五十九首 (其二十四)

大車揚飛塵，亭午暗阡陌.
中貴多黃金，連雲開甲宅.
路逢鬪雞者，冠蓋何輝赫.
鼻息干虹蜺，行人皆怵惕.
世無洗耳翁，誰知堯與跖.

고풍 (24 / 59)

큰 수레가 흙먼지를 일으키니,
한낮인데 길거리가 어둡다.
권세 있는 태감은 황금이 많아,
구름에 닿을 큰 저택을 지었다.
길에서 닭싸움 꾼을 만났는데,
거마나 의관이 어찌 저리 빛나는가?
콧구멍 숨으로 무지개를 가로막으니,
行人이 모두 두려워 떨었다.
세상에 귀를 씻을 노인도 없으니,
누가 堯임금과 도척을 알겠는가?

| 註釋 | ㅇ 〈古風 五十九首〉 – 〈古風 59수〉는 이백의 5언 고시로 連作詩이다. 편에 따라 길게는 16聯에서 짧게는 4聯까지 내용과 편

폭이 다양하다. 그중 이 24수 〈大車揚飛塵〉이 전체 59수의 大義를 강조한 것으로 인정한다. 본 작품은《全唐詩》161권에 수록되었다.

○ 中貴多黃金 – 中貴는 궁중 실권을 장악한 환관(太監).

○ 路逢鬪雞者 – 당시 귀족들 사이에서 鬪鷄가 성행하였다. 이 시에서 보듯 태감에 의해 스카우트된 투계꾼의 위세가 대답하였다. 그 콧숨이 무지개를 가릴 정도라는 표현은 과장이지만 현실이었다. 그래서 당시에 '자식에게 글을 가르치지 말지니(生兒不用識文字), 투계와 경마가 독서보다 더 낫다(鬪鷄走馬勝讀書).' 라는 말이 유행했다고 한다.

○ 鼻息干虹蜺 – 鼻息은 콧숨. 콧김. 干은 가로막다. 虹蜺(홍예)는 무지개.

○ 行人皆怵惕 – 怵惕(출척)은 두려워하다.

○ 世無洗耳翁 – 堯帝는 당시의 隱士(은사)인 許由(허유)에게 천하의 통치를 맡기겠다고 말했다. 거절하고 돌아온 허유는 벗인 巢父(소부)에게 堯帝의 말을 전하면서 더러운 말을 들었다며 냇물에 귀를 씻었다. 洗耳翁(세이옹)은 귀를 씻는 노인.

○ 誰知堯與跖 – 誰는 누구 수. 跖은 盜跖(도척). 고대의 저명한 도적. 악인.

| 詩意 | 이백은 〈古風〉 聯詩를 통해 현실의 부패 현상과 모순을 풍자 비판하였다.

經下邳圯橋懷張子房(경하비이교회장자방)

子房未虎嘯, 破產不爲家.
滄海得壯士, 椎秦博浪沙.
報韓雖不成, 天地皆振動.
潛匿遊下邳, 豈曰非智勇.
我來圯橋上, 懷古欽英風.
惟見碧流水, 曾無黃石公.
歎息此人去, 蕭條徐泗空.

하비현의 圯橋(이교)를 지나며 張子房를 회고하다

장량은 이름이 세상에 알려지기 전에도,
가산을 탕진했고 가문을 생각지 않았다.
蒼海君을 통해 力士를 한 사람 얻어,
博浪沙서 철퇴를 진시황에게 날렸다.
韓室을 위한 복수는 실패했지만,
하늘과 땅이 온통 놀라 떨었다.
몸을 숨겨 下邳(하비)에 은거했는데,
어찌 지혜와 용기가 없다고 말하리오?
나는 圯橋(이교) 다리를 지나면서,
장량의 英勇과 풍모를 흠모하였다.
지금 푸른 냇물만이 흐르고,

옛날 黃石公은 만날 수 없다.

장량 그가 떠난 이후로 탄식하나니,

徐州와 泗水(사수) 지역이 텅 비었다.

| 註釋 | ○ 〈經下邳圯橋懷張子房〉 - 《全唐詩》 181권 수록. 下邳(하비)는 현명, 국명. 今 江蘇省 북부 徐州市 관할 邳州市(비주시). 圯橋(이교)는 張良과 黃石公이 처음 만났다는 다리. 圯는 흙다리 이.

張子房은 張良(? - 前 185, 字는 子房, 留侯, 시호 文成) - 漢朝 開國元勳. 蕭何, 韓信과 함께 漢初 三傑. 《漢書》 40권, 〈張陳王周傳〉에 입전. 《史記 留侯世家》 참고.

○ 破産不爲家 - 戰國의 韓이 망한 뒤 장량의 집에는 奴僕(노복)이 300명이나 있었고 동생이 죽었을 때 장례를 치르지 않고 가산을 처분해 秦王을 죽일 자객을 구해 韓을 위해 복수하려 했는데, 이는 韓 5대에 걸쳐 재상을 지냈기 때문이었다.

○ 椎秦博浪沙 - 장량은 일찍이 회양군에서 禮制를 학습했고 동쪽을 유람하다가 倉海君이란 사람을 만나 한 力士를 얻었는데 120근 쇠몽둥이를 쓰는 사람이었다. 秦 시황제가 東遊하며 博狼沙(박랑사)에 도착했을 때 장량은 자객과 함께 秦 황제를 저격했으나 副車를 맞혔다. 秦皇帝는 대노하며 온 나라를 크게 수색하며 아주 긴박하게 범인을 잡으려 했다. 장량은 이에 姓과 이름을 바꾸고 下邳(하비)로 도망하여 숨었다.

○ 我來圯橋上 - 어느 날, 장량이 하비의 다리 위를 걷고 있었는데, 갈옷을 입은 어떤 노인이 장량이 있는 곳에 와서 일부러 다리 아래로 신발을 떨어뜨리고 장량을 보며 말했다. "젊은이는

내려가 신발을 주워 오거라!" 장량은 놀라며 때려주고 싶었으나 노인이기 때문에 억지로 참으며 내려가 신발을 주워 와서 무릎을 꿇고 신겨 주었다. 노인은 다리를 뻗어 신발을 신고서는 웃으며 떠나갔다. 장량은 아주 크게 놀랐다. 노인은 1리쯤 가더니 다시 돌아와 말했다. "젊은이는 가르칠 만 하도다. 5일 뒤 날이 밝기 전에 나와 여기서 만나자." 장량은 이상하게 생각하며 무릎을 꿇고 "예"라고 대답했다.

○ 懷古欽英風 – 장량은 일찍이 말했다. "~지금 三寸舌로 황제의 사부가 되었고 封邑 萬戶의 列侯에 올랐으니, 이는 평민으로서 가장 높이 오른 것이기에 나는 만족한다. 그러니 人間事를 잊고 赤松子를 따라 놀고 싶을 뿐이다."

장량은 道術을 익혀 신선이 되려 하였다. 장량은 高后(呂后) 2년(前 186)에 죽었다.

○ 曾無黃石公 – 이교 위의 노인이 황석공이었다. 장량은 노인으로부터 《太公兵法》을 얻어 숙지했다.

| 詩意 | 이백은 장량의 걸출한 능력을 알고 있었으며, 그의 바른 처세와 인격에 대한 흠모의 정을 갖고 있었다. 장량이 죽은 이후 徐州와 사수 일대가 쓸쓸하고 텅 비었다는 탄식은 자신에게 그만한 능력이 있지만 기회나 여건이 되지 않는다는 한탄이라고 생각한다.

蘇武(소무)

蘇武在匈奴，十年持漢節.
白雁上林飛，空傳一書箚.
牧羊邊地苦，落日歸心絶.
渴飮月窟冰，饑餐天上雪.
東還沙塞遠，北愴河梁別.
泣把李陵衣，相看淚成血.

소무

蘇武(소무)는 흉노에 억류되었지만,
10년 간 漢의 부절을 견지했다.
흰기러기가 上林苑을 날아가며,
하늘에서 소무의 서신을 전해주었다.
흉노 변방서 양을 치며 고생했고,
지는 해를 보며 투항할 마음을 끊었다.
목마르면 갈증에 동굴의 얼음을 깨고,
주린 배를 내리는 눈을 녹여 채웠다.
돌아오는 귀국길 사막이 멀어지면서,
흉노에 남은 이릉과 교량에서 이별했다.
울면서 李陵의 옷깃을 부여잡고,
서로를 위로하며 피눈물을 흘렸다.

| 註釋 | ○ 〈蘇武〉 – 《全唐詩》 181권 수록. 前漢에서 흉노에 파견한 사절인 蘇武(소무, ? – 前 60) – 中郞將으로 흉노에 사신으로 갔다가 억류(前 100년). 昭帝 始元 6년(前 81) 봄에야 장안에 돌아왔다. 흉노는 국내 반란에 소무가 연루되었다며 소무를 억류하였다. 匈奴는 소무를 北海(바이칼 호)의 사람이 없는 곳에서 숫양을 방목하게 했고, 숫양이 새끼를 낳으면 돌려보내겠다고 하였다.

○ 白雁上林飛 – 上林은 上林園(苑). 한 장안 황제의 별장. 상림원에서 기러기를 잡았는데 소무의 서신이 있었다는 말은 漢에서 꾸며댄 말이었다.

○ 牧羊邊地苦 – 억류된 소무가 북해 근처에 머무는 동안 흉노는 음식을 주지 않아 소무는 들쥐의 구멍을 파서 풀씨를 꺼내먹었다. 漢의 持節을 들고 양을 길렀고 눕거나 서거나 지절을 들고 다녀 지절의 장식이 다 떨어졌다.

○ 饑餐天上雪 – 饑는 굶주릴 기. 餐은 먹을 찬.

○ 泣把李陵衣 – 그전에, 소무와 李陵(이릉, 명장 李廣의 손자)은 함께 侍中이 되었으며, 소무가 흉노의 사신으로 온 다음 해에 이릉은 흉노에 항복했지만 소무를 구할 수 없었다.

오랜 시간이 지나 선우는 이릉을 북해에 보내 소무를 회유케 했다. 昭帝가 즉위한, 몇 년 뒤 匈奴와 漢은 和親했다.

漢에서 소무를 보내달라고 하자 흉노는 소무가 죽었다고 거짓말을 했다. 뒤에 漢의 사절이 다시 흉노에 왔을 때, 소무의 부하였던 常惠(상혜)는 그 수비 병사와 함께 있다가 밤에 漢의 사절을 만나 지난 일을 모두 말했다. 그러면서 사절에게 천자가 상림원에서 기러기를 한 마리 잡았는데 기러기발에 비단 헝겊

이 묶여 있고 거기에 소무 등이 북쪽 호숫가에 산다고 쓰여 있다고 선우에게 말하라고 했다. 나중에 이릉은 술자리를 마련해 소무에게 축하하며 말했다.

“이제 그대는 돌아갈 것이고 흉노에서도 이름을 날렸고 漢나라에 큰 공을 세웠으니, 비록 옛날에 역사에 실리고 초상화로 그려진 인물일지라도 어찌 그대보다 더 나을 수 있겠소! ~”

이릉은 울며 눈물을 흘렸고 소무와 작별했다. 소무는 부하를 모았는데 이미 투항했거나 죽어서 겨우 9명이 소무를 따라 돌아왔다.

소무는 흉노에 총 19년간 억류되었는데 젊어 출국했지만 돌아올 때는 수염과 머리가 모두 백발이었다. 班固《漢書》54권, 〈李廣蘇建傳〉에 입전.

| 詩意 | 이백의 소무의 지조를 칭송하였다. 온갖 역경에 굴복하지 않는 사나이의 心志는, 곧 의리를 중시하고 목숨을 내줄 수도 있는 義俠心(의협심)과 같을 것이다.

紫騮馬(자류마)

紫騮行且嘶, 雙翻碧玉蹄.
臥流不肯渡, 似惜錦障泥.
白雪關山遠, 黃雲海戍迷.
揮鞭萬里去, 安得念春閨.

자류마

자줏빛 검은 말이 달리며 부르짖는데,
碧玉의 양쪽 발굽을 교대로 걷어찬다.
물가에 누워 강물을 건너려 아니하니,
비단의 장니 젖는 게 정녕 싫은가 보다.
멀리 關山엔 흰 눈이 쌓였고,
누런 구름낀 사막엔 망루가 흐릿하다.
채찍을 따라 만리를 달려야 하거늘,
어찌 봄날 근심에 잠긴 규수를 생각하리오.

| 註釋 | ○ 〈紫騮馬〉 - 《全唐詩》 165권 수록. 樂府의 橫吹曲名. 紫는 자줏빛 자. 騮는 월따말 류. 붉은 털에 검은 갈기가 있는 말. 협객은 말을 아끼고 좋아한다. 시인 이백과 李商隱도 명마에 관한 시를 많이 남겼다.

○ 紫騮行且嘶 - 行且嘶는 달리며 울부짖다. 嘶는 울 시. 짐승이 울다.

○ 似惜錦障泥 – 障泥(장니)는 말의 안장 아래에 대는 진흙받이. 신라 天馬冢(천마총)의 천마도는 장니에 그린 그림이다.

○ 黃雲海戍迷 – 여기 海는 사막이나 내륙의 큰 호수이다. 바다라고 번역하면 오역이다.

| 詩意 | 전반 4句는 자류마를 형상화했고, 후반 4구는 변방의 풍경과 본가의 아내를 그리는 심정을 서술하였다.

三五七言(삼오칠언)

秋風清，秋月明.
落葉聚還散，寒鴉棲復驚.
相思相見知何日，此時此夜難爲情.

3, 5, 7言의 시

서늘한 가을바람,
청명한 가을 달.
떨어져 쌓였다가 흩어지는 낙엽,
겨울 까마귀 모였다가 놀라 나른다.
서로 그리다가 만날 때는 언제일까?
이날 이런 밤 옛 정을 잊기 어려우리!

| 詩意 | ㅇ〈三五七言〉-《全唐詩》184권에 수록. 시인은 그 감정을 서술하며 어떠한 규칙이나 속박을 싫어했다.

자유분방한 형식으로 가을의 天氣를(三言), 이어 가을 풍경(五言), 그리고 그리운 사람을 그리는 정을 표현했다(七言).

攜妓登梁王棲霞山孟氏桃園中

(휴기등양왕서하산맹씨도원중)

碧草已滿地, 柳與梅爭春.
謝公自有東山妓, 金屛笑坐如花人.
今日非昨日, 明日還復來.
白髮對綠酒, 强歌心已摧.
君不見梁王池上月, 昔照梁王樽酒中.
梁王已去明月在, 黃鸝愁醉啼春風.
分明感激眼前事, 莫惜醉臥桃園東.

기녀를 데리고, 梁王의 서하산 孟氏의 桃園에 올라 짓다

푸르른 풀은 온 땅을 덮었고,
버들과 매화는 봄날을 다툰다.
謝安石公은 늘 기녀와 東山에 함께 했고,
황금 병풍 앞 기녀는 꽃처럼 웃고 있었다.
오늘은 어제와 다르고,
내일은 또 다시 찾아온다.
백발이지만 막 거른 술을 마주하고,
애써 즐기려 노래하나 마음 같지 않다.
그대는 보지 못했나?
梁王의 연못에 뜬 달이,

그 옛날 양왕의 술잔을 비추었다네.
梁王은 이미 죽었지만 明月은 남았고,
꾀꼬리도 근심을 아는지 춘풍에 맞춰 운다.
분명히 눈앞 세상사에 느끼는 바 있나니,
취하여 동쪽 도원에 누웠다고 괘념치 마오.

| 註釋 | 〈攜妓登梁王棲霞山孟氏桃園中〉 – 梁王은 漢文帝 둘째 아들(劉武, ? – 前 144년). 景帝의 아우. 武帝의 숙부. 梁孝王으로 통칭, 국도는 攜陽縣(휴양현, 今 河南省 동부 商丘市).

○ 謝公自有東山妓 – 謝公은 謝安(사안, 320 – 385, 字 安石) – 東晋 政治家, 軍事家. '東山再起' 의 주인공.

| 詩意 | 이 시의 주제는 인생무상이다. 황제의 친동생, 한무제의 숙부로 그 화려했던 영화는 이제 흔적도 없이 사라졌다. 다만 그래도 옛 풍류를 즐긴 謝安의 명성은 전해온다.

六. 七言古詩

廬山謠寄盧侍御虛舟(여산요기노시어허주)

我本楚狂人，鳳歌笑孔丘.
手持綠玉杖，朝別黃鶴樓.
五嶽尋仙不辭遠，一生好入名山遊.
廬山秀出南斗傍，屛風九疊雲錦張，
影落明湖青黛光.
金闕前開二峰長，銀河倒挂三石梁.
香爐瀑布遙相望，迴厓沓嶂凌蒼蒼.
翠影紅霞映朝日，鳥飛不到吳天長.
登高壯觀天地間，大江茫茫去不還.
黃雲萬里動風色，白波九道流雪山.
好爲廬山謠，興因廬山發.
閑窺石鏡清我心，謝公行處蒼苔沒.
早服還丹無世情，琴心三疊道初成.
遙見仙人綵雲裏，手把芙蓉朝玉京.

先期汗漫九垓上, 願接盧敖遊太清.

여산의 노래를 시어사 盧虛舟에게 주다

나는 본래 楚의 狂人이니,
봉황 노래 불러 공자를 비웃었다.
손에 신선의 綠玉 지팡이를 짚고,
아침에 황학루를 떠나왔다.
五嶽의 신선을 찾아 먼 길 마다 않았고,
일생에 명산에 들어 유람을 좋아했노라.
廬山은 바로 南斗 곁에 우뚝 솟았으며,
아홉첩 병풍처럼 비단 구름이 휘감았다.
여산의 그림자 맑은 호수에 짙게 잠겼고,
금궐봉 앞에는 두 개 봉우리가 솟았으며,
은하는 세 개의 돌다리 위에 거꾸로 걸렸다.
향로봉 폭포는 멀리 마주 뵈는데,
먼 절벽 험준한 봉우리 창공을 뚫고 솟았다.
푸른 그늘 붉은 구름 아침 해를 받고,
새도 넓은 吳의 땅을 다 날지 못하리라.
높이 올라 하늘과 땅의 장관을 보나니,
큰강은 아득히 흘러가서는 오지 못한다.
黃雲이 만 리에 걸쳐 풍치를 돋아주는데,
白波는 아홉 갈래 폭포로 흘러내린다.

여산의 노래 즐거이 부르니,
여산이 흥을 북돋아 주었구나!
石鏡을 들어 보며 마음을 맑게 하니,
謝公이 가던 자취 이끼에 묻혔구나!
일찍이 仙丹을 먹고 속세 인정 잊었으니,
琴心의 三疊에 화기 축적하는 道를 얻으면
멀리 오색구름 속에 신선이 보이누나!
손에 부용을 들고 玉京을 향해 가면서,
먼저 신선과 하늘 끝에서 놀기를 기약하고,
盧敖를 맞이하여 太淸에서 놀기를 바라노라.

| 註釋 | ㅇ 〈廬山謠寄盧侍御虛舟〉 - 〈여산의 노래를 시어사 盧虛舟에게 주다〉.

廬는 오두막집 여. 廬山(여산)은 江西省 북부 九江市에 있으며 주위가 250리나 된다. 周 武王 때, 匡裕(광유) 형제들이 도술을 익히고 이곳에 오두막을 짓고 숨어살았으므로 廬山(여산) 또는 匡廬(광려)라고 한다.

여산은 '雄(웅장), 奇(기이), 險(험준), 秀(수려)' 로 유명하며, 보통 '匡廬奇秀甲天下(광려산의 기이함과 수려함은 天下의 으뜸이다).' 로 통한다. 여산은 長江의 남쪽, 중국 최대의 담수호인 鄱陽湖(파양호) 平原의 北部에 자리하고 香爐峯(향로봉) 등 유명한 봉우리가 많으며 가장 높은 漢陽峯(한양봉)은 높이가 1,426미터나 된다.

廬山은 동시에 文化名山으로 중국 山水文化와 歷史的 축소판으로 東晋 이래 著名한 文人, 高僧, 政治人物들이 여기에 족적을 남겼다.

여산을 읊은 시가가 4,000여 수나 된다는 그들의 자랑이 꼭 과장만은 아닐 것이다. 司馬遷, 陶淵明, 王羲之, 慧遠(혜원) 이외에 李白, 白居易, 蘇東坡(소동파), 朱熹(주희)는 물론 蔣介石(장개석, 장제스), 毛澤東(마오쩌둥) 등이 모두 여산과 관련이 있다.

李白은 〈望廬山瀑布〉에서 "日照香爐生紫烟, 遙看瀑布挂前川. 飛流直下三千尺, 疑是銀河落九天."이라고 읊었다.

謠는 노래 요. 악기의 반주 없이 부르는 노래를 謠라 한다. 盧侍御虛舟(노시어허주)의 侍御는 殿中侍御使의 약칭. 盧虛舟는 범양(范陽 – 지금의 북경) 사람이며, 숙종 때 侍御史(시어사)를 역임했다. 청렴한 관리로 항상 은둔할 생각을 품고 있었으며 李白과 친교를 맺고 있었다.

이 시는 이백의 사상을 알 수 있고 그 개성의 자유분방함, 그리고 神筆이라 할 수 있는 뛰어난 묘사, 그리고 왜 그를 詩仙이라 부르는지 그 특성 및 해답을 알려 주는 시이기에 '이 詩는 진짜 太白의 詩(此乃眞太白詩矣)'라 할 수 있다.

○ 我本楚狂人 – 楚狂人(초광인)은 春秋시대의 接輿(접여)라는 隱者. 《論語 微子(미자)》편에 나온다. 楚나라에서 狂人으로 행세했다. 李白은 유가 사상을 갖고 있지 않았다. 그의 자유분방한 기질이 어느 教條主義的 사상에 매일 수는 없었을 것이다. 이백은 자신이 楚의 광인 접여와 같이 자유로운 사람이라 자처하였다.

○ 鳳歌笑孔丘 – 봉황의 노래로 공자를 비웃었다.《論語 微子》楚狂接輿 歌而過孔子曰, "鳳兮鳳兮! 何德之衰? 往者不可諫, 來者猶可追. 已而已而! 今之從政者殆而!" ~ (楚의 광인 접여가 공자 앞을 지나면서 노래를 했다. "봉황이여, 봉황이여, 어찌 이리 덕이 쇠퇴했나. 지난날을 탓 말고, 앞날도 따라갈 수 없는 것! 이제는 끝이다. 지금 정치하는 자들은 위태롭도다! ~" 당시 孔子는 은자들로부터 약간 조롱을 당하는 분위기였다. 楚狂 접여의 이야기에 이어 長沮(장저), 桀溺(걸익)의 이야기도 같은 微子편에 있다.

○ 手持綠玉杖 – 綠玉杖(녹옥장)은 神仙의 지팡이.

○ 朝別黃鶴樓 – 黃鶴樓(황학루) – 湖北省 武漢市 武昌 蛇山(사산)에 있는 江南 四大名樓의 하나. 黃鶴樓는 모두 5층으로 높이는 50.4m이다. 삼국시대 吳 黃武 2年(223)에 처음 건립된 이후 수리와 중축을 거듭하였는데 지금 볼 수 있는 것은 1985년에 중수한 것이다. 전설에 의하면, 仙人 王子安이 황학을 타고 왔다 하여 황학산이라 하였고 후세 사람들이 여기에 큰 누각을 짓고 황학루라 하였다. 신선 呂洞賓(여동빈)도 이곳에서 술을 마셨다고 한다. 황학루를 읊은 시로 가장 유명한 것은 崔顥(최호, 704–754)의 〈黃鶴樓〉이다. 李白도 여기서 孟浩然을 전별하고 〈黃鶴樓送孟浩然之廣陵〉를 지었다.

○ 五嶽尋仙不辭遠 – 尋은 찾을 심. 不辭遠은 멀다고 그만두지 않았다. 원근불문하고 찾아가다.

○ 廬山秀出南斗傍 – 南斗는 南斗六星. 北斗七星과 對를 이루는 星宿(성수, 별자리)이다. 우리나라에서는 南斗가 보이지 않는다.

南斗六星을 주관하는 神이 南斗星君(南極仙翁)인데 北斗星君과 함께 인간의 수명을 주관한다고 한다.

干寶(간보)의 《搜神記(수신기)》에 의하면, 管輅(관로)라는 사람이 일찍 죽을 운명이었는데, 南斗星君과 北斗星君이 바둑을 둘 때 술을 올리며 수명 연장을 부탁했고 그래서 장수했다는 이야기가 있다. 傍은 곁 방.

○ 屛風九疊雲錦張 – 屛은 병풍 병. 가려 막다. 疊은 겹쳐질 첩. 屛風疊(병풍첩) – 여산의 산봉우리 이름. 雲錦(운금)은 산 빛. 張은 펼쳐있다.

○ 影落明湖青黛光 – 影落明湖(영락명호) – 산봉우리 그림자가 맑은 호수〔鄱陽湖(파양호)〕에 비친다. 黛는 눈썹 그리는 먹 대. 青黛 – 고운 남빛. 紺青色(감청색).

○ 金闕前開二峯長 – 金闕(금궐)은 道教에서 말하는 天帝의 황금 대궐. 二峯은 여산의 향로봉과 雙劍峯.

○ 銀河倒挂三石梁 – 三石梁(삼석량)은 세 개의 돌다리가 걸려 있다. 《述異記》에 의하면 '여산에는 세 개의 돌다리가 있다. 길이는 수십 척이지만 넓이는 한 자도 안 된다.(廬山有三石橋, 長數十尺 廣不盈尺.)' 라 하였다.

○ 香爐瀑布遙相望 – 遙는 멀 요. 향로봉의 폭포가 멀리 바라보인다. 여산에는 향로봉이 남과 북으로 두 개 있다. 남쪽 향로봉에 향로폭포가 있다.

○ 迥崖沓嶂淩蒼蒼 – 迥은 멀 형. 崖는 벼랑 애. 迥崖(형애)는 멀리 있는 절벽. 沓은 물이 넘칠 답. 많은 모양. 중첩되다. 계속 이어지다. 嶂은 높은 산 장. 沓嶂(답장)은 겹겹이 솟아 있는 험난한

산봉우리, 병풍처럼 우뚝 서 있는 산봉우리. 淩은 헤쳐 나갈 능(릉) 올리타다. 蒼은 푸를 창. 淩蒼蒼(능창창)은 푸르고 큰 하늘을 뚫고 높이 치솟았다.

○ 翠影紅霞映朝日 – 翠影(취영)은 푸른 산의 모습. 霞는 노을 하.

○ 登高壯觀天地間 – 壯觀天地間은 壯觀이 天地間에 있다. 하늘과 땅이 참으로 장관이다.

○ 鳥飛不到吳天長 – 吳天은 吳땅의 하늘. 今 安徽省, 江西省, 浙江省 일대.

○ 大江茫茫去不還 – 茫은 아득할 망.

○ 黃雲萬里動風色 – 黃雲은 瑞雲(서운). 動風色은 풍치를 더욱 돋아주다.

○ 白波九道流雪山 – 白波九道(백파구도)는 흰 물줄기가 아홉 갈래로 흐르다. 長江이 여산 북쪽 潯陽(심양) 일대에서는 아홉 개의 강으로 나뉘어 흐른다. 그래서 九江이라고 한다. 그러나 여기서는 여산 폭포의 물줄기가 여러 갈래라는 뜻으로 해석해야 한다. 流雪山(유설산)은 눈(雪) 덮인 산이 흘러내리는 듯하다. 雪山은 여산의 폭포를 지칭.

○ 好爲廬山謠 – 好爲는 잘 짓다. 잘 마치다. 廬山謠는 廬山의 謠(노래).

○ 興因廬山發 – 여산 때문에 흥이 났다.

○ 閑窺石鏡淸我心 – 窺는 엿볼 규. 石鏡은 봉우리 이름. 여산 남쪽 石鏡峯. 거울 같은 둥근 돌이 있다고 한다.

○ 謝公行處蒼苔沒 – 謝公은 南朝 宋의 시인 謝靈運(사령운, 385 ~ 433). 蒼苔沒(창태몰)은 푸른 이끼에 묻혔다. 사령운의 시에 '절

벽을 기어올라 밝은 돌 거울을 바라본다(攀崖照石鏡).' 라는 시구가 있다고 한다. 사령운도 석경봉에 얼굴을 비춰보았을 것이다. 그러나 지금 사령운이 오갔던 길이 이미 이끼에 묻혀있다는 뜻.

○ 早服還丹無世情 – 나는 일찍부터 仙藥을 복용해서. 신선의 道를 터득했으며 名利를 얻으려는 세속적인 생각이나 욕심이 없다. 還丹(환단)은 도교의 선약, 丹藥, 仙丹. '단을 태우면 수은이 되고, 수은을 환원하면 단이 되므로 환단이라고 한다.(燒丹成水銀, 還水銀成丹, 故曰還丹.)'

○ 琴心三疊道初成 – 疊은 겹쳐질 첩. 琴心三疊(금심삼첩)은 道教에서 말하는 마음을 溫和하게 하고 氣를 축적한다는 修養法.

○ 遙見仙人彩雲裏 – 멀리 꽃 구름 사이에 선인이 보인다. 李白은 여산의 경취와 술에 취했으니 자신이 희구하는 神仙이 보였을 것이다.

○ 手把芙蓉朝玉京 – 그 신선은 손에 연꽃을 들고 玉京으로 향하고 있다. 朝 ~를 향하다. 玉京은 道教에서 말하는 天帝의 궁전.

○ 先期汗漫九垓上 – 汗은 땀 한. 漫은 질펀할 만. 汗漫(한만) – 전설상의 신선 이름. 垓는 땅 해, 층계 해. 九垓는 九天, 하늘 끝.

○ 願接盧敖遊太淸 – 敖는 놀 오, 거만할 오. 盧敖(노오)는 戰國時代 燕나라 사람. 신선을 찾으러 다닌 사람. 《淮南子》에 다음과 같은 이야기가 있다.

'노오가 北海의 蒙穀山(몽곡산)이란 곳에 가서 한 사람을 만났다. 노오가 벗하자고 말하자, 그 사람이 웃으며 말했다. 나는 구천 하늘 끝에서 汗漫(한만)과 만나야 하므로 여기 오래 있을 수 없다.(吾當汗漫期於九垓之外, 吾不可以久駐.)' 汗漫은 神話에 나오는 인물로, '흐리멍덩한 사람' 의 뜻이다.

이백이 이 구절을 인용해서 '나도 먼저 흐리멍덩한 한만을 만나고, 다음에 노오를 맞이하고 太淸 하늘에 놀겠다.' 라고 했다. 이백은 노오를 노시어(盧侍御)에 비유했다. 太淸은 道敎의 최고신을 三淸(玉淸, 上淸, 太淸)이라 하는데, 그중 太淸은 太上老君 곧 노자를 뜻한다.

| 詩意 | 중간에 5언 혹은 6言이 섞였으며, 다섯 번이나 詩韻을 바꾼 파격적인 七言古詩다. 이 시의 詩韻을 따라 단락을 4단으로 구분하여 풀이해 보면 다음과 같다.

1~3聯에서는 천하의 명산인 廬山을 찾아가겠다는 뜻을 적었다. 4~10연은 여산의 장관 혹은 뛰어난 풍경을 기발한 필치로 생생하게 묘사했다. 11~12연에서는 남조 宋의 사령운을 회상했다. 끝으로 13~15연에서는 도술을 터득한 李白이 장차 盧 시어사와 함께 선경에서 놀겠다는 뜻을 피력하였다.

천하의 절경 여산의 壯觀과 풍치를 仙風이 휩쓰는 듯 자유분방한 詩想을 바탕으로 神筆을 휘둘러 폭포수 쏟아져 내리듯 시원하게 그렸다. 인용한 故事를 비롯하여 전반적으로 難澁(난삽)하다.

白雲歌送別劉十六歸山(백운가송별유십육귀산)

楚山秦山皆白雲, 白雲處處長隨君.
長隨君, 君入楚山裏, 雲亦隨君渡湘水.
湘水上, 女蘿衣, 白雲堪臥君早歸.

백운가로 劉氏 열여섯째의 歸山을 송별하다

楚山과 秦山은 모두 백운에 묻혔고,
백운은 그대를 곳곳마다 따라간다.
그대를 따르니,
그대가 초산에 들어가면,
구름도 그대를 따라 같이 湘水를 건넌다.
상수선 넝쿨 옷을 입지만,
백운속 은거는 할만하니 그대 빨리 귀산하소.

| 註釋 | ○ 〈白雲歌送別劉十六歸山〉 - 《全唐詩》 166권 수록. 一作 〈白雲歌送友人〉.

○ 楚山秦山皆白雲 - 여기의 楚는, 今 湖南省 일대를 지칭. 秦은 關中의 땅. 長安 일대.

○ 雲亦隨君渡湘水 - 湘水(상수)는 湘江. 廣西省에서 발원하여 북으로 흘러와 湖南省 長沙市를 거쳐 洞庭湖(동정호)에 합류한다.

○ 女蘿衣 - 女蘿는 넝쿨 식물 이름. 蘿는 댕갱이 넝쿨 라.

| 詩意 | 우인의 은거를 송별하며 속세를 떠난 은거도 괜찮다며 이백도 그러한 은거를 憧憬(동경)하는 心境을 표출하였다.

夢遊天姥吟留別(몽유천모음유별)

海客談瀛洲，煙濤微茫信難求.
越人語天姥，雲霞明滅或可睹.
天姥連天向天橫，勢拔五岳掩赤城.
天臺四萬八千丈，對此欲倒東南傾.
我欲因之夢吳越，一夜飛度鏡湖月.
湖月照我影，送我至剡溪.
謝公宿處今尚在，淥水蕩漾清猿啼.
脚著謝公屐，身登青雲梯.
半壁見海日，空中聞天雞.
千巖萬轉路不定，迷花倚石忽已暝.
熊咆龍吟殷岩泉，慄深林兮驚層巔.
雲青青兮欲雨，水澹澹兮生煙.
列缺霹靂，丘巒崩摧.
洞天石扉，訇然中開.
青冥浩蕩不見底，日月照耀金銀台.
霓爲衣兮風爲馬，雲之君兮紛紛而來下.
虎鼓瑟兮鸞回車，仙之人兮列如麻.
忽魂悸以魄動，怳驚起而長嗟.
惟覺時之枕席，失向來之煙霞.

世間行樂亦如此，古來萬事東流水.
別君去兮何時還?
且放白鹿靑崖間，須行卽騎訪名山.
安能摧眉折腰事權貴，使我不得開心顔!

천모산 유람 꿈을 읊어 작별하다

바닷길 나그네는 영주산 이야기를 하지만,
안개와 파도넘어 멀어서 정말 갈 수 없도다.
越땅의 사람들 말하는 天姥山(천모산)은,
구름과 무지개 속에 명멸하나 가끔 볼 수 있다.
천모산은 하늘에 닿고 하늘과 나란히 누웠으며,
산세는 오악보다 좋고 赤城山을 압도하노라.
天臺山 4만 8천 장이라서 높다고 하지만,
이 산에 비하면 오히려 동남에 기운 산이로다.
나는 이래서 꿈에서도 오월 땅을 보고 싶었기에,
어느 날 밤, 달빛 비치는 鏡湖를 건넜어라.
호수에 뜬 달이 내 그림자를 비추며,
나를 剡溪(섬계)로 보내주었노라.
謝靈運이 묵던 자리 지금도 남아있는 곳,
푸른 물 넘실대고 원숭이 울음 맑았노라.
謝靈運이 신었던 나막신을 신고,
내 몸은 靑雲의 사다리를 올라갔노라.

절벽의 중턱 쯤 바다에 뜨는 해를 보고,
하늘을 울리는 天鷄의 울음을 들었노라.
수많은 바위와 골짜기에 길도 없는데,
꽃찾고 바위에 오르려니 벌써 날이 저물었노라.
곰과 龍이 울부짖고 바위 치는 물소리 요란하니,
깊은 숲이 울리고 높디높은 산도 놀라더라.
구름이 검푸르니 비가 오려 하는데,
물결이 잔잔하며 연무가 피어나노라.
하늘이 갈라지고 천둥이 치니,
크고 작은 산이 무너지는 듯하다.
洞天의 돌 출입문이,
굉음 속에 열리더라.
안은 캄캄 막막하여 끝이 뵈지 않더니,
해가 떠올라 金銀臺를 환히 비춘다.
무지개는 옷이 되고 바람은 말(馬)되어
구름의 신령들이 줄줄이 내려온다.
호랑이 거문고 연주하고, 난새가 수레 끌고 오는데,
신선들 줄을 지어 섰다.
갑자기 혼백이 놀라 떨리니,
멍하니 있다가 깨어나 길게 한숨지었다.
깨나니 다만 누웠던 잠자리 뿐,
여태 놀던 구름과 노을은 오간데 없노라.

속세에 즐긴 쾌락도 이와 같으리니,
자고로 세상사는 東으로 흘러간 물이라.
그대와 헤어지는 나는 언제 다시 돌아오겠나?
잠시나 白鹿 풀어 청산에 놀게 하고,
오로지 백록 타고 명산을 찾으리라.
어찌 고개를 꺾고 허리 굽혀 권귀를 섬기랴?
그래선 내 마음껏 얼굴도 못 펴리라!

| 註釋 | ○ 〈夢遊天姥吟留別〉 – 〈꿈에서 놀던 天姥山(천모산)의 광경을 읊어서 작별의 시로 삼는다〉. 姥는 할미 모. 天姥山은 浙江省(절강성) 동부 紹興市 관할 新昌縣에 있다. 동으로는 天台山(천태산) 華頂峰(화정봉)에 접하고, 서로는 沃洲山(옥주산)에 이어진다. 道敎의 福地로 天姥(하늘 할미)의 노래가 들린다고 전한다. 吟(음)은 樂府의 노래라는 뜻으로 '悲憂深思하여 우울한 감정을 읊은 노래' 라는 뜻으로 漢代의 〈白頭吟〉이 이와 같다. 留別(유별)은 作別. 단 길 떠나는 사람이 남아 있는 사람과 이별한다는 뜻(곧 떠나는 사람의 입장에서 이별)이니, 송별(보내는 사람 입장에서 이별)과 反對가 된다.

○ 海客談瀛洲 – 海客은 東海를 여행한 사람. 瀛은 바다 영. 전설상의 산 이름. 瀛洲는 동해 끝에 있으며, 신선이 사는 섬이라고 전한다. '徐市(서불)이 진시황에게 글을 올려 아뢰었다. 동해에 '봉래, 방장, 영주' 라고 하는 세 개의 신산이 있고, 신선들이 살고 있습니다.(徐市等上書言, 海中有三神山. 名曰蓬萊, 方丈 瀛

洲 僊人居之.)'《史記 秦始皇本紀》〔徐市(서시)가 아닌 徐市(서불)이다. 市은 分勿切, 音 弗. 市(저자 시)는 巾部의 2획, 곧 전체가 5획이다. 市(앞치마 불)은 巾部의 1획, 곧 전체가 4획이다. 徐福이라고도 한다.〕

○ 烟濤微茫信難求 – 烟은 연기 연. 煙과 同. 濤는 큰 물결 도. 微는작을 미. 茫 아득할 망. 信은 확실히, 정말로.

○ 越人語天姥 – 越은 나라 이름 월. 吳越同舟(오월동주)의 그 월나라이다. 今 浙江省 일대를 越이라고 부른다.

○ 雲霓明滅或可睹 – 霓는 무지개 예. 雲霓 – 雲霞(운하, 노을 하)로 쓴 판본도 있다. 明滅(명멸) – 밝아졌다가 꺼졌다 하다. 或은 혹 혹. 혹시, 그렇지 않으면, 조금. 약간. 睹는 볼 도. 보이다. 東海에 있다는 영주는 찾을 수도 볼 수도 없으나, 實在하는 천모산은 볼 수 있다는 뜻.

○ 天姥連天向天橫 – 向天橫(향천횡)은 하늘에 가로 누워있다. 向은 ~로, ~를 따라.

○ 勢拔五岳掩赤城 – 拔은 뽑을 발. 빼어나다. 五岳 – 五嶽. 掩은 가릴 엄. 압도하다. 赤城 – 山名. 절강성 天台縣 북쪽, 燒山(소산)이라고도 한다. 붉은 암석이 성벽처럼 치솟아 있어 멀리서 보면 흡사 赤城처럼 보인다고 한다.

○ 天臺四萬八千丈 – 臺는 돈대 대. 받침. 天臺(천대) – 절강성 天台縣 북쪽에 있다. 도교와 불교에서 높이는 영산(靈山). 天台(천태)로도 쓴다.

○ 對此欲倒東南傾 – 倒는 넘어질 도. 傾은 기울 경. 뒤집히다.

○ 我欲因之夢吳越 – 그러므로 나는 꿈에서라도 吳越(오월)간을

여행하려고 원했다. 因之 – 이것으로 인하여. 곧 天姥山이 뛰어났다고 하기에. 吳越은, 今 江蘇省(강소성) 浙江省(절강성) 일대.

○ 一夜飛渡鏡湖月 – 鏡湖는, 今 浙江省 紹興縣(소흥현) 서남쪽에 있는 호수.

○ 湖月照我影 – 影은 그림자 영. 검은 형상, 어둠에 묻힌 모양.

○ 送我至剡溪 – 剡은 땅 이름 섬. 剡溪(섬계)는 절강성 嵊縣(승현) 남쪽 曹娥江(조아강) 상류. 東晉의 왕희지 아들 王徽之(왕미지)가 雪夜에 이곳으로 戴逵(대규)를 찾아왔으므로 戴溪(대계)라고도 한다.

○ 謝公宿處今尙在 – 南朝 宋 사령운의 거처가 지금도 여전히 남아 있다. 절강성 승현 북쪽 石門山에 있다.

○ 淥水蕩漾淸猿啼 – 淥은 물 맑을 녹(록). 淥水 – 綠水. 蕩은 넓을 탕. 쓸어버릴 탕. 漾은 출렁거릴 양. 蕩漾(탕양)은 물이 넘치거나 혹은 출렁거리며 흐른다.

○ 脚著謝公屐 – 著은 입을 착. 屐은 나막신 극. 사령운은 등산을 좋아했으며, 오를 때는 앞을 낮게 하고, 내려올 때는 뒤를 낮게 하는 특수한 나막신을 신었다고 한다.《世說新語》

○ 身登靑雲梯 – 梯는 사다리 제. 靑雲梯 – '높은 산에 올라가는 사다리' 謝靈運(사령운)의 〈登石門最高頂〉시에 다음 같은 구절이 있다. '나같이 산에 오르려는 사람이 함께 타고, 올라갈 사다리가 없음이 아쉽다.(惜無同懷客, 共登靑雲梯.)'

○ 半壁見海日 – 壁(벽)은 벼랑.

○ 空中聞天鷄 – 天鷄는 하늘의 닭.《述異記(술이기)》에 '동남에

桃都山이 있고, 그 위에 도도라고 일컫는 큰 나무가 있다. 가지가 삼천리나 뻗었다. 그 나무 위에 天鷄가 있어, 해가 떠서 그 나무를 처음 비추면 천계가 운다. 그러면 지상의 모든 닭들이 따라서 일제히 운다.(東南有桃都山, 上有大樹名曰桃都. 枝相去三千里. 上有天鷄, 日初出炤此樹則鳴. 天下鷄皆隨之鳴.)' 라고 하였다.

○ 千巖萬壑路不定 – 巖은 바위 암. 壑은 산골짜기 학. 千巖萬壑(천암만학)은 千萬의 巖壑.

○ 迷花倚石忽已暝 – 倚는 기댈 의. 의지하다. 迷花倚石(미화의석) – 꽃 속을 헤치거나 바위를 타고 오르다. 暝은 어두울 명.

○ 熊咆龍吟殷巖泉 – 熊은 곰 웅. 咆는 으르렁거릴 포. 殷은 성할 은. 많다. 殷巖泉(은암천)은 많은 바위 사이를 흐르는 물.

○ 慄深林兮驚層巓 – 慄은 두려워 할 율(률). 兮는 어조사 혜. 詩句의 중간에서 語勢를 잠시 멈추거나 다시 높이는 역할을 한다. 層은 계단 층. 켜. 높다. 巓은 산꼭대기 전.

○ 雲青青兮欲雨 – 青에는 '검다(黑)' 의 뜻이 있다.

○ 水澹澹兮生烟 – 澹은 담박할 담, 넉넉할 섬. 澹澹(담담)은 물이 가볍게 출렁이는 모양. 生烟(생연)은 물안개가 일어나다.

○ 列缺霹靂 – 列缺(열결)은 번갯불, 雷光. 霹은 벼락 벽. 靂은 벼락 력. 霹靂 천둥.

○ 丘巒崩摧 – 巒은 뫼 만(란). 작은 산. 산봉우리. 崩은 무너질 붕. 摧는 꺾을 최.

○ 洞天石扇 – 洞天 신선의 거주지. 道教에서 말하는 신선이 거주하는 名山仙境으로 10大洞天, 36小洞天, 그리고 72福地가 있

다. 扇은 부채 선.

○ 訇然中開 – 訇은 큰 소리 굉. 訇然은 轟然(굉연)과 同.

○ 青冥浩蕩不見底 – 冥은 어두울 명. 青冥은 캄캄하다. 浩蕩(호탕)은 넓고 큰 모양.

○ 日月照耀金銀臺 – 日月은 해. 太陽. 이때 月은 뜻이 없다. 이를 賸詞(잉사, 계집종 잉)라 한다. 金銀臺 – 금은으로 장식한 신선의 집(樓臺).

○ 霓爲衣兮風爲馬 – 霓는 무지개 예.

○ 雲之君兮紛紛而來下 – 雲之君은 구름의 신(雲中君). 神君. 신선.

○ 虎鼓瑟兮鸞回車 – 虎鼓瑟兮 – 호랑이가 거문고를 타고. 鼓는 북을 치다. 악기를 치다. 瑟(슬)은 25현(絃), 琴은 5~7현의 작은 거문고. 鸞回車(난회거)는 난새가 수레를 몰고 돌아온다. 鸞(난)은 전설에 나오는 靈鳥, 鳳凰의 한 종류.

○ 仙之人兮列如麻 – 仙之人은 仙人. 神仙. 麻는 삼 마. 大麻. 삼베 옷감의 원료 식물. 많다.

○ 忽魂悸以魄動 – 悸는 두근거릴 계. 영혼의 陽을 魂, 陰을 魄(백)이라 한다.

○ 怳驚起而長嗟 – 怳은 멍할 황. 망연자실한 모양(失意貌). 황홀하다, 정신이 흐릿하다. 嗟는 탄식할 차. 지금 李白은 꿈에서 깨었다.

○ 惟覺時之枕席 – 覺은 꿈에서 깨어나다. 枕席(침석)은 잠자리.

○ 失向來之烟霞 – 向來는 이제까지의. 여태까지 있던. 烟霞(연하)는 안개와 노을. 안개와 노을 속의 山水.

○ 古來萬事東流水 – 중국은 서쪽이 높고 동쪽이 낮아 대부분의 상이 동으로 흐른다. 東流水 – 동쪽으로 흘러가면 다시 돌아오지 못하는 강물.

○ 別君去兮何時還 – (내가) 그대를 떠나는데 언제 돌아오겠는가?

○ 且放白鹿青崖間 – 且는 또 차. 어찌했건, ~하려 한다. 白鹿(백록)은 신선과 같이 노는 사슴. 青崖(청애)는 青山.

○ 須行卽騎訪名山 – 須는 모름지기 수. 白鹿을 타고 가서 名山을 찾으리라.

○ 安能摧眉折腰事權貴 – 安은 어디, 어찌(反問을 나타내는 의문부사). 安能 – 어찌 ~하겠는가? 摧는 꺾을 최. 摧眉(최미)는 고개를 숙이다. 눈을 똑바로 보지 못함. 당당하지 못함. 折은 꺾을 절. 腰는 허리 요. 折腰 – 허리를 굽히다. 事는 섬길 사. 權貴 – 權臣과 貴人.

○ 使我不得開心顏 – 開心顏 – 開心 歡顏.

| 詩意 | 玄宗 天寶 5년(746), 이백의 나이 46세 때에 지은 七言古詩다. 그러나 형식면에서 파격적이다. 즉 '4언' 이 4구, '5언' 이 10구, '6언' 이 6구, '9언' 이 2구 등, 여러 가지 길이의 장단구가 섞여 있다. 韻에서도 12번이나 換韻(환운)을 했다.

내용면에서 전체를 크게 5단으로 나눌 수 있다.

제1단(1~4聯) – 신령한 仙山 천모산의 탁월한 산세와 위용을 그리고 자기도 산에 오르고 싶다는 소망을 밝혔다.

제2단(5~10연) – 꿈속에서 달을 따라 鏡湖를 넘고, 마침내 천모산 밑에 있는 謝靈運(사령운)의 옛집을 찾았고, 그곳에서 謝靈運(사령운)이 발명한 특수한 등산용 나막신을 신고 천모산 중턱에 올라가 새벽을 맞이하고 이어 산속을 헤매다가 저녁을 맞이했다.

제3단(10~15연) – 천모산 산중의 장엄하고 변화무쌍한 풍치를 그렸다. 즉 천지를 진동하는 계곡의 물소리, 세차게 쏟아져 내리는 급류와 폭포, 그 언저리에 번지는 煙霧(연무), 하늘을 쪼갤 듯 혹은 산등성이를 허물어 내릴 듯한 雷雨(뇌우)가 사정없이 쏟아져 내리다가 홀연히 개이고 하늘땅이 눈부시게 빛난다.

제4단(16~19연) – 하늘에서 전개되는 雲君의 웅장하고 화려한 행차를 보고, 깜짝 놀라며 꿈에서 깨어난다.

제5단(20~23연) – 꿈에서 깨어난 이백이 세상만사도 꿈처럼 허무하고 덧없을 것이라고 탄식한다. 그래서 자기는 속세의 名利를 뒤로하고 명산을 찾아 떠나노라고 작별의 심정을 다진다. 결국 변화무쌍한 정치사회도 幻想이라 한 것이다.

이 작품은 천재 시인 李白이 형식적인 구속을 해탈하고 자유분방하게 자신의 詩才를 발휘한 걸작이다. 특히 거침없이 토해 내는 기발한 어구와 다양하면서도 유창하고 자연스런 묘사와 표현이 절묘하다. 예를 들면, 다음과 같은 것이 있다.

‘웅포용음(熊咆龍吟)’

‘열결벽력 구만붕최(列缺霹靂 丘巒崩摧)’

‘동천석선 굉연중개(洞天石扇 訇然中開)’

‘일월조요금은대(日月照耀金銀臺)’ 등은 천지의 신비를 생동감 있게 묘사했으며, 따라서 독자도 그 신비 속에 휩싸이게 될 것이다.

清의 沈德潛(심덕잠)은《唐詩別裁》에서 다음과 같이 평했다.

'꿈에 가탁해서 신선이 사는 선경의 기기묘묘한 형상과, 환상을 남김없이 그렸다.(託言夢遊, 窮形盡相, 以極洞天之奇幻.)'

'꿈에서 깨어나 환상세계가 안개 개이듯이 홀연히 없어지자, 이 세상의 부귀영화나 즐거움도 꿈같이 허무한 것임을 터득했다.(至醒後頓失烟霞矣, 知世間行樂亦同一夢.)'

'그러니 내가 어찌 꿈같은 덧없는 세상에서 권력을 쥐고 고귀하다는 자들에게 몸을 굽힐 수 있으랴?(安能於夢中屈身權貴乎?)'

'나는 그럴 수 없다. 그래서 이곳을 하직하고 두루 명산을 찾아 유람하면서 천수를 다 누리겠노라.(吾當別去遍遊名山以終天年也.)'

'시에 그려진 세계는 기이하고 환상적이지만, 道理로 따져도 이치가 통하고 세밀하다.(詩境雖奇, 脈理極細.)'

金陵酒肆留別(금릉주사유별)

風吹柳花滿店香，吳姬壓酒喚客嘗.
金陵子弟來相送，欲行不行各盡觴.
請君試問東流水，別意與之誰短長.

金陵의 술집에서 헤어지다

바람 불어 버들개지 향은 술집에 가득한데,
吳의 여인은 술 걸러 손님께 맛보라 권한다.
금릉 젊은이들 서로 이별하는데,
걸음 떼지 못해 저마다 술잔을 비운다.
그대 물어보나니, 동쪽으로 흐르는 長江과
우리 석별의 정은 어느 쪽이 짧고 길던가?

| 註釋 | ○ 〈金陵酒肆留別〉 – 〈金陵의 술집에서 작별하다〉. 金陵은 江蘇省 南京市, 六朝의 도읍으로 建業, 建康이라고도 했다. 肆는 방자할 사. 점포. 酒肆는 주점, 술집. 留別은 길 떠나는 사람이 자기에게 餞別宴(전별연)을 베풀어 주는 사람들과 작별한다는 뜻.

○ 風吹柳花滿店香 – 柳花는 버들개지, 柳絮(유서).

○ 吳姬壓酒喚客嘗 – 吳姬는 吳의 미녀. 江蘇省 蘇州 일대를 吳라고 부른다. 壓은 누를 압. 壓酒(압주)는 술을 거르다.

○ 請君試問東流水 – 東流水는 동쪽으로 흐르는 長江.

○ 別意與之誰短長 – 別意는 이별을 아쉬워하는 情意. 與之(여지)

는 비교해서. 之는 長江. 誰는 누구 수.

| 詩意 | 6구로 된 七言古詩이다. 玄宗 天寶 9년(750) 이백의 나이 50세 때에 지은 시다. 또는 천보 2년(743), 그의 나이 43세 때 지은 시라는 설도 있다. 李白은 平易(평이)한 필치로 담담하게 이별의 아쉬움을 표현했다.

淸의 심덕잠(沈德潛)은 《唐詩別裁》에서 이렇게 평했다.

'시의 어구를 반드시 어렵게 표현할 필요가 없다. 석별의 정을 담담하게 그리면 족하다.(語不必深, 寫情已足.)'

宣州謝朓樓餞別校書叔雲(선주사조루전별교서숙운)

棄我去者，昨日之日不可留.
亂我心者，今日之日多煩憂.
長風萬里送秋雁，對此可以酣高樓.
蓬萊文章建安骨，中間小謝又清發.
俱懷逸興壯思飛，欲上青天覽明月.
抽刀斷水水更流，舉杯銷愁愁更愁.
人生在世不稱意，明朝散髮弄扁舟.

宣州 사조루에서 교서랑 叔雲과 이별하다

날 버리고 흘러간 날,
어제라는 날은 붙잡을 수 없도다.
내 마음을 흔드는 일,
오늘이란 날은 번민에 걱정도 많다.
센 바람 만리 길에 가을 기러기 오는데,
이를 보며 높은 누각서 술을 즐길지어다.
당신의 문장은 建安의 骨風이니,
중간엔 謝朓가 청신하고 발랄했노라.
다같이 隱逸의 흥취에 장한 詩想을 날리니,
푸르른 하늘에 올라서 일월을 움켜쥐리라.
칼을 빼어 물을 끊어도 물은 여전히 흐르고,

술을 들어 시름 녹여도 시름 더더욱 많도다.
인생 살기 세상과 뜻이 맞지 않으니,
내일 아침 산발한 채 편주를 띄우리라.

| 註釋 | ○ 〈宣州謝朓樓餞別校書叔雲〉 – '宣州의 謝朓樓(사조루)에서 교서랑 숙운과의 이별'

선주는 安徽省 宣城縣. 朓는 그믐달 조. 謝朓(사조, 464 – 499)는 名門 陳郡 謝氏 일족이며 문학사에서는 말하는 '竟陵八友(경릉팔우)' 의 한 사람이다. 南朝 梁의 개국 군주인 蕭衍(소연)은 '三日不讀謝詩, 便覺口臭.(사조의 시를 3일이나 읽지 않으면, 입에서 냄새가 난다.)' 고 말했다. 山水詩人 謝靈運과 병칭하여 小謝라 부른다.

謝朓樓(사조루)는 江南 四大名樓의 하나. 사조가 南朝 齊에서 이곳 宣城太守로 재직할 때 건립하였다. 唐代에 重建하고 北望樓, 謝朓樓, 謝公樓라 불렀는데 李白의 本 詩에서 읊은 '中間小謝又淸發' 이란 구절로 謝朓樓의 명성을 온 천하에 날리게 되었다고 한다.

餞은 전별할 전. 餞別 – 길 떠나는 사람을 위해서 잔치를 벌이거나 路資를 주며 송별한다는 뜻. 그렇다고 錢別이라 하지 않음. 校書 – 校書郞, 秘書省의 屬官, 궁중의 서적을 교정하는 관직. 叔雲은 人名, 또는 이백의 숙부 항렬인 이운(李雲).

○ 棄我去者, 昨日之日不可留 – 棄는 버릴 기. 흘러가는 세월을 잡을 수 없다는 뜻.

○ 亂我心者, 今日之日多煩憂 – 煩은 괴로워할 번. 憂는 근심할

우. 번민은 하면 할수록 많아진다는 의미.

○ 長風萬里送秋雁 – 長風은 멀리서 불어오는 바람.

○ 對此可以酣高樓 – 對此는 이런 정경을 보니. 酣은 술 즐길 감. 高樓는 謝朓樓.

○ 蓬萊文章建安骨 – 蓬은 쑥 봉. 萊는 명아주 내(래), 蓬萊는 봉래산. 唐에서는 秘書省을 蓬萊道山이라고 불렀다. 교서랑 叔雲의 文風이 建安骨風을 닮았다는 의미일 것이다.

이와 달리 蓬萊文章을 漢代의 문장이나 문학의 뜻으로 풀이하기도 한다. 漢나라 궁중의 書庫를 東觀이라 했으며, 동관을 봉래라고도 불렀다. 봉래는 신선이 살고 있다는 東海의 산이다.

建安 – 後漢 獻帝(189 – 220 재위)의 연호(196 – 220). 建安骨風(건안골풍)은 후한 헌제 建安시대(196 – 220)의 氣骨이 높고 강건한 시풍을 건안골풍(建安骨風)이라 한다. 이 시대는 曹操(조조)와 그의 아들 曹丕(조비), 曹植(조식)이 문단을 주도하면서 이에 '建安七子' 들의 활약이 있었다. '건안칠자' 는 '孔融(공융), 王粲(왕찬), 陳琳(진림) 등등을 지칭한다.

○ 中間小謝又淸發 – 中間 建安 時代 唐代 사이. 小謝(소사) – 謝朓(사조)를 말한다. 南朝 宋의 謝靈運(사령운)을 大謝라 통칭한다. 淸發은 청신하고 재기가 발랄하다.

○ 俱懷逸興壯思飛 – 俱는 함께 구. 小謝인 謝朓와 叔雲 두 사람. 懷逸興(회일흥)은 隱逸을 따르려는 興趣. 세상을 超脫하는 흥취. 壯思는 壯大한 詩想.

○ 欲上靑天覽日月 – 覽은 볼 남(람), 攬(잡을 람)과 同 – 상대방에 대한 극찬의 구절.

○ 抽刀斷水水更流 – 抽는 뺄 추. 칼집에서 칼을 빼다. 水更流(수갱류)는 물은 다시 흐른다.

○ 擧杯銷愁愁更愁 – 銷는 녹일 소. 술로 근심을 풀려고 술을 마셔보아도 근심은 더 많아진다는 뜻. 이별의 정은 술을 마셔도 풀 수 없다며 진정으로 이별을 서러워하고 있다.

○ 人生在世不稱意 – 稱은 일컬을 칭, 저울 칭. 알맞다. 稱意 – 뜻에 맞다.

○ 明朝散髮弄片舟 – 散髮(산발)은 禮儀나 격식을 따지지 않는 태도. 弄片舟(농편주)는 조각배를 타다. 세속을 떠나다. 弄 가지고 놀다. ~을 하다. ~하게 하다. 상대방에 대한 권유라기보다는 이별의 슬픔 감상에서 이백 자신의 심정을 읊었다고 볼 수 있다.

| 詩意 | 玄宗 天寶 12년(753) 이백의 나이 53세 때 지은 시다. 장안을 떠난 李白이 뜻을 얻지 못하고 우울하게 지내자, 차라리 머리 풀고 조각배 타고 江湖에 방랑하려는 심정을 읊은 시다. 이 시는 전체를 크게 3단으로 나눌 수 있다.

제1단은 사조루에서 교서랑 숙운을 전송하는 광경을 그렸다. 제2단에서는 漢 建安시대의 문학이 기골이 높고 강건하다. 그 뒤를 이은 謝朓를 높이 평가한 것인데, 이는 교서랑 숙운에 대한 칭찬이다. 그리고 제3단에서는 자신의 우울한 심정을 털어놓고 방랑의 길에 오르려는 뜻을 밝혔다. 특히 '칼을 뽑아 강물을 베어도 강물은 여전히 흐르고, 술을 들고 수심을 없애려 해도 근심이 더욱 많다.(抽刀斷水水更流, 擧杯銷愁愁更愁.)' 라는 구절에서 쇠퇴한 세상을 바로잡을 수 없음을 통한하고 있다. 어떤 판본에는 이 시의 제목을 '시어사인 叔華와 함께 누에 올라서 읊은 시(陪侍御叔華登樓歌)' 라고 했다. 숙화(叔華)는 〈弔古戰場文〉의 작자 李華(이화, 生沒 미상)라고도 한다.

送羽林陶將軍(송우림도장군)

將軍出使擁樓船, 江上旌旗拂紫煙.
萬里橫戈探虎穴, 三杯拔劍舞龍泉.
莫道詞人無膽氣, 臨行將贈繞朝鞭.

羽林 陶장군을 전송하다

장군은 사명 받고 樓船을 거느려 출발하니,
강에는 저녁노을 빛 받아 깃발이 나부낀다.
긴창을 잡고 만 리 먼 길 적진을 공격하고,
장검을 뽑고 석 잔 술에 용천무를 추리라.
시인은 담력 없다고 말하지 마시오,
출행에 앞서 繞朝의 채찍을 드립니다.

| 註釋 | ○ 〈送羽林陶將軍〉 - 《全唐詩》 176권 수록. 〈羽林軍의 陶(도) 장군을 전송하다〉. 羽林軍(우림군)은 황제의 친위군. 陶장군은 미상.

○ 江上旌旗拂紫煙 - 旌旗(정기)는 군대의 여러 깃발. 拂은 털어낼 불. 펄럭이다. 紫煙(자연) - 자주색 연기? 안개? 자줏빛 氣運? 우리말 해석이 참 난감하다.

○ 三杯拔劍舞龍泉 - 승전 후의 잔치하며 劍舞를 즐기는 모습을 상상하여 묘사했다. 龍泉은 명검 이름.

○ 臨行將贈繞朝鞭 - 繞朝(요조)는 《左傳》에 나오는 인명. 鞭은 채

찍 편. 요조편은 장군의 戰功을 격려하는 채찍.

| 詩意 | 무인의 출전을 송별하고 격려하는 시이다. '繞朝鞭(요조편)' 같은 典故는 《좌전》을 읽고, 외우지 않았다면 쓸 수 없는 말이다. 博識해야만 作詩도 鑑賞도 할 수 있다. 그러니 많은 독서 – 博覽强記(박람강기)해야 한다.

옛날부터 독서인의 자제는 필묵을 잘 알고(讀書人家的子弟熟悉筆墨), 목수의 아이들은 도끼나 끌을 가지고 놀 줄 안다(木匠的孩子會玩斧鑿)고 했다. 부귀는 부지런하고 힘든 독서 끝에 얻어진다(富貴必從勤苦得). 사나이라면 모름지기 다섯 수레의 책을 읽어야 한다(男兒須讀五車書).

만 권의 책을 읽고 만 리를 여행하라(讀萬卷書 行萬里路)는 말은 독서를 통한 간접 경험과 여행을 통한 직접 체험을 쌓으라는 뜻이다. 李白이 그러했고, 두보도 그러했다.

두보는 '책 일만 권을 독파하면(讀書破萬卷), 글을 지을 때 神이 도와준다(下筆如有神).' 고 하였다.

思邊(사변)

去年何時君別妾，南園綠草飛蝴蝶.
今歲何時妾憶君，西山白雪暗晴雲.
玉關去此三千里，欲寄音書那可聞.

변방의 님 생각

당신은 작년 언제 나를 떠나가셨나요?
남쪽의 뜨락 파란 풀에 나비가 날았지요.
올해는 어느 때라 제가 낭군을 그리나요?
서산은 하얀 눈에 검은 구름이 가득하지요.
玉門關 지나 삼천 리를 더 간다는 거기에,
서신을 띄우고 싶지만 어떻게 보내지요?

| 詩意 | 〈思邊〉 – 〈변방의 님 생각〉. 《全唐詩》 184권 수록. 一作 〈春怨〉.

부부간의 이별과 그리움은 진솔한 감정이다. 그러기에 시의 소재로 더 없이 좋다. 왜냐면 이별의 사연 모두 제각각이고, 그 그리운 정과 深度가 100인에 100의 그리움이기 때문이다.

南陵別兒童入京(남릉별아동입경)

白酒新熟山中歸, 黃雞啄黍秋正肥.
呼童烹雞酌白酒, 兒女嬉笑牽人衣.
高歌取醉欲自慰, 起舞落日爭光輝.
游說萬乘苦不早, 著鞭跨馬涉遠道.
會稽愚婦輕買臣, 余亦辭家西入秦.
仰天大笑出門去, 我輩豈是蓬蒿人.

南陵에서 자식과 헤어져 入京하다

고량주가 새로 익어 산중으로 돌아오니,
가을이라 기장 먹던 누런 닭도 살이 쪘다.
어린하인 불러 닭을 잡고 白酒를 거르게 하니,
딸애도 기뻐 웃으며 옷깃을 잡아당긴다.
술 취해 크게 노래하고 혼자 즐기면서,
춤추며 놀자 지는 해는 노을을 물들인다.
萬乘天子에 나를 일찍 유세하지 못했기에,
채찍 들고 말에 올라 먼 길을 가려 한다.
회계군의 우매한 여인은 주매신을 홀대했고,
나 또한 고향 떠나 서쪽 장안으로 가련다.
고개 들어 크게 웃으며 대문을 나서나니,
내 어찌 쑥대마냥 그냥 늙어 죽어야 하나?

| 註釋 | ○ 〈南陵別兒童入京〉 - 《全唐詩》 174권에 수록. 一作 〈南陵敍別〉.

○ 白酒新熟山中歸 - 白酒는 高粱酒(고량주). 汾酒, 竹葉青酒, '白酒는 紅人面하고, 黃金은 黑世心한다.'는 말도 있다. 白酒는 濁酒로 해석할 수도 있다.

○ 黃雞啄黍秋正肥 - 黃雞는 닭. 암탉. 啄은 쪼을 탁. 주워 먹다. 黍는 기장 서.

○ 游說萬乘苦不早 - 萬乘은 萬乘天子.

○ 會稽愚婦輕買臣 - 買臣은 前漢 朱買臣(주매신, ? - 前 115) - 覆水難收(복수난수), 馬前潑水(마전발수) 등 成語의 주인공. 朱買臣의 字는 翁子로 吳縣 사람이다. 집은 가난했지만 독서를 좋아하여 가업에는 마음을 쓰지 않고 늘 나무를 해다가 팔아서 먹고 살았는데 나뭇짐을 지고 가면서도 글을 외웠다. 그 아내 역시 등에 지거나 머리에 이고 따라다녔는데 주매신이 길에서 책을 외우는 것을 그만두라고 여러 번 말했다. 그러면 주매신은 더욱 크게 글을 외웠고, 아내는 그것이 부끄러워 떠나가겠다고 말했다. 주매신이 웃으며 말했다.

"내가 50이 되면 틀림없이 높은 사람이 될 것인데, 이미 40이 넘었도다. 당신이 고생한 날이 오래지만 내가 富貴할 때까지 기다려 준다면 당신의 공덕에 보답할 것이요."

그러자 주매신의 처는 화를 내며 말했다.

"당신 같은 사람은 결국 굶어죽어 구덩이에 들어가지 어찌 부귀를 누리겠나!"

주매신은 잡지 못하고 아내를 그냥 보내주었다. 나중에 漢

무제는 주매신을 會稽(회계)태수로 임명하였다.

무제가 주매신을 보고 말했다. "富貴하여 고향에 가지 않는다면 비단옷을 입고 밤길을 가는 것과 같다 하였으니, 지금 그대 생각은 어떠한가?"

주매신은 머리를 조아려 사례하였다. 조서는 주매신이 회계군에 가서 戰船을 제조하고 양식과 水戰 장비를 비축하여 조서가 내려오기를 기다렸다가 군사를 거느리고 진격하라고 하였다.

會稽郡에서는 태수가 온다고 백성들을 동원하여 길을 치우고 현의 관리들을 보내 영접케하니 수레가 백여 대나 되었다. 吳縣 경계에 들어가니 예전의 아내와 남편이 길을 닦고 있었다. 주매신은 수레를 멈추고 불러 뒤의 수레에 그 부부를 태워 관사에 도착한 뒤 머물며 지내게 하였다.

한 달쯤 지내다가 아내는 스스로 목을 매 죽었고 주매신은 그 남편에게 돈을 주어 장례를 치르게 하였다. 《漢書》 34권. 〈嚴朱吾丘主父徐嚴終王賈傳〉(上)에 立傳.

○ 我輩豈是蓬蒿人 – 我輩는 나. 李白. 豈是는 어찌 ~이겠는가? 蓬蒿(봉호)는 쑥. 가을이면 솜 같은 쑥대머리가 나온다.

| 詩意 | 이 詩에서 朱買臣(주매신)의 예를 들며 장안에 가서 벼슬을 구하겠다는 뜻을 말했다. 내가 생각할 때, 이백의 아내가 주매신의 처와는 절대로 같지 않았을 것이다.

把酒問月(파주문월)

靑天有月來幾時, 我今停杯一問之.
人攀明月不可得, 月行卻與人相隨.
皎如飛鏡臨丹闕, 綠煙滅盡淸輝發.
但見宵從海上來, 寧知曉向雲間沒.
白兎擣藥秋復春, 嫦娥孤棲與誰鄰.
今人不見古時月, 今月曾經照古人.
古人今人若流水, 共看明月皆如此.
唯願當歌對酒時, 月光長照金樽裏.

술잔을 들고 달에게 묻다

하늘에 달이 떠 있은 지 그 얼마이겠나?
나는 지금 잔을 들고 달에게 물어본다.
사람이 달에야 올라갈 수 없지만,
명월은 하늘서 되레 사람을 따라온다.
날아가는 거울같이 밝게 궐문을 비추고,
어스름 안개 걷으며 밝은 빛을 쏟는다.
오직 밤에 바다에서 뜨는 달은 보지만,
새벽 구름 사이로 지는 달을 어찌 알겠나?
옥토끼가 약을 찧고 가을 가면 봄이 오는데,
항아는 혼자 살면서 누구와 이웃을 하는가?

지금 사람은 옛 달을 보지 못했지만,
지금 달은 옛 사람을 비춰 주었었다.
예나 지금 사람 모두 흐르는 물 같으니,
명월을 함께 보기도 모두 이와 같으리라.
오직 바라나니 노래하며 술을 마실 때,
달빛은 오래도록 내 술잔을 비춰 다오.

| 詩意 | 술과 달과 시인이 하나가 되었다. 시인의 자유분방한 낭만적 사색은 그 끝을 알 수 없다.

하늘을 날아 달에 왕복하고 옛사람을 생각하다가 현세의 인생을, 그리고 달빛이 영원토록 술을 즐기는 시인을 비춰 주기를 희망하고 있다.

醉後荅丁十八以詩譏余搥碎黃鶴樓
(취후답정십팔이시기여추쇄황학루)

黃鶴高樓已槌碎，黃鶴仙人無所依.
黃鶴上天訴玉帝，卻放黃鶴江南歸.
神明太守再雕飾，新圖粉壁還芳菲.
一州笑我爲狂客，少年往往來相譏.
君平簾下誰家子，云是遼東丁令威.
作詩調我驚逸興，白雲遶筆窗前飛.
待取明朝酒醒罷，與君爛漫尋春暉.

丁氏 열여덟째가 내가 황학루를 때려 부순다고 했다며 시를 지어 놀린데 대하여 술이 깬 뒤에 대답하다

높은 黃鶴樓가 이미 다 부서졌기에,
黃鶴을 타는 仙人은 의지할 데가 없었다.
黃鶴이 上天하여 玉皇께 호소했는데,
도리어 황학을 강남으로 내려 보냈다.
神明한 太守는 다시 황학루를 짓고 꾸미면서,
흰벽에 황학을 새로 그렸는데 여전히 향기롭다네.
온고을 사람이 나를 狂客이라 비웃었으니,
젊은이도 가끔 나를 찾아와 조롱했었다.
嚴君平의 주렴 아래 수도하는 자 누구인가?

바로 遼東 땅의 丁令威(정령위)라고 한다네.
그가 시를 지어 내 홍취를 일깨워 주었으니,
白雲도 붓 길을 따라 창밖에서 휘날렸네.
내일 아침 내가 술 깨기를 기다리면,
그대 함께 꽃이 만발한 봄빛을 즐기리라.

| 註釋 | ○ 〈醉後荅丁十八以詩譏余搥碎黃鶴樓〉 – 〈술 취한 뒤, 丁氏 18째가 내가 黃鶴樓를 부숴버리겠다고 한 말을 시로 나무란 것에 대한 대답〉. 《全唐詩》 178권 수록. 此詩는 僞作이라는 주장도 있다. 荅은 좀 콩 답. 答과 通. 搥는 칠 추, 투척하다. 碎는 부술 쇄.

○ 新圖粉壁還芳菲 – 황학루 주점에 八仙의 한 사람인 呂洞賓(여동빈)이 늘 외상술을 마셨다. 어느 날 여동빈은 술집 벽에 귤껍질로 황학을 그렸고, 손님이 손뼉을 치면 벽에서 황학이 살아 나와 춤을 추었다고 한다. 이 구절은 아마 이를 시로 옮긴 것 같다.

○ 君平簾下誰家子 – 君平은, 嚴君平은 본명 莊遵(장준, 후한 명제 이름 莊을 피휘하여 嚴氏로 표기). 字는 君平. 전한 성제 때 蜀郡 사람. 道家學者, 思想家, 점을 잘쳤다. '蜀之八仙' 의 한 사람.

○ 云是遼東丁令威 – 丁令威(정령위)는 道教에서 받드는 古代 仙人. 前漢 시기 遼東 사람으로 鶴을 잘 길렀고, 학을 타고 승천했다고 전한다.

| 詩意 | 이백의 술 취한 뒤의 放談과 상상, 그리고 그의 신선 사상을 짐작할 수 있는 시이다.

草書歌行(초서가행)

少年上人號懷素，草書天下稱獨步.
墨池飛出北溟魚，筆鋒殺盡中山兎.
八月九月天氣涼，酒徒詞客滿高堂.
牋麻素絹排數廂，宣州石硯墨色光.
吾師醉後倚繩牀，須臾掃盡數千張.
飄風驟雨驚颯颯，落花飛雪何茫茫.
起來向壁不停手，一行數字大如斗.
怳怳如聞神鬼驚，時時只見龍蛇走.
左盤右蹙如驚電，狀同楚漢相攻戰.
湖南七郡凡幾家，家家屛障書題徧.
王逸少，張伯英，古來幾許浪得名.
張顚老死不足數，我師此義不師古.
古來萬事貴天生，何必要公孫大娘渾脫舞.

草書를 노래하다

젊은 스님의 號는 懷素(회소)인데,
그분 草書는 천하의 독보라고 칭한다.
먹물에서는 북해 물고기가 헤엄치고,
붓을 만들려 中山의 토끼를 다 잡았다.

8월과 9월 천기가 서늘할 때,
酒徒와 시인들이 강당에 가득 모였다.
삼베 종이와 흰 비단을 여러 방에 펴놓고,
宣州의 벼루에는 먹물에 광채가 났다.
나의 스님은 취한 듯 실끈 의자에 기대었다가,
순식간에 수천 장의 글을 다 썼다.
회오리 바람이 소나기처럼 휘몰아치고,
落花와 飛雪처럼 어찌 그리 빠르던가!
일어나 방향 바꿔 쉬지 않고 써내리니,
一行에 몇 자는 국자(斗)만큼 크게 썼다.
귀신의 곡소리에 놀라듯 멍하는 사이에,
가끔은 용과 뱀이 달려가는 듯했다.
왼쪽에 휘감고 오른쪽은 오므리며 번개치듯,
楚와 漢의 군사가 서로 공격하는 형상이더라.
湖南 七郡의 거의 모든 집마다,
家家戶戶 병풍에 그의 글씨가 있더라.
王逸少(王羲之)와 張伯英(張芝) 등등,
古來로 헛 명성을 얻은 이 몇이던가?
張旭 같이 늙어 죽은 이 셀 수도 없지만,
나의 스님 筆法은 고인을 본뜨지 않았다.
古來로 萬事는 타고나기를 귀히 여기나니,
하필 公孫大娘의 渾脫舞를 꼽아야 하겠나?

| 註釋 | ㅇ 〈草書歌行〉 - 〈초서를 노래하다〉. 《全唐詩》 167권에 수록.

ㅇ 少年上人號懷素 - 少年은 젊은. 上人은 승려에 대한 경칭. 懷素(회소, 俗性 錢, 字는 藏眞).

ㅇ 墨池飛出北溟魚 - 墨池는 붓을 씻는 연못, 벼루의 오목한 부분. 北溟(북명)은 北海. 그곳의 大魚 鯤(곤)은 크기가 몇 천리라고 한다.

ㅇ 筆鋒殺盡中山兔 - 中山은 宣州의 산 이름. 선주는 우수한 文具의 생산지로 명성이 높다.

ㅇ 牋麻素絹排數廂 - 牋麻(전마)는 삼베로 만든 종이. 素絹(소견)은 흰 비단. 廂은 행랑 상.

ㅇ 宣州石硯墨色光 - 宣州는, 今 安徽省 동남부 宣城市에 해당.

ㅇ 吾師醉後倚繩牀 - 倚는 기댈 의. 繩牀(승상)은 실이나 노끈을 매어 만든 의자.

ㅇ 飄風驟雨驚颯颯 - 飄風(표풍)은 회오리바람. 驟雨(취우)는 소나기. 颯은 바람소리 삽.

ㅇ 落花飛雪何茫茫 - 茫茫(망망)은 아득한 모양.

ㅇ 怳怳如聞神鬼驚 - 怳怳(황황)은 멍하니 自失한 모양.

ㅇ 家家屛障書題徧 - 屛障(병장)은 병풍.

ㅇ 王逸少, 張伯英 - 王逸少(왕일소)는 東晋의 王羲之(왕희지). 逸少는 字. 張伯英(장백영)은 後漢의 張芝(장지). 백영은 字.

ㅇ 古來幾許浪得名 - 浪은 물결 랑. 부질없다.

ㅇ 張顚老死不足數 - 張顚(장전)은 張旭(장욱). 술에 취해야만 초서를 휘둘러 썼기에 張顚(장전)이라는 별호로 통했다.

○ 何必要公孫大娘渾脫舞 - 公孫大娘은 당나라 劍舞(검무)의 제 1인자. 渾脫舞(혼탈무, 혼태무?)는 춤의 이름. 公孫大娘은 杜甫의 〈觀公孫大娘弟子舞劍器行並序〉로 널리 이름이 알려졌다.

| 詩意 | 懷素(회소)는 이백보다 20여 세 연하였다. 이백은 그의 초서에 감탄해 이 시를 지었다. 회소는 草聖으로 불렸다. 회소가 사용한 먹물은 북해의 큰 고기가 헤엄을 칠 수 있고, 그가 사용한 붓은 중산의 토끼를 다 잡아야 할 만큼 많았다는 구절로 회소의 성의와 노력을 극찬하였다.

流夜郎贈辛判官(유야랑증신판관)

昔在長安醉花柳, 五侯七貴同杯酒.
氣岸遙凌豪士前, 風流肯落他人後.
夫子紅顔我少年, 章臺走馬著金鞭.
文章獻納麒麟殿, 歌舞淹留玳瑁筵.
與君自謂長如此, 寧知草動風塵起.
函谷忽驚胡馬來, 秦宮桃李向明開.
我愁遠謫夜郞去, 何日金雞放赦回.

夜郎으로 유배가며 辛判官에게 주다

옛날 장안에 머물며 유흥가에서 취했고,
五侯와 七貴 같은 외척들과 술을 즐겼다.
豪貴를 능가하는 뛰어난 기개를 뽐냈으니,
나의 풍류가 어찌 남보다 뒤질 수 있겠나?
당신도 홍안이었고 나 역시 젊은이였으며,
章臺에서 말 달리며 황금 채찍 휘둘렀지요.
麒麟殿에서 황제께 문장을 헌납했었고,
대모 장식 전각 잔치에 불려가 즐겼다.
당신과 나는 늘 이리 즐기리라 말했으니,
풀이 누우며 흙먼지 필 줄 어찌 알았겠나?
홀연 函谷關으로 胡人 군사가 들어와도,

秦宮의 桃李는 양지를 보고 꽃을 피웠다.
나는 멀리 夜郎의 유배를 걱정해야 하니,
金雞로 사면 받아 돌아올 날 언제이겠나?

| 註釋 | ○ 〈流夜郎贈辛判官〉 - 《全唐詩》 170권 수록. 李白은 安史의 난(安史之亂, 天寶之亂. 755 - 763. 安祿山과 史思明)이 일어난 뒤 756년 12월 현종의 아들 永王 李璘(이린)의 막료로 일하는데, 永王(李璘, ?720 - 757년, 현종의 16子)이 모반을 꾀한다 하여 肅宗에게 피살되자 李白 또한 체포되어 옥에 갇히게 된다. 다행히 郭子儀(곽자의)가 극력 변호하여 사형은 면하고 夜郎(야랑, 今 貴州省 중부 安順市 관할 關岭縣 부근)으로 유배된다. 759년 3월에, 巫山(무산)을 지날 무렵 사면이 되었다는 소식을 듣는다. 이백은 즉시 배를 돌려 金陵을 향하게 된다. 이때 이백은 59세의 만년이었다.

○ 氣岸遙凌豪士前 - 氣는 氣槪. 岸은 언덕 안. 높다.

○ 五侯七貴同杯酒 - 五侯는 前漢 成帝의 외숙. 성제는 모든 외숙을 제후에 봉했는데 王譚(왕담)을 平阿侯에, 王商(왕상)을 成都侯, 王立(왕립)을 紅陽侯, 王根(왕근)을 曲陽侯, 王逢時(왕봉시)를 高平侯라 하였다. 5인을 한 날에 봉했기에 사람들은 이들을 '五侯' 라고 하였다. 七貴는 漢代 고조의 呂后 이후 유명한 外戚(외척) 제후의 총칭.

○ 文章獻納麒麟殿 - 麒麟殿(기린전)은 궁궐 이름.

○ 歌舞淹留玳瑁筵 - 淹留(엄류)는 머물러 즐기다. 玳瑁筵(대모연)은 대모로 장식한 화려한 궁궐의 연회.

○ 函谷忽驚胡馬來 - 函谷은 함곡관. 관동에서 關中으로 들어가

는 관문. 胡馬來는 안록산의 반란군을 지칭.

○ 何日金雞放赦回 – 中書省에서 죄인을 사면할 때, 건물 앞에 金雞를 높이 올려놓았다고 한다.

| 詩意 | 이백의 굴곡진 만년의 생애를 읽을 수 있는 詩이다. 이때 이백은 59세였다.

臨路歌(임로가)

大鵬飛兮振八裔，中天摧兮力不濟.
餘風激兮萬世，遊扶桑兮挂石袂.
後人得之傳此，仲尼亡兮誰爲出涕.

임종에 앞서 노래하다

大鵬이 날자 온 세상이 진동했으나,
中天서 꺾이니 行力이 부족했었다.
그 남은 바람이나 만세를 격려하여,
해 뜨는 扶桑에 놀며 돌 소매를 흔들었다.
후인이 이를 전해 듣겠지만,
공자가 죽었을 때, 그 누가 눈물을 흘렸나?

| 註釋 | ○ 〈臨路歌〉 – 〈임종하는 노래〉. 이 시는 肅宗 寶應 원년(762), 李白이 62세로 임종 직전에 지은 시로 李白의 絶筆詩로 알려졌다. 《全唐詩》 167권에 수록.

○ 大鵬飛兮振八裔 – 八裔(팔예)는 八荒(팔황). 八方의 끝.

○ 中天摧兮力不濟 – 摧는 꺾일 최. 부러지다. 力不濟는 行力(推進力)이 부족하다는 뜻.

○ 遊扶桑兮挂石袂 – 扶桑(부상)은 동방 해가 뜨는 나라. 挂는 걸다. 매달다. 石袂(석몌)는 돌로 만든 옷의 소매. 그만큼 여력이 남았다는 뜻으로 해석할 수도 있다.

○ 仲尼亡兮誰爲出涕 – 仲尼는 孔子. 공자가 죽었을 때, 그 제자들은 모두 삼 년을 복상했다. 그러나 당시 위정자나 권력자들에겐 아무 영향도 없었다.

| 詩意 | 만년에 병석에 누운 이백은 자신의 죽음을 예상했을 것이다. 首句에서는 힘차게 날아올랐으나 중간에 힘이 부족하여 좌절했던 자신을 회상했다.

'餘風激兮 萬世하고, 遊扶桑兮 挂石袂라.' 의 聯은 자신의 志向과 功力이 그래도 무엇인가 성취했고 영향을 주었다는 자기 암시라 생각할 수 있다. 그러면서 공자의 죽음마냥 쓸쓸히 그냥 죽어가지만 후세에는 이름이 남을 것이라며 공자에 비유하였다.

'謫仙人' – 이보다 더 이백을 잘 표현한 말이 없을 것이다. 詩仙이니 詩俠도 좋은 뜻이지만, 하늘에 살아야 할 선인이 인간 세상에 유배되어 보통 인간의 속세에서 仙人답게 일생을 살았다. 그 謫仙의 만년은 불우했다.

李白은 肅宗 寶應 원년(762)에 族叔(족숙)이지만 자신보다 나이가 어리지만 當涂(당도) 현령이며 명필로 알려진 李陽冰(이양빙)을 찾아가 의지한다. 거기서 병이 깊어 다시 일어나지 못하고 이양빙에게 詩稿를 정리해 달라고 부탁한 뒤에 죽는다. 이양빙은 이백의 詩를 모은《草堂集》의 서문에서 이백이 병사했다고 분명히 기록하였다.

그러나 중국인들은 이백의 평범한 병사를 믿고 싶지 않았을 것이다.

전해 오는 이야기로, 이백은 '宮錦袍(궁금포)를 입고 采石江(채석강)에 유람하면서 당당히 온 세상을 압도하듯 마음껏 흥에 겨워 술을 마셨는데, 취해서 달을 건지려 물속에 뛰어들었다가 죽었다.' 고 한다.

이를 '攬月落水(남월낙수)' 라고 하며, 지금의 安徽省 馬鞍山市 采石磯(채석기)란 곳이 바로 李白이 달을 건지려 했던 곳이라고 한다. 宋나라의 洪邁(홍매)도 그의 《容齋隨筆(용재수필)》에서 같은 이야기를 기록하였는데, 다만 이야기 앞에 '世俗言' 이라는 말을 첨가하였다.

앞서 李白의 〈月下獨酌〉과 〈將進酒〉에서도 보았듯이 李白은 술을 정말 좋아했다. 밝은 대낮에 마시는 술보다 달을 보면서 마시면 훨씬 운치가 있다.

李白의 음주는 '狂飮(광음)' 이란 표현이 더 좋을 것이다. 광음은 난폭한 폭음이 아니다. 광음은 술이 너무 좋아서 또 술 마시는 자리가 정말 흥겨워서, 그리고 술을 함께 하는 사람들을 진정 좋아하기에 마음껏 크게 마시는 술이다. 그러한 李白이 어찌 달을 좋아하지 않을 수 있겠는가?

중국인들은 하늘의 달을 '月(yuè)' 이라 쓰지만 보통 '月亮 yuèliang' 이라고 말한다. 누구에게나 똑같이 어둠을 밝혀 주는 달이기에 중국인들에게 달은 高尙함과 公明正大의 상징이다.

하여튼 중국인들이나 술을 좋아하는 사람들은 '객지에서 쓸쓸한 病死' 보다는 '술에 취해 물속의 달을 건지려 했던 낭만적 죽음' 으로 이백을 기억하고 싶었을 것이다.

七. 五古·七古樂府

關山月(관산월)

明月出天山，蒼茫雲海間.
長風幾萬里，吹度玉門關.
漢下白登道，胡窺青海灣.
由來征戰地，不見有人還.
戍客望邊邑，思歸多苦顔.
高樓當此夜，歎息未應閑.

관산의 달

명월은 天山에 떠올라서,
어둑한 雲海 가운데 있다.
큰바람은 몇 만 리 지나,
玉門關을 넘어 불어온다.
漢皇이 백등대에서 포위된 뒤로,
胡人들은 青海 땅을 넘보았다.

예부터 싸움터에 나갔다가,

돌아온 사람 보질 못했다.

戍卒은 멀리 마을을 바라보며,

돌아가고 싶으나 떫은 표정이다.

고향의 집에서도 응당 이 밤에,

탄식소리 그칠 새 없으리라.

| 註釋 | ○ 〈關山月〉 – 古樂府의 詩題. 鼓角橫吹(고각횡취) 15곡의 하나. 여기서 關은 玉門關이고, 관산은 그 주변 祈連山(기련산)을 뜻한다. 산 이름으로서 關山은 臺灣에 있다.

○ 明月出天山 – 天山은 천산산맥. 티베트 고원지대의 통칭. 여기서는 祈連山(기련산).

○ 蒼茫雲海間 – 蒼은 푸를 창. 茫은 아득할 망. 蒼茫(창망)은 검푸르고 끝없이 넓다.

○ 長風幾萬里 – 長風은 멀리서 불어오는 세찬 바람. 幾萬里는 몇 만 리.

○ 吹度玉門關 – 吹는 불 취. 吹度(취도)는 불어온다. 玉門關(옥문관) – 甘肅省 敦煌市(돈황시) 서북쪽 약 90km에 있는 관문으로 실크로드(絲綢之路)의 중요한 관문이다. 漢 武帝 때 이곳을 통해 서역의 玉石이 수입되어 이런 이름이 붙었다고 한다. 玉門關은 文人墨客들이 많은 시를 읊었는데, 특히 王之渙(왕지환) 〈出塞〉의 '羌笛何須怨楊柳, 春風不度玉門關'의 佳句는 천하의 절창이라 아니할 수 없다.

○ 漢下白登道 – 漢高祖(劉邦)가 이곳 白登山에서 匈奴(흉노)와 싸우다가 패하고 7일간 포위되어 위기에 처한 사건이 있었다. 백등산은 山西省 大同市 동쪽에 있다. 白登臺(백등대)라고도 한다.

○ 胡窺青海灣 – 胡는 秦漢(진한) 이전에는 주로 北西方의 이민족을 일컬었다. 그 후에는 새외(塞外)의 이민족을 총체적으로 胡라고 불렀다. 灣은 물굽이 만. 青海灣 – 青海省 동부에 있는 青海湖. 예로부터 변경 쟁탈의 중심지였다.

○ 由來征戰地 – 由來는 예로부터. 征戰은 나가서 싸우다.

○ 不見有人還 – 有人은 어떤 사람. 지정되지 않은 누구. 누군가 돌아온 것을 보지 못했다.

○ 戍客望邊邑 – 戍는 지킬 수. 戌(개 술)과 혼동하기 쉬운 자. 戊는 다섯째 천간 무. 戍客(수객)은 변경을 수비하는 將卒. 邊邑(변읍) – 변경의 마을. 邊色(변경의 풍경)' 으로 쓴 판본도 있다.

○ 思歸多苦顔 – 思歸는 귀향을 생각하며. 苦顔은 (돌아갈 일자를 짐작도 못해, 실망으로) 찡그린 얼굴. 쓰디쓴 표정.

○ 高樓當此夜 – 高樓는 고향 妻子息이 사는 집.

○ 歎息未應閒 – 未應閒(미응한)은 응당 쉴 사이가 없을 것이다. 끊어지지 않다.

| 詩意 | 關山月은 본래 이별의 슬픔을 읊은 악부시다. 이 시에서도 변경을 지키는 낭군과 고향에서 탄식하는 부인의 서러움을 주제로 하고 있다.

이 시는 開元 29년(741), 이백의 나이 41세 때에 지은 시다. 당시 玄宗은 변경에 자주 出兵케 하였다. 李白은 이와 같은 시를 지어 은근히 이민족과의 그칠 수 없는 戰爭을 풍간하려고 했을 것이다. 그러나 우리는 시의 내용이나 사상보다 특히 표현의 아름다움과 능숙한 기교에 주의해야 한다.

'明月出天山 蒼茫雲海間' 과 '長風幾萬里 吹度玉門關' 에서는 해가 질 무렵의 변경 일대의 짙은 불안과 스산한 긴장감을 아름답게 표현했다. 그리고 오래 된 격전지에 출정한 병사들은 아무도 살아서 귀환한 사람이 없다고 '由來征戰地 不見有人還' 이라고 읊었다. 그리고 '戍客望邊邑 思歸多苦顔' 에서는 절망의 싸움터에서 고향생각을 하며 돌아갈 기약이 없는 戍卒(수졸)의 찡그린 얼굴 표정과 '高樓當此夜 歎息未應閒' 에서는 달 밝은 밤에 고향집에서 낭군을 기다리며 탄식하는 젊은 아내를 대비시켰다.

전체적으로 낭만적 기풍이 넘치는 시이지만 웬일인지 읽고 나서도 뒷맛이 개운치 않은 것은 그 수졸들이 이 시 그대로 돌아오지 못했기 때문일 것이다. 그러기에 이 시 속에는 보이지 않는 비애 – 시인이 묘사하지는 않았지만 서글픔이 짙게 깔려 있다. 결국 詩 감상이란 이런 뒷맛을 느끼는 것이다.

將進酒(장진주)

君不見 黃河之水天上來, 奔流到海不復回.
君不見 高堂明鏡悲白髮, 朝如青絲暮成雪.
人生得意須盡歡, 莫使金樽空對月.
天生我材必有用, 千金散盡還復來.
烹羊宰牛且爲樂, 會須一飮三百杯.
岑夫子, 丹丘生.
將進酒, 君莫停.
與君歌一曲, 請君爲我側耳聽.
鐘鼓饌玉不足貴, 但願長醉不願醒.
古來聖賢皆寂寞, 惟有飮者留其名.
陳王昔時宴平樂, 斗酒十千恣讙謔.
主人何爲言少錢? 徑須沽取對君酌.
五花馬, 千金裘.
呼兒將出換美酒, 與爾同銷萬古愁.

술을 권하며

그대는 모르는가?
황하의 물은 하늘 끝에서 내려와,
바다로 흘러가면 다시 오지 않는 못하는 것을!

그대는 모르는가?
부모님이 거울 보며 백발 때문에 슬픈 것을,
아침엔 검은 머리더니 저녁엔 눈처럼 되었도다.
인생은 득의할 때 마음껏 즐겨야 하나니,
공연히 술 단지가 달을 보게 할 수야 없지.
하늘이 필히 쓸모가 있어 나를 태어나게 했나니,
천금은 모두 다 써도 다시 돌아온다네.
羊과 소 잡고 삶아 일단 즐겨야 하나니,
한 번 마신다면 삼백 잔을 마셔야 하네.
잠부자여! 단구생이여!
술을 드리니 마시길 멈추지 마오.
그대 위해 한 곡조 부르니,
그대는 귀 기우려 들어주기 바라오.
좋은 풍악 진수성찬은 귀한 것이 아니니,
다만 오래 취해 아니 깨어나기를 바랄 뿐!
예부터 성현들은 다 죽고 없지만,
오로지 술 즐긴 사람 이름만 남았네.
陳王도 옛날에 평락원에서 잔치할 제,
말술에 일만금으로 마음껏 즐겼었지.
주인은 어찌 돈이 없다 말하시는가?
곧바로 술을 사와야 함께 대작하나니,
五花馬라도 千金裘(천금구)일지라도

아이 시켜 갖고 가 美酒로 바꿔오게 하여,
그대 함께 반고의 근심을 풀어야 한다오.

| 註釋 | ○ 〈將進酒〉 - 〈술을 권하며〉. 樂府詩로 鼓吹曲에 속하며 漢代의 鐃歌〔요가, 징 뇨(요)〕 18曲의 하나이다.

본시는 雜言句로 飮酒遊樂을 주제로 하였지만, 시에서는 인생을 달관한 李白을 만날 수 있다. 기분 좋게 취한 李白이 호탕하게 노래하면서 걸어 나올 것 같은 시이다.

《全唐詩》 162卷과 《唐詩三百首》에도 수록된 李白의 대표작이라 할 수 있다.

○ 君不見 黃河之水天上來 - 天上來는 天上에서 내려온다. 대평원에서 황하 상류를 보면 하늘과 맞닿았기에 하늘에서부터 흘러온다고 말했다.

○ 奔流到海不復回 - 奔流(분류)는 빨리 흐르다.

○ 君不見 高堂明鏡悲白髮 - 高堂(고당)은 부모. 또는 부모 세대의 사람들. 타인 가정에 대한 칭호. 正室.

○ 朝如靑絲暮成雪 - 靑絲는 검은 실. 검은 머리. 暮는 날 저물 모. 老年.

○ 人生得意須盡歡 - 得意는 뜻대로 되다. 뜻을 이루다. 須 모름지기 수. 盡歡(진환)은 마음껏 즐기다.

○ 莫使金樽空對月 - 莫使는 ~하지 말라. 金樽은 좋은 술 항아리. 空對月은 괜히 달을 바라보고 있다. 마신 다음 항아리가 비어 누워 있어야 된다는 뜻. 술집에서는 뚜껑을 딴 소주병이 천장보고 서 있으면 안 된다.

○ 天生我材必有用 – 天不生無用之人하고, 地不長無名之草한다.(하늘은 쓸모가 없는 사람을 낳지 않고, 땅은 이름이 없는 풀을 키우지 않는다.)

○ 千金散盡還復來 – 散盡(산진)은 다 흩어지다. 다 써버리다.

○ 烹羊宰牛且爲樂 – 烹은 삶을 팽. 宰는 주관할 재, 재상 재. 요리사. 잡다(도살하다). 且爲樂은 그리고 즐겨야 한다.

○ 會須一飮三百杯 – 會須(회수)는 반드시 ~해야 한다(應該). 一飮三百杯는 한번 마신다면 3백 배. 2홉들이 소주로는 40병쯤 마셔야 된다는 계산(단, 몇 사람이 이 정도 마셔야 하는지는 李白에게 물어보아야 한다.)

○ 岑夫子, 丹邱生 – 岑은 봉우리 잠. 岑夫子는 이백의 知人, 岑徵君(잠징군). 夫子는 존칭. 丹邱生(단구생)은 元丹邱, 동년배의 지인. 원단구에 화답한 시가 많다.

○ 將進酒, 君莫停 – 술을 권하니 그대는 멈추지 마오.

○ 與君歌一曲 – 그대 위해 노래 한곡 부르리니.

○ 請君爲我側耳聽 – 傾耳(경이)는 귀를 기울이다.

○ 鐘鼓饌玉不足貴 – 鐘鼓(종고)는 훌륭한 풍악. 饌은 반찬 찬. 饌玉(찬옥)은 진수성찬.

○ 但願長醉不願醒 – 長醉(장취)는 오래 취하다. 醒은 술을 깰 성.

○ 古來聖賢皆寂寞 – 寂寞(적막)은 쓸쓸하다. 죽었다.

○ 惟有飮者留其名 – 飮者는 술을 즐겨 마신 사람.

○ 陳王昔時宴平樂 – 陳王은 曹操의 아들 曹植. 八斗之才. 동진의 천재 시인 謝靈運(사령운)은 曹操의 아들 曹植을 추앙했다.

사령운은 "천하의 재주가 1섬이라면(天下才有一石), 조식의 재주가 8두이고(曹植才高八斗), 세상 사람들이 1두를 나누어 갖고(天下人共一斗), 내가 1두를 독전했다(我獨佔一斗).”라고 말하였다. 平樂은 平樂觀, 낙양 西門에 있는 도교의 사원.

- 斗酒十千恣歡謔 – 十千은 一萬. 恣는 방자할 자. 마음 내키는 대로. 歡은 기뻐할 환. 謔은 희롱할 학. 恣歡謔(자환학)은 마음껏 즐기고 웃다.
- 主人何爲言少錢 – 何爲는 왜 ~하는가? 少錢은 돈이 모자라다. 돈이 없다.
- 徑須沽取對君酌 – 徑須(경수)는 바로 ~해야 한다(直須). 沽는 팔 고. 사오다. 沽取는 사오다.
- 五花馬, 千金裘 – 五花馬는 다섯 가지 털이 있는 名馬. 裘는 갖옷 구. 千金裘는 아주 비싼 털 갖옷. 李白을 ‘謫仙’ 이라 불렀던 賀知章은 이백의 〈蜀道難〉을 처음 읽고 감격한 나머지 주머니에 넣고 다니던 ‘金龜’ 를 풀러 주고 술로 바꿔오라 하여 이백과 함께 마셨다고 한다.
- 呼兒將出換美酒 – 呼兒는 아희를 불러. 將出은 가지고 나가다. 換은 바꿀 환.
- 與爾同銷萬古愁 – 爾는 너 이. 銷는 녹일 소.

| 詩意 | 한마디로 후련하게 내려 쓴 名詩이다. 규격도 음률도 따지지 않은 자유형의 詩로 浩蕩放逸(호탕방일)한 이백의 특성이 잘 나타난 시다. ‘황하의 물이 하늘에서 쏟아져 바다에 들지만 되돌아가지 않는다.’ 라는 대자연의 대범한 진리를 내걸고, 속세의 愁心을 후련히 씻어 흘리자고 했다.

이 시는 크게 2단으로 짜여있다. 전반은 '人生得意須盡歡' 이 주제이다. 이 주제를 위하여 거대한 황하의 자연섭리와 미약한 인생의 백발을 언급하였다. 그리고 마음껏 마시자고 강조하였다.

후반은 岑夫子와 丹邱生의 이름을 부르는 것으로 시작한다. 聖賢인들 죽으면 그뿐이니 이 술을 권하면서 五花馬와 千金裘라도 팔아 美酒로 바꿔 萬古의 근심을 녹여 없애야 한다고 끝을 맺었다.

언덕이 있다 하여 천리마가 달리기를 멈추지 않는다. 결코 어디에도 매일 수 없는 이백의 豪氣에 狂飮高歌하는 이백의 모습이 그려진다. 그 당시에 李白이 '뜻을 펼 수 없었던 현실에 대하여 울분을 토로했다.' 는 식의 해석에는 동의하기 어렵다.

본래 술 취한 '꿈속의 天地는 넓기만 하고(夢裏乾坤大), 술병 속의 세월은 잘도 간다(壺中日月長).' 는 말처럼 醉中에 別有天地거늘 어찌 울분을 삭이려 술을 먹겠는가?

宋 歐陽修(구양수)가 〈醉翁亭記(취옹정기)〉에서 '취옹의 뜻은 술에 있지 아니하다(醉翁之意不在酒).' 라고 한 말은, 술 취한 척하는 사람이거나 술을 마시면서 다른 뜻을 찾는 사람이지 술을 정말 좋아하는, 그야말로 진정한 酒客을 뜻하지는 않는다.

酒客은 술 자체를 즐긴다.

子夜吳歌(지야오가) 春歌

秦地羅敷女，采桑綠水邊.
素手青條上，紅粧白日鮮.
蠶饑妾欲去，五馬莫留連.

吳땅 子夜의 노래, 봄

秦땅 나부라는 여인이,
푸른 냇가에서 뽕을 따네.
흰 손이 파란 가지를 만지고,
단장한 얼굴은 햇빛에 눈부시네.
누에 뽕을 주러 나는 가야니,
태수는 내 길을 막지 마시오.

| 註釋 | ㅇ 〈子夜吳歌, 春歌〉 - 〈吳 子夜의 노래〉. 東晉시대 즉 4세기경에 吳의 子夜라는 여자가 즐겨 부른 노래라 하여 〈子夜歌〉, 또는 〈子夜吳歌〉라고 한다. 이는 또 樂府詩의 題目이다. 《全唐詩》 165卷에 수록되었고, 또 《唐詩三百首》에도 실려 널리 알려졌다. 〈子夜四時家〉의 같은 제목이 많은데, 郭震(곽진)의 작품도 잘 알려졌다.

여인의 애달픈 심정을 읊은 노래로 후세에도 많은 사람들이 애창했던 5言4句의 노래인데, 이를 6句로 또 四時에 맞춰 지었기에 〈子夜四時歌〉라고도 한다.

○ 秦地羅敷女 – 秦地는 秦나라 땅 지금의 陝西省(섬서성) 일대. 羅는 새 그물 라. 敷는 펼 부. 羅敷女 – 나부라는 여자. 漢代의 樂府詩 〈陌上桑(맥상상)〉에 '陳氏有好女, 自名爲羅敷.(진씨 가문에 아름다운 여인이 있으니, 이름을 나부라 하였다.)' 는 구절에서 차용한 이름. 곧 李白의 春歌는 〈陌上桑〉의 내용을 축약하고 본뜬 작품이다.

○ 采桑綠水邊 – 采桑(채상)은 뽕을 따다.

○ 素手靑條上 – 素는 흴 소. 條는 가지 조. 나뭇가지. 〈陌上桑(맥상상)〉에 羅敷(나부)는 15세는 넘었고 20은 안 되었다고 하니, 꽃다운 젊은 여인이고, 그 모습에 少年은 넋을 잃었고, 밭갈이하던 사람은 쟁기를 놓고 앉아 나부만을 바라보았다고 한다. 그런 나부의 하얀 손을 뽕나무의 푸른 가지와 대비시켰다.

○ 紅粧白日鮮 – 粧은 단장할 장. 紅粧은 화장. 鮮은 고울 선. 白日鮮은 햇빛 아래 더 돋보이다.

○ 蠶饑妾欲去 – 蠶은 누에 잠. 饑는 주릴 기. 妾 – 여인의 謙稱(겸칭). 樂府 〈陌上桑(맥상상)〉에서는 태수가 남쪽에서 와서 나부가 뽕 따는 모습을 보고 멈칫거리며(使君從南來 五馬立踟躕) 말을 걸었고 '같이 수레를 타고 가자' 고 요구하는데, 이에 나부가 대답한 말이다.

○ 五馬莫留連 – 五馬는 太守를 지칭. 4馬가 끄는 수레 뒤에 예비용 말 한 마리가 따르기에 五馬라 한다. 莫留連 – 나를 잡지 마시오.

| 詩意 | 漢代의 樂府詩 〈陌上桑〉의 5言 53句의 긴 노래를 6구로 압

축한 시다. 평민 계층의 여자가 화장을 하고 뽕잎을 따고 있다. 그 주변에는 바람둥이 풍류아들이 모여들고 여인들을 엿보고 탐을 내게 마련이다. 특히 이 시에는 색채가 잘 묘사되었다. 素手와 綠水의 青白 대비. 青條, 紅粧 白日에서, 青紅白 등의 색채에 경쾌하고 생동감 넘치는 모습이다.

제2련의 素手青條上 紅粧白日鮮은 신선한 감각을 주는 對句이다. 동시에 눈앞에 뽕잎을 따는 젊고 아름다운 여성을 생생하게 그려내고 있다.

子夜吳歌(자야오가) 夏歌

鏡湖三百里，菡萏發荷花.
五月西施採，人看隘若耶.
回舟不待月，歸去越王家.

吳 子夜의 노래, 여름

鏡湖 3백 리에,
蓮의 봉우리 꽃을 피웠네.
5월 西施가 연꽃 딸 제,
사람 때문에 若耶가 막혔네.
서시 태운 배는 달뜨기 전에,
越의 궁궐로 돌아갔다네.

| 註釋 | ○ 〈子夜吳歌, 夏歌〉 – 夏歌 미인 西施(서시)를 소재로 하였다.

○ 鏡湖三百里 – 鏡은 거울 경. 鏡湖는 浙江省 紹興(절강성 소흥) 남쪽의 호수. 鑑湖(감호, 거울 감)라고도 한다.

○ 菡萏發荷花 – 菡은 연봉우리 함. 萏은 연꽃 봉우리 담. 菡萏(함담)은 연봉우리(芙蓉未發謂菡萏). 發은 꽃이 피다. 發花. 荷는 연꽃 하. 연꽃은 芙蓉(부용)이라고 하는데, 잎사귀를 荷(하), 열매를 蓮(련), 뿌리를 藕(우)라고 쓴다. 荷花도 연꽃을 일반적으로 지칭하는 말이다.

○ 五月西施採 – 五月에 서시가 연꽃을 따다. 서시가 若耶溪(약야

계)에서 비단을 빨래하던 미인이었는데, 연꽃을 땄다고 표현했다.

○ 人看隘若耶 – 隘는 좁을 애. 막히다. 若은 같을 약. 耶는 어조사 야.

○ 回舟不待月 – 서시를 태우고 가는 배는 달이 뜨기를 기다리지 않고…, 아름다운 로맨스는 밤낮을 가리지 않고 이루어진다.

○ 歸去越王家 – 越은 넘을 월. 나라 이름. 패배한 越王 句踐이 西施를 데려다가 단장시킨 뒤에 吳王 夫差에게 보내진다. 이 노래는 대중가요이니 굳이 吳王의 왕비냐 월왕의 왕비냐를 따지지 말아야 한다.

| 詩意 | 앞의 4句는 경호의 풍경과 西施를 묘사했고, 마지막 2구는 역사적 사실에 빗댄 諷諭(풍유)로 결론을 지었다.

美人은 모두가 좋아하지만 미인이 모두 자기 뜻대로 생을 살거나 마치지 못하는 것이 人間事일 것이다. 서시는 미인이었기에 그만한 호사를 누렸지만, 그녀가 과연 행복했을 것인가에 대해서는 본인 이외 아무도 모를 것이다.

절강성 소흥현 동남쪽, 會稽山(회계산) 일대에 경호와 약야계가 있다. 春秋시대에 越王 句踐(구천)이 吳王 夫差(부차)에게 욕을 본 곳이다. 그 후 월왕 구천은 미인 西施를 오왕 부차에게 보냈으며, 종국에는 오나라를 치고 雪辱(설욕)했다.

이 시는 역사 고사와 직접적인 관계는 없으나, 약야계에서 연꽃을 따는 미인 서시를 보려고 사람들이 많이 모였다. 그러나 서시는 달이 뜨기를 기다리지 않고 즉시 서둘러 배를 돌려 월나라

궁전으로 돌아간다고 읊었다.

西施는 평범한 집안의 여인이며 정치나 나라 간의 다툼에 대해서는 관심도 없었을 것이다. 서시가 월나라가 숙적 吳나라를 멸망케 하려는 美人計의 祭物(제물)이었다고 볼 수 있고, 다른 한편으로는 '나는 미인이니까!' 하면서 그 호사를 즐겼을 수도 있다. 제물이라서 슬프냐? 호사를 누려 기쁘냐?

이런 물음에는 西施 본인만이 대답할 수 있을 것이다.

子夜吳歌(자야오가) 秋歌

長安一片月, 萬戶擣衣聲.
秋風吹不盡, 總是玉關情.
何日平胡虜, 良人罷遠征.

吳 자야의 노래, 가을

長安에 조각 달 하나,
萬戶에 들리는 다듬이 소리.
秋風은 계속 불어오는데,
모두가 옥문관을 그리는 정.
언젠가 오랑캐를 평정하고,
내 님은 원정서 돌아오려나?

| 註釋 | ○ 〈子夜吳歌, 秋歌〉 – 秋歌는 戍자리에 나간 낭군을 그리는 여인의 심사를 읊었다.

○ 長安一片月 – 長安은 唐나라 都城. 今 陝西省 西安市. 그 당시 인구 백만으로, 거리가 바둑판처럼 정연했다. 一片月은 하나의 조각달. 一片은 다음의 萬戶와 대구가 된다. 동시에 一片은 변경에 나가 있는 외로운 郎君이고, 萬戶는 낭군을 기다리는 모든 아낙들의 상징이라고 해석한다.

○ 萬戶擣衣聲 – 萬戶는 長安의 모든 집, 가정. 長安은 약 8만호였다고 전한다. 擣는 찧을 도. 擣衣(도의)는 옷을 다듬이질 하다.

4각형의 돌 다듬이 위에 옷감이나 의복을 얹어 놓고 여인이 다듬이 방망이를 양손에 쥐고 리듬에 맞춰 교대로 때려서 옷감을 평평하게, 또는 부드럽게 만드는 것을 '다듬이 질' 이라고 한다. 불과 50년 전만 해도 겨울이면 마을 집집마다 다듬이질을 했고 그 소리가 마을에 울려 퍼졌었다.

○ 秋風吹不盡 – 吹不盡은 불기를 그치지 않는다. 쉬지 않고 분다. 곧 추운 겨울을 예감케 한다.

○ 總是玉關情 – 總是는 모두가. 달빛, 다듬이 소리, 秋風 이러한 모두가. 玉關情 – 玉門關과 관련된 마음이다. 멀리 戍(수)자리에 간 郞君의 고향 그리움, 長安에서 다듬이질하면서도 품고 있는 애절한 그리움의 표현이다.

○ 何日平胡虜 – 何日은 어느 날. 虜 포로 노(로), 이민족. 죄수. 胡虜. 胡는 좁게는 匈奴族(흉노족), 일반적으로는 변경의 이민족의 총칭. 北虜.

○ 良人罷遠征 – 良人은 낭군, 남편. 罷는 그만둘 파.

| 詩意 | 멀리 西域에 출정한 낭군을 그리워하는 여인의 정을 그린 樂府詩다. 長安의 모든 여인들은 임을 생각하며 一片月을 바라본다. 또 임에게 보낼 겨울옷을 다듬이질하고 있다. 밤하늘의 조각달은 시각적으로 마음속을 애달프게 한다. 동시에 다듬이소리는 청각적으로 마음을 때린다. 한편 가을바람은 하늘과 땅, 변경과 장안을 넘나들며 낭군과 아내 양자의 애절한 정을 더욱 소연하게 불어 날리거나 혹은 들어 올리고 있다.

子夜吳歌(자야오가) 冬歌

明朝驛使發，一夜絮征袍.
素手抽針冷，那堪把剪刀.
裁縫寄遠道，幾日到臨洮.

吳 자야의 노래, 겨울

내일 아침에 역참 사람 간다니,
밤새 솜 둔 전포를 만든다.
손에 바늘잡기도 떨리는데,
어찌 가위질을 하리오.
지은 옷 먼 길에 보내지만,
며칠에 임조까지 가겠는가?

| 註釋 | ○ 明朝驛使發 – 驛使(역사)는 快馬로 문서를 전달하는 사람. 驛差, 郵差. 역참의 파발꾼.

○ 一夜絮征袍 – 絮는 솜 서. 征袍(정포)는 싸움터에서 입을 겉옷.

○ 素手抽針冷 – 素手는 여인의 손. 맨손(徒手). 여러 시에 나오는 素手는 여인의 하얀 손을 뜻한다. 抽는 뺄 추. 針은 바늘 침. 冷은 찰 냉. 차게 하다, 식히다. 낙담하다. 떨리다.

○ 那堪把剪刀 – 那는 어찌 나. 堪은 견딜 감. 把는 잡을 파(挈也). 자루가 있는 물건을 세는 量詞. 一把剪刀 – 가위 한 자루. 剪은 자를 전. 翦의 俗字. 剪刀 가위.

○ 裁縫寄遠道 – 裁는 마를 재. 옷감을 재단하다. 縫은 꿰맬 봉. 바느질하다. 寄는 부칠 기.

○ 幾日到臨洮 – 幾日은 며칠. 臨洮(임조)는 甘肅省의 지명.

| 詩意 | 내일 아침에 출발할 파발꾼 편에 보내려고 밤새 솜옷을 만드는 아내의 어려움을 읊은 시다. 낭군은 추운 변경 요새에 종군하고 있으니 따뜻한 솜옷을 보내주어야 고생을 덜할 것이다. 파발꾼 출발 시간에 맞춰야 하니 밤을 새워 옷을 꿰매고 있다. 님 그리는 여인의 마음에 감정이 차올라 바늘 뽑은 손이 떨려온다. 그러니 어떻게 가위질까지 하겠는가? 바늘도 가위질도 하지 못할 정도로 방이 춥다는 뜻이 아니다. 그만큼 그리움에 흔들린다는 뜻이다.

〈子夜吳歌〉는 대중들이 부르는 노래 가사다. 그러므로 주로 부녀자들의 애절한 사랑의 심정을 주제로 한 것이다. 호탕하고 자유분방한 李白은 섬세한 아녀자들의 심정도 잘 그리고 있다. 그러하기에 詩人으로 위대한 것이다.

이백은 서정적인 묘사로 끝나지 않고, 그 속에 정치적 풍자의 뜻을 포함하고 있다.

春歌에서는 태수에게 '蠶飢妾欲去 五馬莫留連' 라고 말하는데, 이는 벼슬아치들은 일하는 여성을 탐하지 말라는 警句(경구)이다.

夏歌의 '回舟不待月 歸去越王家' 는 미인의 벼락출세나 호사를 말하기보다는 미인계에 희생되는 아녀자가 있다는 현실을 강조하였다.

秋歌에서는 '何日平胡虜 良人罷遠征'이라 하여 이민족 정벌이나 전쟁에 동원된 남편을 그리는 보통 여인들의 원한을 밀하고 있다.

冬歌의 '裁縫寄遠道 幾日到臨洮'에서는 수자리에 동원된 낭군을 그리는 여인의 실날 같은 기대와 불안을 강조하고 있다.

그렇지만 각 〈子夜吳歌〉의 마지막 5, 6구를 뺀다면 모두 여인의 아름다움이나 섬세한 감정을 묘사한 평범한 五言詩가 된다. 그러니 이 〈子夜四時歌〉의 핵심은 각 首의 5, 6句에 있다는 것을 알 수 있다.

長干行(장간행) 二首 (其一)

妾髮初覆額，折花門前劇.
郎騎竹馬來，遶牀弄青梅.
同居長干里，兩小無嫌猜.
十四爲君婦，羞顔未嘗開.
低頭向暗壁，千喚不一迴.
十五始展眉，願同塵與灰.
常存抱柱信，豈上望夫臺.
十六君遠行，瞿塘灩澦堆.
五月不可觸，猿聲天上哀.
門前遲行跡，一一生綠苔.
苔深不能掃，落葉秋風早.
八月蝴蝶黃，雙飛西園草.
感此傷妾心，坐愁紅顔老.
早晚下三巴，預將書報家.
相迎不道遠，直至長風沙.

장간리의 노래 (1 / 2)

저는 머리가 이마를 덮을 때부터,
꽃을 꺾으며 문 앞에서 놀았지요.

낭군은 죽마를 타고 와서는,
우물가에서 매실 갖고 장난쳤지요.
같은 장간리에 살면서,
둘은 어리지만 싫지는 않았지요.
열넷에 당신의 아내가 되어,
수줍어 얼굴도 못 들었지요.
고개를 숙이고 어두운 벽을 보고,
천 번을 불러도 대답 한 번 못했지요.
열다섯에 비로소 웃어 보면서,
함께 죽거나 재가 되리라 바랬지요.
항상 尾生의 마음 같으리라 믿었는데,
어찌 낭군을 기다릴 줄 알았겠나요.
열여섯에 낭군은 멀리 떠나시니,
長江의 구당이나 염여퇴를 지났지요.
오월엔 지날 수 없다는 곳이며,
원숭이 울음소리 하늘도 슬프다오.
문전에 천천히 떠난 님 발자국,
모두에 파란 이끼가 자랐다오.
이끼가 자라도 쓸어내지 못하는데,
낙엽이 지고 벌써 추풍이 분답니다.
팔월에 나는 나비도 노랗게 되지만,
西園의 풀밭에 쌍쌍이 나네요.

이것들 보며 내 마음이 서글퍼,

저절로 근심 속에 홍안이 늙어가네요.

이르든 늦든 三巴를 지나 와서,

빨리도 서찰로 집에 알려주세요.

마중길 멀다 아니 하고서는,

곧바로 長風沙까지 가겠어요.

| 註釋 | ○ 〈長干行〉 – 〈장간리의 노래〉. 《全唐詩》 163권에 수록. 〈長刊行〉은 樂府의 題目. 雜曲에 속한다. 干은 방패 간. 長干은 地名. 今 南京市. 이 시는 장간리에 사는 젊은 아내를 주인공으로 했다.

行은 樂府詩體의 一種. 樂府詩의 題目은 한 가지가 아니다. '감정을 풀어 서술하되 세속적인 것을 歌라 하고, 걷고 달리는 듯 감정 서술에 막힘이 없는 것을 行이라 하며, 이 두 가지를 겸한 것을 歌行이라 한다.' 는 사전적 설명이 있다.

李白의 〈長刊行〉 외에 崔顥(최호)의 五絶樂府인 〈長干行〉이 있다. 또 王維의 七言樂府로 〈洛陽女兒行〉, 〈老將行〉, 〈桃源行〉과 杜甫의 〈兵車行〉, 〈麗人行〉 등 많은 작품이 있다.

○ 妾髮初覆額 – 髮은 터럭 발. 머리카락. 覆은 덮을 복. 額은 이마 액. 髮初覆額(발초복액) – 앞머리가 겨우 이마를 덮을 무렵. 어린아이 시절.

○ 折花門前劇 – 折은 꺾을 절. 劇은 심할 극. 놀다(戲也). 遊戲(유희), 연극.

○ 遶牀弄青梅 – 遶는 두를 요. 둘러치다. 돌다. 牀은 평상 상. 우

물 난간. 弄은 희롱할 농. 가지고 놀다. 靑梅는 푸른 매실. 익지 않은 매실.

○ 同居長干里 – 同居는 같은 마을에 살다. 長干里 – 江蘇省 南京市 江寧區. 당시 平民村이었다고 한다. 南京의 간칭인 '寧' 은 江寧에서 유래.

○ 兩小無嫌猜 – 嫌은 싫어할 혐. 猜는 샘할 시.

○ 十四爲君婦 – 爲君婦는 당신의 아내가 되다.

○ 羞顔未嘗開 – 羞는 바칠 수. 좋은 음식(珍羞盛饌). 부끄러움. 羞恥(수치). 顔은 얼굴 안. 未嘗(미상) – 일찍이 ~한 적이 없다. 결코 ~이라 할 수 없다. 開는 아주 다양한 뜻으로 사용되지만 여기서는 '말을 하다(陳說也, 開言)' 로, 또는 '얼굴을 펴다(開顔)' 라고 해석할 수 있다. '開顔하며 一笑하다' 라면 좀 오버한 번역 같다.

○ 低頭向暗壁 – 暗은 어둘 암. 壁은 벽 벽.

○ 千喚不一回 – 喚은 부를 환. 回는 돌아보다.

○ 十五始展眉 – 眉는 눈썹 미. 展眉는 눈썹을 펴다. 얼굴을 펴고 웃다.

○ 願同塵與灰 – 塵은 티끌 진. 灰는 재 회.

○ 常存抱柱信 – 抱柱信 – 기둥을 끌어안고 죽을 수 있는 지조. 한 사람에게만 주는 사랑. 《莊子 盜跖(도척)》편에 '尾生이 나무다리 밑에서 여인과 만나기로 약속을 했으나, 그 여인이 오지 않았다. 강물이 닥쳐도 떠나지 않고 있다가 다리 기둥을 안고 죽었다.(尾生與女子, 期於梁下, 女子不來. 水至不去, 抱梁柱而死.)' 는 이야기가 있다.

○ 豈上望夫臺 – 望夫臺는 남편을 기다리다가 죽어 돌이나 바위가 되다. 이런 전설은 각지에 있으며, 따라서 望夫石이나 망부대 혹은 망부산도 도처에 있다.

○ 十六君遠行 – 遠行은 장사하러 먼 길을 떠나다.

○ 瞿塘灩澦堆 – 瞿는 볼 구. 塘은 못 당. 瞿塘 – 長江 중류의 峽谷(협곡). 四川省 奉節縣에 있다. 양쪽 절벽 사이로 급류가 흐르고 있어 위험하다. 長江의 三峽(삼협)은 巫峽(무협), 瞿塘峽(구당협), 西陵峽(서릉협)을 말한다. 灩은 물결 출렁거릴 염. 澦는 강이름 여. 堆 언덕 퇴. 灩澦堆(염여퇴) – 구당협 峽口에 있는 暗礁(암초). 여름에 강물이 불으면 보이지 않으므로 극히 위험한 곳이다.

○ 五月不可觸 – 강물이 불어난 5월에는 염여퇴에는 배들이 접근할 수 없다. 불어난 물 밑에 보이지 않는 암초가 있으므로 위험하다.

○ 猿聲天上哀 – 猿은 원숭이 원. 聲은 소리 성. 東晉의 장군 桓溫(환온, 312 – 373)이 蜀의 成漢을 토벌하러 군사를 거느리고 長江의 三峽(삼협)을 거슬러 올라가는데 軍卒 한 사람이 새끼 원숭이를 하나 잡았다. 그러자 어미 원숭이가 배를 따라 슬피 울며 백리 길을 따라왔다. 나중에 어미가 배에 뛰어 올라 곧 죽었는데, 그 원숭이 배를 갈라보니 창자가 마디마디 잘려져 있었다.(腸寸寸斷) 이를 전해들은 환온이 화를 내며 새끼 원숭이를 잡아온 부하를 파면하라고 했다.《世說新語 黜免》

○ 門前遲行跡 – 遲는 늦을 지. 跡은 자취 적. 遲行跡은 낭군이 미적거리면서 떠나갔던 門前의 발자국.

○ 一一生綠苔 – 苔는 이끼 태.

○ 苔深不能掃 – 掃는 쓸 소. 쓸어내다. 이끼를 마음속의 시름에 비유하는 경우가 많다.

○ 落葉秋風早 – 早는 새벽 조. 빨리 오다.

○ 八月蝴蝶黃 – 八月는 仲秋(중추). 蝴는 나비 호. 蝶은 나비 접. 蝴蝶黃 – 가을에는 나비가 황색으로 시든다. 黃을 來로 쓴 판본도 있다.

○ 雙飛西園草 – 雙飛는 짝을 지어 날다.

○ 感此傷妾心 – 感此는 그와 같은 광경을 보니.

○ 坐愁紅顔老 – 坐愁는 저절로 수심에 겨워. 坐는 스스로, 저절로. 紅顔 – 젊은 얼굴.

○ 早晩下三巴 – 早晩은 이르든 늦든. 巴 땅이름 파. 三巴(삼파)는 巴州, 巴東, 巴西를 지칭한다. 사천성(四川省) 동부 일대. 下는 낭군이 배를 타고 돌아온다는 뜻.

○ 預將書報家 – 預는 미리 예. 將書報家 – 서신으로 집에 알리다. 將은 '~을,' '~으로' 목적어 앞에 오는 介詞(개사).

○ 相迎不道遠 – 道를 말하다. (예 : 說長道短 – 기니 짧으니 여러 말을 하다.)

○ 直至長風沙 – 長風沙는 地名. 安徽省 서남부 揚子江 北岸의 安慶市〔黃梅戱(황매희)의 본 고장〕 남경에서 7백 리 떨어진 곳.

| 詩意 | 5言 30句로 된 장편의 樂府詩로 네 번이나 韻字를 바꾸었으며 平仄(평측)의 운용도 매우 자유롭다.

長干은 地名인데, 지명을 樂府 題辭로 한 작품으로는 〈襄陽樂〉,

〈渭城曲〉, 〈三洲歌〉 등이 있다. 이 시는 이백이 開元 27년(739), 그의 나이 39세에 쓴 시라고 알려졌다.

長干里는 남경 남쪽 長江 강변에 있는 平民村이었다. 그곳의 주민들은 객지로 돈벌이 나가는 사람이 많았다. 이 詩도 그곳에서 어린 시절을 허물없이 함께 자란 어린 남녀가 결혼을 했고, 그 뒤 2년 만에 낭군이 배를 타고 장강 상류 위험한 구당으로 行商을 떠났다는 내용을 읊은 것이다. 특히 젊은 신부의 입장에서 걱정을 하며 낭군이 무사히 돌아오기를 고대하는 심정을 그렸다. 평민의 소탈한 삶을 엿보게 하는 풍속화와 같은 詩이다.

玉階怨(옥계원)

玉階生白露，夜久侵羅襪.
却下水晶簾，玲瓏望秋月.

안채의 시름

옥 계단에 찬 이슬이 내리어,
밤 깊으니 비단 버선 적신다.
수정의 주렴을 내려놓고,
영롱한 秋月을 바라본다.

| 註釋 | 〈玉階怨〉 - 〈안채의 시름〉. 〈玉階〉는 안채의 섬돌로, 규방을 뜻한다. 이 시는 閨怨(규원)을 노래한 악부시로 相和 歌辭이다. 작시한 시기를 추정할 수 없다고 알려졌다.

○ 夜久侵羅襪 - 羅는 비단(깁) 라, 펼 라. 襪은 버선 멸.

| 詩意 | 섬돌에 서서 시름없이 누군가를 기다리는 여인의 시름을 읊었다. 여인의 시름은 밤이 되자 시름이 깊어지고, 밤이 늦도록 시름하며, 방에 들어와서도 슬픈 시름은 계속된다. 여인의 시름을 묘사한 '怨(원)' 의 노래이지만 '怨' 과 비슷한 글자가 없어도 모든 구절에 怨이 넘쳐 난다.

玉階, 白露, 羅襪(나멸), 水晶簾(수정렴), 玲瓏(영롱) 등의 시어가 아름답기에 더욱 悲絶한 심정을 돋아 준다. 특히 비단 버선에 찬

이슬이 스며든다는 묘사는 매우 진한 여인의 시름 내지 욕정의 묘사라 할 수 있다. 여인의 발, 그것을 감싸는 버선, 여인이 신는 신발은 모두 女性 性의 상징이다.

王昭君(왕소군)

漢家秦地月，流影照明妃.
一上玉關道，天涯去不歸.

漢月還從東海出，明妃西嫁無來日.
燕支長寒雪作花，蛾眉憔悴沒胡沙.
生乏黃金枉圖畫，死留青冢使人嗟.

昭君拂玉鞍，上馬啼紅頰.
今日漢宮人，明朝胡地妾.

왕소군

漢나라 황실, 關中의 달,
흐르는 달빛이 明妃를 비춘다.
한 번 玉門關을 나간다면,
하늘 끝이라 돌아올 수 없다네.

漢나라 명월은 여전히 동해서 떠오르나,
明妃는 흉노에 출가해 돌아올 날 없다네.
燕支山에 추위 속 백설이 꽃으로 피었고,
나방눈썹 초췌해져 흉노 사막에 묻혔다.
살아서 황금이 없어 畫員에게 주지 않아,

죽어서 靑冢만 남아 사람을 탄식케 한다.

왕소군은 玉 안장을 붙잡고,
말에 올라 울면서 홍안을 적신다.
오늘은 漢室의 宮人이나,
내일은 흉노의 妾室이다.

| 註釋 | ○ 〈王昭君〉 – 《全唐詩》 163권에 수록.

王昭君은 前漢 元帝의 후궁이었는데 흉노와의 화친책으로 흉노 單于(선우)에게 和親婚을 약속하였었다. 왕소군의 名은 嬙(장), 昭君은 그녀의 字이다. 고대 四大美人으로 落雁(낙안)의 미인이라 불린다. 西晉에서는 司馬昭(司馬懿의 아들, 西晉 武帝 司馬炎의 아버지)의 이름을 諱(휘)하여 明妃라 고쳐 부르게 하였다.

흉노의 呼韓邪單于(호한야선우, 재위 前 58 – 31)는 前 51년에 장안에 와서 선우로서는 최초로 宣帝를 알현한다. 元帝 마지막 해인 竟寧(前 33년)에 호한야선우는 장안에 와서 和親하고 王昭君(왕소군)을 아내로 맞이한다.

왕소군은 흉노의 선우인 呼韓邪(호한야)의 閼氏(연지, 왕비)가 되어 아들도 낳았다. 호한야선우가 죽은 뒤에, 그들 관습에 따라 아들 복주루선우의 아내가 되어 須卜居次(수복거차, 수복은 남편 성씨. 居次는 公主)와 當于居次(당우거차)를 낳았다. 죽은 뒤에 靑塚(靑冢, 청총)으로 남았다. 王昭君의 행적은 班固의 《漢書 匈奴傳 上, 下》에 수록.

○ 燕支長寒雪作花 – 燕支는 산 이름. 흉노 선우의 아내를 閼氏(연지)라고 불렀다. 여인의 화장품 臙脂(연지)와 같은 뜻이다.

○ 蛾眉憔悴沒胡沙 – 蛾眉는 나방 모양으로 그린 눈썹. 漢代의 유행이었다. 憔는 수척할 초. 悴는 파리할 췌.

○ 生乏黃金枉圖畫 – 前漢 元帝는 평소 후궁들의 그림을 보고 은총을 주었는데, 미모에 자신 있던 왕소군은 화공 毛延壽(모연수)에게 뇌물을 주지 않았다. 모연수는 왕소군의 모습을 실제보다 덜 예쁘게 그려 바쳤기에 왕소군은 원제를 만날 수가 없었다. 흉노 선우가 후궁을 데리고 가는 날 원제에게 인사를 올리는 그 얼굴을 보고서는 아름다움에 크게 놀랐다. 흉노 선우에게 실언을 할 수 없어 그냥 보내긴 했지만 원제는 화가 나서 모연수를 처형했다고 한다.(前 33년)

○ 死留青冢使人嗟 – 青冢(청총)은 前漢 王昭君의 陵墓, 內蒙古 呼和浩特市 玉泉區 소재. 주변의 초목은 가을이 되면 모두 시들지만 昭君 묘의 초목은 늘 푸르기에 青冢이라고 불렸다.

| 詩意 | 시인은 역사기록에 관심이 많고, 실제로 역사기록을 통해 시 소재를 마련한다. 역사적 인물의 행적이나 사적은 교훈과 함께 인물의 개성을 알 수 있어 시의 소재로 적합하다. 이백의 〈王昭君〉 역시 그러하다.

戰城南(전성남)

去年戰，桑乾源．今年戰，蔥河道．

洗兵條支海上波，放馬天山雪中草．

萬里長征戰，三軍盡衰老．

匈奴以殺戮爲耕作，古來惟見白骨黃沙田．

秦家築城備胡處，漢家還有烽火燃．

烽火燃不息，征戰無已時．

野戰格鬥死，敗馬號鳴向天悲．

烏鳶啄人腸，銜飛上挂枯樹枝．

士卒塗草莽，將軍空爾爲．

乃知兵者是凶器，聖人不得已而用之．

城南에서의 전투

작년엔 桑乾河 상류서 전투를 벌였고,

금년엔 蔥嶺河 주변서 싸움이 있었다.

條支國 바다에 兵器를 씻었고,

天山 기슭 설원의 초원에 말을 방목했다.

萬里밖 이역의 전투에서,

三軍의 장졸은 모두 노쇠하였다.

匈奴는 농사 대신 살육이 생업이니,

예부터 누런 사막엔 백골만이 뒹굴었다.

秦나라는 장성을 쌓아 흉노에 대비했고,
漢나라도 봉수에 내침 신호가 연이었다.
봉화대 연락이 그치지 않았으니,
정벌 전쟁이 그칠 때가 없었다.
野戰에서 장졸은 전투에 죽었고,
부상당한 말들은 하늘보고 슬피 울었다.
까마귀나 매는 사람의 창자를 쪼거나,
입에 물어 죽은 나뭇가지에 걸쳐놓았다.
사졸이 흘린 피로 잡초는 무성했고,
장군은 공연한 전투를 벌였었다.
이에 전쟁이란 흉악한 방법이라 알기에,
성인은 어쩔 수 없을 때만 전쟁을 했었다.

| 註釋 | ○ 〈戰城南〉 - 〈城南에서 싸우다〉. 漢 樂府詩題. 《全唐詩》 162권 수록.

○ 桑乾源. ~蔥河道 - 桑乾河(상건하)는 永定河의 상류, 河北省 서북부와 山西省 북부를 흐르는 강. 蔥河(총하, 蔥嶺河)는 서역과 서역 경계 밖을 구분하는 파미르 고원(蔥嶺)의 강. 실제 이곳까지 파병했다는 뜻은 아니고 서역에도 당의 군사가 파견되었다는 뜻.

○ 洗兵條支海上波 - 洗兵은 무기의 피를 씻다. 전쟁을 중단하다. 條支(조지)는 古 파르티아 왕국 - 지금의 이란(Iran, 伊朗) 지방에 있던 제국 - 唐의 지배하는 서역 영역 밖이었다.

| 詩意 | 당나라는 서역 여러 나라 및 이슬람 제국과도 교류가 있었기에 외국 상인의 왕래가 많았으며, 장안은 국제도시로서 다양한 외래문화를 수용했었다. 그러나 서역의 여러 나라와 돌궐, 흉노, 선비, 오환족 등 여러 이민족과의 전쟁은 계속되었다.

이백은 변경에서의 계속되는 전투와 국가의 손실 백성의 고통 등을 생각하여 전쟁을 중단해야 한다는 주관을 견지하였다.

사실 '兵者는 凶器' 임을 어느 시대건 잘 알고 있었지만, 하여튼 전쟁은 계속되었다.

從軍行(종군행)

百戰沙場碎鐵衣，城南已合數重圍.
突營射殺呼延將，獨領殘兵千騎歸.

從軍하는 노래

수많은 전투가 있었던 모래밭에 부서진 갑옷,
城南은 이전에 여러 번 겹겹이 포위당했었다.
돌궐족 군영서 적장 呼延氏를 사살하고서,
생존한 천여 기병을 홀로 거느리고 귀환했다.

| 註釋 | ㅇ〈從軍行〉-〈從軍하는 노래〉. 이는 樂府詩題로 相和歌 중 하나이다. 군영의 애환을 노래했다. 백전을 겪은 老將이 공을 세우고 귀국한다는 노래이다. 돌궐족은 唐을 괴롭혔던 유목민족의 하나이다.《全唐詩》184권에 수록.

長相思(장상사) 二首 (其一)

長相思, 在長安,
絡緯秋啼金井闌, 微霜凄凄簟色寒.
孤燈不明思欲絕, 卷帷望月空長歎,
美人如花隔雲端.
上有靑冥之長天, 下有淥水之波瀾.
天長路遠魂飛苦, 夢魂不到關山難.
長相思, 摧心肝.

늘 그리운 사람 (1 / 2)

내 그리운 사람! 장안에 있네!
귀뚜리가 가을 밤 우물가에서 우는데,
첫서리에 쌀쌀한 날, 대자리도 차갑다.
희미한 등불 하나 그리움도 끊기려 하는데,
휘장을 걷고 달 보며 괜히 긴 한숨짓는다.
그대는 꽃처럼 구름 너머 저 끝에 있네!
위로는 끝없이 이어진 파란 하늘,
아래엔 크게 출렁이는 푸른 물이다.
끝없는 하늘 먼먼 땅에 마음조차 날기 어려워,
혼백은 꿈에서도 험한 關山을 넘지 못한다.
내 그리운 사람! 내 마음을 무너트렸네!

| 詩意 | 〈長相思〉는 7言 古體의 악부시로 노래로 부르기 위한 시이나 파격적인 격식으로 창작되었다. 이 시는 시작과 끝에 같은 구(長相思)의 반복하면서 3字1句의 파격이며, 安은 韻字(운자)이다. 《全唐詩》 165권에 수록. 이백의 작시 연대에 대해서는 여러 설이 있다.

제목의 뜻은 '늘 생각하다' 이다. '늘 생각하는 마음' 은 그리움이다. 고향, 부모, 형제일 수도 있고, 젊은이의 戀人일 수도 있으니 꼭 '異性' 만은 아닐 것이다.

이백의 첫 부인은 許氏〔許紫煙 – 則天武后 시 재상을 역임한 許圉師(허어사, 손녀)〕인데, 李白은 安州(今 湖北省 동부 孝感市 관할 安陸市)의 妻家를 근거로 생활하면서 수시로 각지를 여행했다고 한다.

이 시에는 相思의 고통을 잘 그려냈다. '長相思 在長安' 의 두 구절은 3字의 破格이지만 사실 여기에 더 붙인다면 군말이 될 것이다. 귀뚜라미와 첫 서리로 계절을 설명하여 감정을 끌어낸 다음에 孤燈으로 내 마음의 스산함을, 명월로는 상대의 아름다움을 형상화하였다. 그리고 '임은 꽃처럼 구름 끝에 있다' 면서 임을 향한 내 마음의 고통을 서술하였다. 이어서 임을 마음으로 그리워하는 나는 여러 장애물과 지리적 공간을 극복해야 하는데, 너무 어렵고 힘들어 내 마음이 꺾여버린 것 같다는 애절한 표현으로 끝을 내었다.

長相思(장상사) 二首 (其二)

日色欲盡花含煙，月明如素愁不眠.
趙瑟初停鳳凰柱，蜀琴欲奏鴛鴦弦.
此曲有意無人傳，願隨春風寄燕然，
憶君迢迢隔青天.
昔日橫波目，今成流淚泉.
不信妾腸斷，歸來看取明鏡前.

늘 그리운 사람 (2 / 2)

날은 저물려는데 꽃은 노을 속에 피었고,
달이 낮처럼 밝아 시름 속에 잠을 못잔다.
趙女는 봉황다리를 눌러 잠시 瑟을 멈추고,
蜀琴을 연주하려 원앙 琴의 弦을 고른다.
이 曲의 깊은 뜻을 전해 줄 사람 없으니,
춘풍을 따라 燕然山에 보내길 바라지만,
그리운 낭군 멀고먼 하늘의 저쪽에 있네.
지난 날 그리움을 보내던 눈짓이,
지금은 눈물만 샘처럼 흘러내리네.
이 몸의 타는 애간장을 못 믿는다면,
돌아와 거울에 비친 내 모습을 보세요.

| 註釋 | 멀리 떠난 님을 그리는 악부시이다.

- ○ 趙瑟初停鳳凰柱 – 趙瑟은 趙 지역 출신 여인이 연주하는 瑟(큰 거문고 슬). 鳳凰柱는 瑟의 기러기 발 모양의 絃 받침.
- ○ 蜀琴欲奏鴛鴦弦 – 蜀琴은 사마상여가 연주한 琴. 鴛鴦(원앙)은 琴의 이름이라 생각할 수 있다. 弦은 활시위 현. 琴의 絃.
- ○ 願隨春風寄燕然 – 燕然은 山名. 중국 서북쪽 변방, 격전지를 상징.
- ○ 憶君迢迢隔靑天 – 迢迢(초초)는 멀고 먼 모양.

| 詩意 | 이 시를 두고 李白이 妻子를 그리는 思婦詩라고 한다든지, 玄宗을 그리는 思君詩라는 설명은 정말 억지이다. 또는 변방에 차출된 남편을 그리는 시라는 고정 관념은 詩의 이해에 걸림돌이 된다.

대중가요의 가사 내용이 작사자나 가수의 심정을 노래하는 것은 아니다. 처자식이 있는 사람도, 또 벼슬하지 않는 사람도 누군가에 대한 그리움은 있다.

중년의 사나이는 꼭 아내만 그리워해야 하고, 글줄이나 읽고 짓는 사람은 군주만 마음으로 戀戀(연연)해야 하는가?

인간의 감정을 인간의 道理만을 기준으로 해석하거나 평가할 수는 없는 것이다. 이 시는 대중이 즐길 수 있는 악부시이다. 어느 시대건 대중가요의 가사 내용은 작사자의 心境과 꼭 일치해야 한다고 생각한다면 정말 우스운 일이다. 그 그리움의 대상이 누구라고 지정하는 것은 진정 작자의 뜻과는 거리가 멀 것이다.

烏棲曲(오서곡)

姑蘇臺上烏棲時, 吳王宮裏醉西施.
吳歌楚舞歡未畢, 靑山欲銜半邊日.
銀箭金壺漏水多, 起看秋月墜江波.
東方漸高奈樂何?

오서곡

姑蘇臺에 까마귀가 둥지를 틀 때,
吳王(夫差)의 궁궐 西施는 술에 취했다.
吳歌에 楚舞의 환락이 다 끝나기도 전에,
靑山엔 지는 해가 반쯤 걸렸다.
銀화살 황금 항아리, 세월은 창창하다만,
長江 파도에 지는 가을 달을 지켜본다.
해는 東方 높이 뜨는데 풍악은 어찌 하나?

| 註釋 | ㅇ 〈烏棲曲〉 - 〈깃든 까마귀를 노래하다〉. 樂府 淸商曲辭 題. 남녀 간의 애정을 묘사한 내용이 많은 곡조이다. 《全唐詩》 162권 수록.

ㅇ 姑蘇臺上烏棲時 - 姑蘇臺는 姑蘇城의 누대. 姑蘇는, 今 江蘇省 蘇州市. 長江 三角洲와 太湖 평원의 中心, 魚米之鄕, 狀元之鄕, 經濟重鎭, 人間天堂의 칭송을 듣는 곳. 여기서는 삼국시대 孫吳가 아니고 吳王 夫差(부차)의 궁궐.

○ 吳王宮裏醉西施 – 西施는 越王 勾踐(구천)이 吳王 夫差에게 복수의 방법으로 헌상의 여인 중 한 사람. 沉魚落雁(침어낙안) 중 침어의 미인. 東施效顰(동시효빈) 성어의 유래.

○ 銀箭金壺漏水多 – 銀箭金壺(은전금호)는 물시계. 물시계의 물이 많이 남았다는 뜻은, 앞으로 즐길 수 있는 긴긴 세월이 있다는 뜻.

| 詩意 | 吳 王宮 군주의 환락에 따른 국가의 쇠락과 멸망을 함축적인 표현으로 묘사하였다. 이백이 현종과 양귀비의 애정 행각에 대한 풍자라는 評도 있지만, 굳이 거기까지 아니라도 이런 묘사는 얼마든지 가능할 것이다.

烏夜啼(오야제)

黃雲城邊烏欲棲，歸飛啞啞枝上啼.
機中織錦秦川女，碧紗如煙隔窗語.
停梭悵然憶遠人，獨宿孤房淚如雨.

밤에 우는 까마귀

짙은 구름낀 성벽 근처 까마귀가 잠들려고,
날아 돌아와 까아깍 나뭇가지서 울고 있다.
베틀서 비단을 짜는 關中 땅의 여인에게,
얇고 푸른 비단 사이 창밖의 소리 들려온다.
북을 놓고 슬픔 속에 먼데 있는 낭군 그리며,
홀로 누운 쓸쓸한 방에 눈물만 비오듯 쏟는다.

| 註釋 | ○ 〈烏夜啼〉 - 〈밤에 우는 까마귀〉. 啼는 울 제. 樂府詩題의 清商曲의 하나. 《全唐詩》 162 권에 수록.

○ 歸飛啞啞枝上啼 - 啞는 벙어리 아. 啞啞(아아)는 까마귀 울음 소리. 의성어.

○ 機中織錦秦川女 - 機는 베틀. 秦川은 關中의 땅.

○ 碧紗如煙隔窗語 - 사실 병졸로 강제 징집된 집에 얇은 비단 커튼이 있다는 것은 상상일 것이다.

○ 停梭悵然憶遠人 - 梭는 북 사. 날줄(經) 사이를 왕복하며 씨줄(緯)을 넣어주는 도구. 베틀을 구경도 못한 사람에게 설명이 쉽

지 않다. 북(鼓)과는 전혀 다른 물건이다. 悵은 슬퍼할 창.

| 詩意 | 변방에 징집당한 남편을 그리는 여인의 한을 묘사하였다. 서민의 애환을 깊이 이해한 이백이기에 좋은 작품을 쓸 수 있었으리라.

采蓮曲(채련곡)

若耶溪旁采蓮女，笑隔荷花共人語.
日照新妝水底明，風飄香袂空中擧.
岸上誰家游冶郎？ 三三五五映垂楊.
紫騮嘶入落花去，見此踟躕空斷腸.

연밥 따는 노래

若耶溪(약야계)에서 연밥을 따는 여인은,
연꽃을 사이서 지나는 사람과 이야기하네.
단장한 얼굴에 비춘 햇살, 물은 맑은데,
바람에 향기를 밴 옷소매를 높이 들었다.
냇둑의 사나이는 어느 집안의 자제인가?
삼삼오오 젊은이가 버들 사이로 보인다.
자줏빛 말이 울면서 낙화 따라 사라지자,
여인은 머뭇거리며 공연히 애를 끓인다.

| 註釋 | ○〈采蓮曲〉 – 樂府詩題 淸商曲辭의 하나.《全唐詩》163권에 수록.

○ 若耶溪旁采蓮女 – 若耶溪(약야계)는 會稽縣의 작은 강. 西施가 이곳에서 비단 빨래를 하다가 越王 句踐(구천)에게 스카우트되어 夫差(부차)에게 헌상되었다.

○ 笑隔荷花共人語 – 연꽃이 피어 까맣게 열매를 맺고(연밥, 蓮

實), 연꽃은 계속 핀다.

○ 風飄香袂空中擧 – 香袂(향메)는 향기가 밴 옷소매.

○ 紫騮嘶入落花去 – 紫騮(자류)는 자줏빛 털을 가진 명마. 嘶는 울 시.

○ 見此踟躕空斷腸 – 踟躕(지주)는 머뭇거리다. 躊躇(주저)와 同.

| 詩意 | 전반부는 작은 배를 타고 연밥을 따는 젊은 여인의 모습을, 후반부는 큰 말을 타고 놀러 다니는 귀족 자제를 보고 마음이 흔들리는 여인을 묘사하였다.

行路難(행로난) 三首 (其一)

金樽清酒斗十千，玉盤珍羞直萬錢.
停杯投箸不能食，拔劍四顧心茫然.
欲渡黃河冰塞川，將登太行雪暗天.
閑來垂釣碧溪上，忽復乘舟夢日邊.
行路難！ 行路難！
多岐路，今安在?
長風破浪會有時，直挂雲帆濟滄海.

험난한 길 (1 / 3)

金樽의 좋은 술은 한 말에 일만 냥이고,
玉盤의 귀한 안주 값이 일만 전이라네.
잔을 멈춰 젓가락 놓으면 먹을 수 없고,
칼을 뽑고 사방을 보니 마음 막막하다네.
黃河를 건너려 하나 얼음이 물을 막고,
太行山 오르려 해도 산에는 눈만 쌓였네.
한가히 맑은 시내에 낚시를 드렀지만,
홀연히 배를 몰아 장안에 가는 꿈을 꾸네!
갈 길이 험하구나!
갈 길이 험하구나!
갈림길 많다지만,

지금은 어디 있나?
큰 바람 몰고 파도를 헤칠 날 있으리니,
똑바로 구름 돛 올려 창해를 건너리라.

| 註釋 | ○〈行路難〉-〈험난한 길〉. 樂府詩 雜曲歌의 하나이다. 인생살이의 어려움이나 別離의 아픔을 노래하였다. 李白의〈行路難〉은 모두 3首이다.〈行路難〉에서는 자유분방한 李白의 시풍과 그의 낭만적 인생관이 느껴진다.《全唐詩》162권 및《唐詩三百首》에도 실려 잘 알려진 명작이다.

○ 金樽清酒斗十千 - 樽은 술통 준. 술병, 술 항아리(罇). 斗十千은 一斗에 값이 千의 十倍. 一萬.

○ 玉盤珍羞直萬錢 - 玉盤(옥반)은 안주 접시. 羞는 바칠 수, 좋은 음식. 直은 곧을 직. 값 치(値와 同). 萬錢.

○ 停杯投箸不能食 - 停은 머무를 정. 杯는 잔 배. 술잔을 셀 때 사용. 盃(배, 杯의 俗字), 桮(술잔 배)와 同. 箸는 젓가락 저. 筯(저)와 同. 投箸는 젓가락을 놓다.

○ 拔劒四顧心茫然 - 拔은 뽑을 발. 빼다. 茫은 아득할 망.

○ 欲渡黃河冰塞川 - 渡는 물 건널 도. 冰은 얼음 빙(氷과 同). 塞 막을 색. 黃河 - 中國 青海省에서 발원하여 四川, 甘肅, 寧夏, 內蒙古, 陝西, 山西, 河南, 山東의 9省을 통과하여 山東省 東營市에서 入海하는 全長 5,464km의 大河. 이 구절은 '君不見黃河之水天上來 奔流到海不復回'〈將進酒〉와 함께 名句로 유명하다. 또 王之渙〈凉州詞〉의 '黃河遠上白雲間, 一片孤城萬仞

山' 과 '白日依山盡, 黃河入海流' (王之渙 〈登鸛雀樓〉)도 함께 유명하다.

- 將登太行雪滿山 - 將은 막 ~하려 하다. 마땅히 ~하여야 한다. ~과 함께 하다. 太行 - 산 이름. 五行山, 또는 王母山으로도 불린다. 北京에서부터 河北省, 山西省, 河南省에 이르는 약 400km의 산맥을 형성하여 동쪽의 華北平原과 산맥 서쪽의 山西高原을 구분한다. 愚公移山(우공이산)의 故事에 나오는 이 산은 본래 지금의 河北省 東南에 있었는데, 愚公이 太行山을 파없애려 하자 天帝가 지금의 위치로 옮겼다고 한다.
- 閑來垂釣碧溪上 - 垂釣(수조)는 낚시를 드리우다.
- 忽復乘舟夢日邊 - 홀연히 배를 타고 장안에 가는 꿈을 꾸다. 日邊은 長安을 지칭하는 말. 東晉의 肅宗(재위 322 - 325)이 어린 시절 태자로 있을 때 長安과 태양 중 長安이 가깝다고 말한 고사에서 파생된 말.
- 行路難 - 세상살이를 길 가는 일에 비유한 말. 두 번 반복하여 리듬을 만들었다.
- 多岐路 - 갈림길이 많다. 岐路(기로)는 나뉜 길.
- 今安在 - 지금은 어디에 있는가?
- 長風破浪會有時 - 長風破浪(장풍파랑)은 큰 바람을 몰고 萬里 파도를 넘다. 젊은 시절에 마음에 품었던 큰 꿈. 會는 ~할 것이다. ~할 가능성이 있다. (가능이나 실현의 뜻을 나타낸다.)
- 直挂雲帆濟滄海 - 挂는 걸 괘. 올리다. 帆은 배의 돛 범. 濟는 건널 제. 滄은 차가울 창. 푸르다. 滄海는 蒼海와 同.

| 詩意 | 이 악부시는 한마디로 험난한 세상살이를 노래했지만 강한 희망의 메시지를 전해주고 있다.

세상살이란 본래 '東不成 西不就(이도 저도 되질 않는다).' 이며, '不如意事常八九(내 뜻대로 안 되는 일이 늘 열 중 여덟아홉).' 라 하였다. 그리고 '有心栽花花不開나 無心揷柳柳成陰(뜻있어 꽃을 가꾸어도 꽃이 안피지만, 무심히 꽂은 버들은 그늘을 이룬다).' 이라고 했다.

좋은 술에 진수성찬을 보고도 먹을 수 없다면 그 마음이 어떻겠는가? 젊은이 가는 길에 온갖 어려움이야 언제나 따른다. 황하를 건너고 太行山을 오르겠다는 큰 포부는 지금 장애물로 막혀있다.(1~6구)

그러나 이백은 낚시로 그냥 세월만을 낚을 수는 없었다. 그래서 7구에서 14구까지 힘차게 읊었다. 불우한 처지에 대한 비통과 울분이 아니라 호방한 젊은 포부를 노래했다. 큰 바람을 일으키고, 바람 가득한 큰 돛을 올리고 만리 滄波(창파)를 건너려는 의지를 표현했다. 이백이 여로의 험난함을 빌려 벼슬길의 어려움을 하소연을 한다고 해석하고 싶지는 않다. 그냥 젊은 포부를 표출한 멋진 노래이다.

行路難(행로난) 三首 (其二)

大道如青天，我獨不得出.
羞逐長安社中兒，赤雞白狗賭梨栗.
彈劍作歌奏苦聲，曳裾王門不稱情.
淮陰市井笑韓信，漢朝公卿忌賈生.
君不見昔時燕家重郭隗，擁篲折節無嫌猜.
劇辛樂毅感恩分，輸肝剖膽效英才.
昭王白骨縈爛草，誰人更掃黃金臺.
行路難，歸去來.

험난한 길 (2 / 3)

大道는 창공처럼 크고 넓으나,
나만이 홀로 나서지 못하네.
부끄럽나니, 장안의 귀족 자제를 따라서,
닭싸움이나 개 경주로 작은 내기를 하겠나!
長劍을 만지며 노래 불러 불평을 할지라도,
옷자락 끌면서 王侯 받들기는 내 뜻이 아니다.
淮陰의 시정배들이 韓信을 비웃었고,
漢朝의 공경대신은 賈誼를 시기했었지.
그대는 모르는가?
옛날에 燕王이 곽외를 높이 등용한 것을!

빗자루 들고 몸 낮추기를 싫어하지 않았지.
劇辛과 樂毅는 (昭王의) 은택에 감격하여,
간과 쓸개를 떼어 주며 재능을 다 바쳤다.
昭王의 백골은 잡초더미에 묻혔으니,
누가 다시 黃金臺를 청소하겠는가?
세상살이 험난하구나! 이제 돌아가련다.

| 註釋 | ㅇ 大道如青天 – 大道는 큰 길, 세상을 살아가는 방법.

ㅇ 我獨不得出 – 不得出은 나서지 못하고 움츠리고 있다. 몸을 움츠린 모양〔局促(국촉)〕.

ㅇ 羞逐長安社中兒 – 羞는 바칠 수. 부끄러울 수. 좋은 음식. 社 – 土地의 神 사. 社中兒(사중아)는 귀공자. 비슷한 용례로 '社鼠(사서)' 란 말이 있다. 社鼠는 '社를 모신 곳에 사는 쥐' 로 '배경을 믿고 날뛰는 사람' 을 뜻한다.

ㅇ 赤雞白狗賭梨栗 – 狗는 개 구. 賭는 내기를 걸 도. 赤雞白狗 – 붉은 닭이나 개에 걸고 내기하는 것. 賭梨栗(도이율)은 하찮은 내기도박. 小利 추구. 梨는 배나무 리(이). 栗은 밤 율.

ㅇ 彈劍作歌奏苦聲 – 칼을 만지며 노래하여 불만을 말하다. – 戰國시대 齊의 孟嘗君(맹상군)인 田文(전문, ? – 前 279. 戰國 四公子의 한 사람)의 食客인 馮驩(풍환)의 故事.

ㅇ 曳裾王門不稱情 – 曳는 끌 예. 끌려가다. 裾는 옷자락 거. 王門은 貴人이나 王侯의 저택. 不稱情(불칭정) – 뜻에 맞지 않는다. 할 일이 아니다.

○ 淮陰市井笑韓信 – 淮陰(회음)은 地名, 지금의 江蘇省 북부 淮安市. 韓信의 고향. 市井은 마을. 韓信(前 230 – 前 196)은 西漢開國의 名將, 漢初三杰(한초삼걸)의 한 사람. '漂母進飯(표모진반)', '胯下之辱(과하지욕, 사타구니 과)', '國士無雙', '韓信點兵, 多多益善', 그리고 '鳥盡弓藏(조진궁장)' 등 여러 故事의 주인공.

明代 茅坤(모곤)이란 사람은 韓信을 論하면서 '~太史公은 文仙이고, 李白은 詩仙, 屈原(굴원)은 辭賦仙, 阮籍(완적)은 酒仙이고, 韓信은 兵仙이다.' 라고 말했다.《史記鈔》.

○ 漢朝公卿忌賈生 – 忌는 꺼릴 기. 싫어하다, 질투하다. 賈生은 賈誼(前 200 – 前 韋). 西漢文帝 때 博士가 되어 長沙王의 太傅를 역임. 유명한 〈過秦論〉과 〈弔屈原賦(조굴원부)〉, 〈鵩鳥賦(복조부)〉를 지었다.《史記, 屈原賈生列傳》이 있으며 湖南省 長沙市는 이를 자랑스럽게 여겨 '屈賈之鄕' 이라 부른다.

○ 君不見昔時燕家重郭隗 – 君不見 '그대는 보지 못했나?' 〈行路難〉에 자주 쓰였다. 燕家는 戰國시대 燕나라. 郭隗(곽외, 생존연대 미상)는 인명. 燕의 昭王은 즉위 이후 부국강병을 꾀할 인재를 초빙하였다. 곽외는 '千金買骨' 의 예를 들어 자신을 등용하라고 말했다. 소왕이 곽외를 王師로 등용하자 各國의 賢士들이 소문을 듣고 燕國으로 모여 들었다. 전국시대 최고의 명장인 樂毅(악의)는 魏國에서 왔고, 유명한 사상가 鄒衍(추연)은 齊에서 찾아왔으며, 趙에서는 劇辛(극신, ? – 前 242)이 모여들었고 이후 燕나라는 강성해졌다.

○ 擁篲折節無嫌猜 – 擁은 껴안을 옹. 篲는 빗자루 수. 擁籔(옹수) – 연의 昭王은 鄒衍(추연)을 위해 비를 들고 그가 앉을 자리를

청소했으며, 제자의 자리에서 가르침을 들었다고 한다. 折節(절절)은 허리를 굽히다. 嫌猜(혐시)는 싫어하다. 嫌은 싫어할 혐. 猜는 샘할 시.

○ 劇辛樂毅感恩分 – 劇辛(극신)은 趙에서 燕으로 온 장수. 樂毅(악의) – 戰國 時代 燕國의 장군. 齊國의 70여 城을 탈취하여 燕의 명성을 높였다. 《史記 樂毅列傳》이 있다. 三國 시기 諸葛亮(제갈량)은 南陽에서 농사를 지을 때 자신을 춘추시대 管仲(관중), 전국시대 樂毅(악의)에 比했었다.

○ 輸肝剖膽效英才 – 剖는 쪼갤 부. 膽은 쓸개 담. 輸肝剖膽(수간부담) – 간을 빼주고 쓸개를 쪼개주다. 충성을 다하다. 效英才(효영재)는 뛰어난 재능을 다 바치다.

○ 昭王白骨縈爛草 – 燕의 昭王(소왕, 기원전 312 – 279 재위). 縈은 얽힐 영. 에워싸다. 爛은 문드러질 난. 너무 익다. 爛草 – 죽은 풀 더미.

○ 誰人更掃黃金臺 – 黃金臺(황금대)는 燕 昭王이 천금을 모아 놓고 현사들을 초빙하기 위해 지었다는 누각. 지금 北京市 大興區에 있었다고 전한다.

○ 行路難 – 인생의 사는 길이 어렵도다.

○ 歸去來 – 돌아가리라! 陶淵明의 〈歸去來辭〉에 나오는 말.

| 詩意 | 이 樂府詩에는 역사적 故事를 많이 활용하였다. 李白은 자신의 영달을 위해 허리를 굽히거나 지조를 버릴 수 없다는 뜻을 분명히 하였다. 그러면서도 燕나라 昭王과 같이 인재를 아끼는 주군이 있다면 기꺼이 자신의 몸을 버리겠다는 의지를 밝히고 있

다. 그러나 소왕과 같은 사람이 지금은 없으니 도연명처럼 전원으로 돌아가고 싶다면서 아쉬움으로 마무리했다.

| 參考 | 馮驩(풍환)의 故事

가난한 馮驩(풍환, 諼으로 쓰는 경우도 있음)은 齊나라 孟嘗君 門下의 식객이었다. 사실 풍환은 맹상군 눈에 띌만한 아무런 재능도 없었다. 풍환의 맹상군의 접대가 소홀하자 자기 長劍을 쓰다듬으며 노래를 지어 불러 대우개선을 요구하였다.(彈劍唱歌).

맹상군은 풍환의 고기를 달라, 수레가 없다는 등의 요구를 다 충족시켜 주면서 풍환 노모의 생활비까지 보내 주었다. 맹상군의 封地인 薛邑(설읍)의 부채를 걷어오라고 풍환을 보냈는데 풍환은 그 봉지에 가서 모든 빚 문서를 소각해 빚을 탕감해 주고 돌아와 '義를 사가지고 왔다〔焚券市義(분권시의)〕.' 고 말했다. 맹상군은 금전적 손해를 어쩔 수 없었다.

1년 뒤 孟嘗君은 齊 湣王(민왕)에 의해 폄직되고 재상의 직위에서 해임되었다. 맹상군이 자신의 봉지에 돌아가자 백성들의 열렬한 환영을 받았다.

狡兔三窟(교토삼굴, 兎子狡猾而有三窟)이라는 成語도 풍환이 맹상군에게 한 이야기이다.

行路難(행로난) 三首 (其三)

有耳莫洗潁川水，有口莫食首陽蕨.
含光混世貴無名，何用孤高比雲月.
吾觀自古賢達人，功成不退皆殞身.
子胥旣棄吳江上，屈原終投湘水濱.
陸機雄才豈自保，李斯稅駕苦不早.
華亭鶴唳詎可聞，上蔡蒼鷹何足道.
君不見吳中張翰稱達生，秋風忽憶江東行.
且樂生前一杯酒，何須身後千載名.

험난한 길 (3 / 3)

귀가 있다고 영천의 물로 씻지 말고,
입이 있다며 수양산 고사리를 먹지 말라.
재능 감추고 세상 따라 無名을 귀히 생각하면,
어찌 孤高하다며 雲月에 견주려 하는가?
내가 볼 때, 自古로 賢人이나 達人은,
성공하고도 물러나지 않아 모두 몸을 망쳤었다.
오자서는 죽어 吳의 강물에 버려졌었고,
屈原도 끝내 상수의 물가에 투신했었다.
陸機(육기)는 雄大한 才氣로 어찌 자신을 못 지켰고,
李斯(이사)의 은퇴는 너무 늦었지 않았던가?

華亭의 학 울음을 어찌 들을 수 있겠으며,
上蔡에 매 날리는 사냥을 어찌 말했는가?
그대는 알지 못하는가?
吳나라 張翰(장한)의 달관한 인생을!
秋風이 불자 홀연 江東을 그려 떠나갔다.
그러고 살아서 한 잔 술을 즐겼는데,
어이해 죽어 천년 명예를 누리려는가?

| 註釋 | ○ 有耳莫洗潁川水 – 莫洗(막세)는 씻지 말라. 潁은 강 이름 영. 潁川水(영천수)는 潁河 또는 潁水라고도 한다. 淮水의 최대 지류. 河南省 登封市 嵩山(숭산)의 西南에서 발원하여 河南省 동남으로 흘러내려 安徽省(안휘성) 동남에서 淮水 본류에 합류한다. 옛날 許由(허유)는 堯가 자신을 九州長으로 초빙하려 한다는 말을 듣고 여기서 자신의 귀를 씻었다는 이야기가 전한다.

○ 有口莫食首陽蕨 – 首陽(수양)은 洛陽市 동쪽 30km 지점에 있는 높이 360m의 山. 孤竹國 國君의 두 아들인 伯夷와 叔齊(숙제) 두 사람은 周 武王의 殷(은) 정벌을 말렸으나 듣지 않고 殷을 멸망시키자 周의 곡식을 먹을 수 없다면서 이 산에 들어와 고사리를 캐면서 살았다는 고사가 있다.

○ 含光混世貴無名 – 含光(함광)은 자신의 미덕을 감추고 세상에 드러나지 않게 하다.(~挫其銳, 解其紛, 和其光, 同其塵 ~《老子道德經 4장》和光同塵)

○ 何用孤高比雲月 – 어찌 孤高하다 하여 雲月에 비교하는가?

○ 吾觀自古賢達人 – 賢達人은 현명하거나 事理에 通達한 사람.

○ 功成不退皆殞身 – 殞은 죽을 운. 떨어지다.

○ 子胥旣棄吳江上 – 子胥(자서, 伍子胥, ? – 기원전 484), 본 이름은 伍員. 자서는 그의 字. 春秋시대에 楚人, 吳王에게 충간을 했으나 오히려 죽음을 당했다.

○ 屈原終投湘水濱 – 屈原(굴원, 前 340 – 278)은 戰國시대 楚의 三閭大夫(삼려대부). 楚 懷王(회왕)에게 충간을 했으나 방축되어 단오옷날에 湘水에 투신했다. 문학 장르로 楚辭의 元祖. 그의 작품으로는 〈離騷(이소), 2,490字의 大作〉, 〈九章〉, 〈天問〉, 〈九歌〉, 〈漁父辭〉 등이 있다.

○ 陸機雄才豈自保 – 陸機(육기, 261 – 303)는 西晉의 名 文章家. 吳 陸遜의 손자, 陸抗의 아들. 육기가 20세 때 吳가 멸망. 육기 형제는 10년간 두문불출 독서를 했다. 동생 陸雲과 함께 '二陸' 이라 불렸다. 西晉에 출사했으나 八王의 亂 때 억울하게 피살되었다.

○ 李斯稅駕苦不早 – 稅는 구실 세. 풀다, 휴식하다. '벗을 탈' 의 음훈이 있지만 稅駕는 '세가' 로 읽는다. 稅駕(세가)는 수레의 멍에를 벗기다. 휴식하다, 쉬다.(解駕와 同).

李斯(이사, 前 280 – 208) – 楚國 上蔡人, 秦 始皇帝를 도운 政治家, 文學家, 名筆. 李斯와 韓非는 荀卿(순경, 荀子)에게 同門修學 했었다. 法家學說의 代表人物이며 실천가. 시황제가 죽은 뒤 환관 趙高에 의해 죽음을 당한다. 죽기 전에 그 아들에게 '너와 黃狗를 데리고 上蔡의 성 동문을 나가 산토끼를 사냥하려 했는데 할 수 없게 되었다.' 라는 말을 남겼다. 李斯의 명문장으로 〈諫逐客書(간축객서)〉가 있으며, 〈泰山刻石(태산각석)〉 등 그의 글씨가 남아 있다.

○ 華亭鶴唳詎可聞 – 詎는 어찌 거. 華亭鶴唳(화정학려)는 화정(육기의 고향)의 학 울음소리. 육기는 죽기 전에 '화정의 학 울음을 다시 들을 수 있겠나?' 라고 말했다.

○ 上蔡蒼鷹何足道 – 上蔡(상채)는 李斯의 故鄕, 이사가 秦에 들어가기 전에는 上蔡의 창고지기였다. 鷹은 매 응. 사냥 매. 何足道는 어찌 말할 수 있겠나?

○ 君不見吳中張翰稱達生 – 吳中張翰(오중장한)은 吳 땅의 張翰. 達生(달생)은 事理에 통달한 사람.

張翰(장한)은 삼국의 吳가 멸망한 뒤, 西晉에 出仕. 永寧二年(302)에 張翰은 가을바람이 부는 것을 보고 고향을 그리워하며 말했다.

"인생은 자기 뜻대로 사는 것이 귀한 것이거늘 어찌 수천 리 밖에서 벼슬한다며 얽혀 살아야 하겠는가?" 그리고서는 벼슬을 놓고 고향에 돌아갔다. 어떤 사람이 그에게 '당신은 일생을 즐기며 살았는데, 당신이 죽은 뒤 당신의 명성은 어떨 것 같소?' 라고 물었다. 그러자 장한은 "죽은 다음에 높은 명성보다 지금 당신이 주는 술 한 잔이 더 좋소." 라고 말했다.

○ 秋風忽憶江東行 – 忽憶(홀억)은 갑자기 생각하다. 장한의 고향의 농어회를 그리며 고향 江東으로 돌아갔다.

○ 何須身後千載名 – 須는 모름지기 수. 기다리다. 身後는 死後. 千載는 千年.

| 詩意 | 〈行路難〉 三首를 통해 李白의 자유분방한 기질과 낭만 정신을 느낄 수 있다. 이백은 육신의 자유는 물론 세상의 부귀나 功名으로부터 자유롭고 싶었다. 그는 인생을 사는 방법으로서 어느 정도 자신의 뜻을 이루었다면 물러날 줄 알아야 한다는 知足을 알고 있었다.

"知人者智, 自知者明. 勝人者有力, 自勝者强. 知足者富."《老子道德經 33章》의 말 그대로 知足者는 언제든지 부자이다.

이백은 功成하고도 물러날 시기를 놓쳐 죽어야 한 사람으로 오자서, 굴원, 육기, 이사 등을 열거하면서 그 일화를 요약했고 물러날 줄 알았기에 現世의 행복을 누린 張翰(장한)의 예를 들었다.

하여튼 자신의 욕심을 제어할 줄 안다면 누가 실패하겠는가? 李白은 관직에 연연하지 않았기에 인생을 즐겼고 사후에도 명성을 누리고 있는 것이다.

蜀道難(촉도난)

噫吁戲！　危乎高哉！
蜀道之難，難於上青天！
蠶叢及魚鳧，開國何茫然.
爾來四萬八千歲，不與秦塞通人煙.
西當太白有鳥道，可以橫絶峨眉巓.
地崩山摧壯士死，然後天梯石棧相鉤連.
上有六龍回日之高標，下有衝波逆折之回川.
黃鶴之飛尚不得過，猿猱欲度愁攀援.
青泥何盤盤，百步九折縈巖巒.
捫參歷井仰脅息，以手撫膺坐長歎.
問君西遊何時還？ 畏途巉巖不可攀.
但見悲鳥號古木，雄飛雌從繞林間.
又聞子規啼夜月，愁空山.
蜀道之難，難於上青天，使人聽此凋朱顏.
連峯去天不盈尺，枯松倒掛倚絶壁.
飛湍瀑流爭喧豗，砯崖轉石萬壑雷.
其險也若此，嗟爾遠道之人胡爲乎來哉！
劍閣崢嶸而崔嵬，一夫當關，萬夫莫開.
所守或匪親，化爲狼與豺.

朝避猛虎, 夕避長蛇.
磨牙吮血, 殺人如麻.
錦城雖云樂, 不如早還家.
蜀道之難, 難於上青天, 側身西望長咨嗟.

蜀에 가는 험한 길

아! 험하고도 드높아라!
蜀道가 힘들기는 青天에 오르기보다 어려워라!
잠총과 어부가 개국한 때는 어찌 그리 아득한가!
그로부터 4만 8천 년의 세월이더라.
관중 땅과 막혀 사람 자취가 없었다네.
서쪽의 太白山에는 새만 넘는 길이 있어,
아미산 꼭대기를 가로 지를 수 있었네.
땅이 꺼지고 산이 무너지며 장사들이 죽었는데,
그 뒤 하늘 사다리와 돌 잔도의 갈고리가 이어졌다네.
위로 六龍이 끄는 해수레도 돌아가는 고표산이 있고,
아래는 격류가 꺾어져 흐르는 계곡이 있다네.
黃鶴의 날개로도 지나갈 수 없고,
원숭이도 건너잡고 매달리기를 싫어한다네.
청니산은 어찌 그리 꼬불꼬불한가?
일백보에 아홉 번을 꺾어 바위를 돌아야 하네.

參과 井의 별을 만지면서 우러러 숨을 죽이고,
손으론 가슴을 쓸며 앉아 긴 한숨을 쉰다네.
그대에게 묻노니 蜀에 갔다가 언제 돌아오려나?
험한 길 큰 바위를 오를 수도 없을 것이네.
겨우 뵈는 것은 새가 죽은 나무서 애달프게 지저귀고,
수컷 따라 나는 암컷들 수풀을 싸고 날아다닌다네.
그리고 두견새 우는 소리 달밤에 들으면,
쓸쓸한 空山뿐 이라네.
蜀道 가기 힘들기는 靑天에 오르기보다 어려워라!
이 말 듣는 사람들 얼굴은 하얗게 질릴 것이니,
이어진 산봉우리 하늘에서 한 자도 아니 떨어졌고,
죽은 소나무는 절벽에 거꾸로 매달렸네.
떨어지는 폭포와 소용돌이 급류 시끄럽고,
벼랑 치며 바위 굴러 온 골짝에 천둥을 치네.
그 험하기가 이와 같거늘,
아아! 먼 길 오신 사람은 무엇하러 여기에 오셨나!
검각은 높고도 험하여,
혼자서 관문을 지켜도 일만 명이 열 수 없다네.
지키는 사람을 잘 알지 못한다면,
늑대나 승냥이로 변한다네.
아침에는 맹호를 피해야 하고,
저녁에는 큰 뱀을 피해야 하네.

이를 갈아 피를 빨아 먹고,
사람 죽이기를 삼단 베듯 한다네.
금성 땅이 즐겁다고들 하지만,
일찍 본가로 돌아가는 것만 못하리.
蜀道 가기 힘들기는 靑天에 오르기보다 어려우니,
몸을 기울여 서쪽을 바라보며 큰 한숨만 짓노라!

| 註釋 | ○ 〈蜀道難〉 – 〈촉으로 가는 험한 길〉. 樂府 相和歌 중의 瑟調曲이다. 장안에서 蜀으로 가는 험한 길을 노래했다. 이 악부시는 雜言詩로 3字에서부터 최다 11자까지 들쑥날쑥하지만 句法이 매우 독특하다. 《全唐詩》 162권, 《唐詩三百首》에 수록되어 많은 사람들이 즐겨 낭송한다.

○ 噫吁戲 – 噫는 탄식할 희. 吁는 탄식할 우. 戲는 놀 희. 탄식하다. 噫吁戲(희우희)는 감탄사. 蜀에서 놀랐을 때 외치는 감탄의 소리. 李白은 어려서 蜀에서 성장하였다.

○ 危乎高哉 – 危는 위태할 위. 아슬아슬하게 높다. 哉는 어조사 재. 감탄 종결 어미.

○ 蜀道之難 難於上靑天 – 蜀道 촉으로 가는 길. 산이 많아 길이 험난할 뿐만 아니라 棧道(잔도)를 통과해야 하는 길이 많아 '蜀道之難' 이라는 말이 생겼을 것이다.

蜀은 四川省의 簡称(간칭)으로 쓰인다. 곧 蜀은 四川省 지역을 의미한다. 蜀國은 역사상 출현했던 사천성 일대에 건립된 나라 이름이기도 하다. 秦에 멸망한 古蜀이 있고, 後漢이 멸망한 뒤 劉

備가 건립한 蜀漢(촉한)이 있다. 또 成漢, 또는 後蜀은 5호 16국 시대에 존속했던 나라이다. 唐이 멸망한 뒤에 형성된 五代十國의 하나로 王建(왕건)이 건국한 前蜀이 있고 이 전촉에 이어 孟知祥(맹지상)과 孟昶(맹창) 2대에 걸쳐 존속한 後蜀도 있다.

○ 難於上靑天 – 靑天에 오르는 것보다 어렵다.

○ 蠶叢及魚鳧 – 蠶은 누에 잠. 叢은 모일 총. 鳧는 오리 부. 蠶叢(잠총)과 魚鳧(어부)는 모두 蜀王 선조의 이름. 문자가 없던 시기의 인물들이라 한다.

○ 開國何茫然 – 何는 여기서 의문이 아니라 감탄의 뜻으로 쓰였다. 茫은 아득할 망.

○ 爾來四萬八千歲 – 爾는 너 이. 그, 이, 爾來 – 그로부터.

○ 不與秦塞通人烟 – 不與는 ～와 아니 하다. 塞通(색통)은 통하는 것이 막히다. 人烟(인연) – 사람이 살며 피우는 연기. 밥 짓는 연기. 人家. 사람의 왕래.

○ 西當太白有鳥道 – 西當은 (장안에서 볼 때) 서쪽으로 닿았다. 太白은 산 이름. 만년설로 덮인 산. 鳥道는 새만이 날아갈 수 있는 길.

○ 可以橫絶峨眉巓 – 橫絶(횡절)은 가로지르다. 峨는 높을 아. 眉는 눈썹 미. 巓은 산꼭대기 전. 峨眉巓 – 아미산 꼭대기. 아미산은 蜀에서 가장 높은 산.

○ 地崩山摧壯士死 – 땅과 산이 무너지고 장사들이 죽었다. 秦의 惠王이 蜀王에게 다섯 명의 미녀를 보내자, 촉의 왕은 다섯 명의 장사를 시켜 이들을 맞이하게 했다. 이들이 돌아오는 길에 재동이란 곳에 이르자 큰 뱀이 땅으로 들어가는 것을 보고, 장

사 한 사람이 그 꼬리를 잡아 당겼으나 힘이 부족했다. 그러자 다섯 명의 장사가 모두 뱀 꼬리를 집아당기자 갑자기 산이 무너지고 땅이 꺼지면서 蜀의 장사들과 秦의 미녀들이 모조리 죽고 그 자리에 다섯 봉우리(五嶺)가 생겼다고 한다. 《華陽國志》에는 또 다른 이야기가 있으니, 秦이 蜀을 치려 했으나 산길이 험난하여 진격할 도리가 없었다. 이에 진나라에는 金牛가 금똥(金糞)을 눈다는 소문을 퍼뜨렸다. 그러자 蜀 왕이 5명의 장사를 보내어 산길을 뚫고 秦으로 황금소를 잡으러 보냈다. 秦은 그 기회를 놓치지 않고 그들이 낸 길을 타고 진격하여 蜀을 멸망시켰다고 한다. 崩은 무너질 붕. 摧는 꺾을 최.

○ 然後天梯石棧相鉤連 – 然後는 그런 뒤에. 梯는 사다리 제. 天梯 – 하늘에 닿을 사다리 길. 棧은 잔도 잔. 飛階(비계). 天梯石棧 – 모두 棧道. 잔도는 閣道(각도)라고도 한다. 鉤는 갈고랑이 구.

○ 上有六龍回日之高標 – 6龍이 모는 日車(일거, 해 수레)조차 되돌아섰다고 하는 高標山(고표산). 《淮南子》의 주석에 '羲和(희화, 해의 神)가 해를 수레에 싣고 여섯 마리 용으로 하여금 끌게 했다.' 는 말이 있다. 고표산은 蜀에서 가장 높아 표적이 된다는 산으로 高望(고망)이라고도 한다.

○ 下有衝波逆折之回川 – 衝波逆折(충파역절)은 바위나 절벽에 부딪친 강물이 반대로 꺾어져 흐르다. 험한 계곡의 물길을 형용한 말.

○ 黃鶴之飛尙不得過 – 黃鶴은 신선이 타는 학. 尙은 오히려.

○ 猿猱欲度愁攀援 – 猿은 원숭이 원. 猱는 원숭이 노. 度는 渡(건널 도). 愁는 걱정하다. 근심 수. 攀은 매달릴 반. 援은 당길 원.

○ 靑泥何盤盤 – 靑泥(청니)는 靑泥嶺. 興州에 있는 蜀으로 들어가는 고개. 盤盤(반반)은 구불구불 돌다.

○ 百步九折縈巖巒 – 百步九折는 100보를 가는데 9번 길이 꺾이다. 縈은 얽힐 영. 돌아가다. 巖은 바위 암. 巒은 뫼 만. 산.

○ 捫參歷井仰脅息 – 捫參(문삼)은 參은 별 이름. 捫은 어루만질 문. 높은 산길을 가다 보니 參星(삼성)이 손에 잡힐 듯하다. 井은 별 이름. 歷은 거칠 역. 스쳐 지나가다. 參星이 井星보다 위에 있고, 星宿(성수)로 보아 參은 蜀에 속하고, 井은 秦에 속한다는 설명이 있다. 仰脅息은 올려보며 숨을 숙이다. 脅은 옆구리 협. 으르다. 脅息(협식)은 몹시 두려워 숨을 죽이다.

○ 以手撫膺坐長歎 – 撫는 어루만질 무. 膺은 가슴 응(胸, 가슴 흉과 同). 坐長歎 – 앉아 길게 탄식하다.

○ 問君西遊何時還 – 西遊(서유)는 촉으로 들어가다.

○ 畏途巉巖不可攀 – 畏途(외도)는 겁나는 길, 험한 길. 巉은 가파를 참. 巉巖(참암)은 가파른 바위. 높은 돌산.

○ 但見悲鳥號古木 – 號는 새가 지저귀다.

○ 雄飛雌從繞林間 – 雌는 암컷 자. 繞는 두를 요. 싸고서 돌다.

○ 又聞子規啼夜月 – 子規는 소쩍새. 杜鵑(두견). 啼는 울 제.

○ 蜀道之難, 難於上靑天 – 蜀道 걷기 힘들기는 靑天에 오르는 것보다 어렵다.

○ 使人聽此凋朱顔 – 凋는 시들 조. 朱顔 – 붉은 혈색의 얼굴. 이 말을 들은 사람은 얼굴이 하얗게 된다.

○ 連峰去天不盈尺 – 이어진 봉우리들이 하늘로부터 한 자(一尺)도 떨어지지 않았다. 盈은 찰 영. 차다. 채우다.

○ 枯松倒挂倚絶壁 – 倚는 의지할 의. 기대다. 挂는 걸 괘. 掛(걸 괘)와 同.

○ 飛湍瀑流爭喧豗 – 湍은 여울 단. 세차게 흐르다. 飛湍(비단)은 위에서 나르듯 떨어져 세차게 흐르는 물. 喧은 시끄러울 훤. 豗는 칠 회. 떠들썩하다.

○ 砯厓轉石萬壑雷 – 砯은 물소리 빙. 물이 바위에 부딪치는 소리. 厓는 언덕 애. 轉石 돌을 굴리다. 壑은 골자기 학.

○ 其險也如此 – 그 험하기가 이와 같다.

○ 嗟爾遠道之人胡爲乎來哉 – 嗟爾(차이)는 아! 遠道之人은 먼 길을 온 사람. 胡爲乎 – 무엇을 하러. 來哉(내재)는 왔는가!

○ 劍閣崢嶸而崔嵬 – 劍閣(검각)은 사천성 검각현에 있는 잔도 이름. 崢은 가파를 쟁. 嶸은 가파를 영. 崔는 높을 최. 嵬는 높을 외. 崔嵬(최외)는 산이 우뚝 솟은 모양.

○ 一夫當關, 萬夫莫開 – 一夫가 關을 지켜도 萬夫가 열지 못하다. 지형이 매우 험한 모양. 一人荷戟 萬夫趑趄(일인하극 만부자저, 한 사람이 창을 들고 있으니 만 명이 머뭇거리다)와 같은 뜻.

○ 所守或匪親 – 所守는 지키는 사람. 匪는 아닐 비. 非와 같은 뜻.

○ 化爲狼與豺 – 狼은 이리 낭. 豺는 승냥이 시.

○ 朝避猛虎, 夕避長蛇 – 避는 피할 피. 長蛇(장사)는 큰 뱀.

○ 磨牙吮血, 殺人如麻 – 磨牙(마아)는 이를 갈다. 吮은 빨 연. 吮血(연혈)은 피를 빨아먹다. 殺人如麻 – 사람 죽이기를 삼(麻)단을 베어내듯 한다. 함부로 사람을 해치다.

○ 錦城雖云樂 – 錦城이 비록 즐겁다고 말하지만. 錦城은 成都.

○ 不如早還家 – 본가로 일찍 돌아가는 것만 못하다.

○ 蜀道之難, 難於上青天 – 於 ~보다.

○ 側身西望長咨嗟 – 側身(측신)은 몸을 추켜 뽑아 세우다. 咨는 물을 자. 탄식하다. 嗟는 탄식할 차. 咨嗟(자차)는 한탄하다.

| 詩意 | 〈蜀道難〉은 樂府題로 李白의 걸작이다. 이백은 蜀으로 가는 산길의 험난하고 무시무시한 여러 광경을 천재적인 수법으로 생생하게 유감없이 우리에게 그려 주었다. 그러나 그 험한 땅이지만 蜀을 소홀히 지키면 도리어 관중에 덤벼들 시랑과 같은 존재로 변할지도 모른다고 경고하는 것을 잊지 않고 있다.

李白이 이를 지은 것은 비교적 초기라고 알려졌다. 그가 장안에 와서 賀知章(하지장)을 처음 만나 이 시를 보였더니, 하지장이 크게 탄복하면서 "자네는 謫仙人(적선인)일세"라고 말했다. 이는 하늘에서 땅으로 쫓겨난 신선이란 뜻이다. 그리하여 이백의 詩名이 일시에 높아지기도 했다.

李白이 이 시를 지은 목적에 대하여서는 설도 많고 또 엇갈리고 있다. 그중에도 明代의 소사빈(蕭士贇)의 설이 가장 넓게 받아들여지고 있다. 즉 唐 玄宗이 安祿山의 난을 피해 촉으로 피난하고자 한 것을 은근히 이 시로 막고자 한 것이다. 당시 적을 막던 명장 哥舒翰(가서한)의 군대가 潼關(동관)에서 안록산의 군사에게 패하자, 양귀비의 사촌 楊國忠은 현종에게 촉으로 피할 것을 권했다. 그러나 다른 많은 충신들은 이를 적극 만류했다.

특히 어떤 이는 '만약 적병이 棧道(잔도)를 끊거나 태워 버리면 中原의 땅은 손쉽게 적에게 넘어갈 것이다.' 라고 하였다. 이는 李白이 시에서 경고한 뜻과 같다. 玄宗은 양국충의 말을 듣고 서쪽으로 가다가 馬嵬驛(마외역)에서 兵變(병변)이 일어났고 그 자리에서 양귀비(楊貴妃)와 양국충이 죽은 사실은 잘 알려졌다.

그러나 소사빈의 설은 이백이 이 시를 지은 연대와 견주어 볼 때 약간의 시대적인 차이가 있어 무리가 아닐까 하는 반론도 나온다. 즉 이 시는 당나라 殷璠(은번)이 편찬한 《河嶽英靈集(하악영령집)》에 실려 있는데, 그 시집은 天寶 13년(754)에 만들어졌으며, 그 서문에 그 이전 해까지의 시를 추린 것이라 밝혔다. 따라서 현종이 난을 피했던 천보 15년과는 연대가 맞지 않는다.

또 이백이 이 시를 하지장에게 보였다고 한 것도 天寶 초년 경이므로, 역시 이 시는 천보 초년에 이백이 장안에 처음 왔을 때의 작품이라 볼 수 있다. 그리고 자기 출신지에 대한 그리움에서 작품을 썼다고 이해를 해야 할 것이다. 후세 사람들이 '그때 무슨 일이 있었으니 무슨 뜻일 것이다.' 라고 말하는 것이 때로는 억측일 수 있다. 그리고 작가의 순수한 뜻에 대한 왜곡일 수 있다.

이 시의 1단에서는 蜀道의 험난한 모습을 그렸다. 특히 '손으로 가슴을 쓸어내리며 탄식하다.' 는 구절은 실감나는 결론이다. 그리고 20구에서 33구까지 2단은 촉도의 공포를 묘사했는데, 33구에서 '그대 먼 길을 무엇 하러 왔는가?' 라고 물어 공포를 이겨낸 마음을 칭찬해 주는 것 같다.

그리고 '劍閣~' 으로 시작되는 3단은 검각과 蜀에 대한 평가와 당부의 뜻이 담겨 있다. '蜀道之難 難於上青天' 은 1, 2, 3단에 한 번씩 반복되어 리듬과 함께 蜀道難을 자연스럽게 강조하는 역할을 하였다.

襄陽歌(양양가)

落日欲沒峴山西，倒著接䍦花下迷.
襄陽小兒齊拍手，攔街爭唱白銅鞮.
傍人借問笑何事，笑殺山翁醉似泥.
鸕鶿杓, 鸚鵡杯，百年三萬六千日，
一日須傾三百杯.
遙看漢水鴨頭綠，恰似葡萄初醱醅.
此江若變作春酒，壘麴便築糟丘臺.
千金駿馬換小妾，笑坐雕鞍歌落梅.
車傍側挂一壺酒，鳳笙龍管行相摧.
咸陽市中歎黃犬，何如月下傾金罍.
君不見晉朝羊公一片石，龜頭剝落生莓苔.
淚亦不能爲之墮，心亦不能爲之哀.
清風朗月不用一錢買，玉山自倒非人推.
舒州杓, 力士鐺，李白與爾同死生.
襄王雲雨今安在，江水東流猿夜聲.

양양가

지는 해는 峴山(현산) 서쪽에 잠기려 하는데.
거꾸로 쓴 두건, 꽃그늘에 비틀거리는 사람 있네.

襄陽 땅 어린애들 모두가 손뼉을 치며 좋아하고,
길거리 가로 막고 잘한다며 白銅鞮(백동제)를 노래했다.
행인이 아이들에게 왜 웃느냐고 물으니,
시골 노인이 떡이 되게 취했다며 마음껏 웃어댄다.
가마우지처럼 술을 떠내 앵무 모양 술잔으로,
1백 년 3만 6천 날,
하루에 3백 잔을 마셔야 한다.
멀리 보이는 漢水는 오리 머리털처럼 파랗고,
마치 처음 익은 포도주를 거른 것 같구나.
만약 강물 모두가 봄 술로 변할 수 있다면,
누룩 찌끼 쌓아서 그 언덕에 누대를 지으리라.
千金의 駿馬를 보내어 젊은 여인을 불러오면,
여인은 좋은 안장에서 지는 매화를 노래하리라.
수레 옆으로 술 한 병을 매달아 두면,
봉황 생황과 용머리 피리 불어 술을 재촉한다.
咸陽서 죽으며 黃犬과 사냥을 못했다 탄식한 사람도,
달빛 아래 황금 술잔을 기우리기만 못했으리라.
그대는 보지 못했는가?
晉나라 羊祜(양호)의 치적도 비석 하나로 남았고,
부서진 비석 龜頭에는 이끼가 새파랗다.
그를 위해 눈물을 흘리지 않을 수 없고,
마음 또한 죽음에 슬프지 않을 수 없다.

서늘한 바람 밝은 달빛은 한 푼도 필요치 않고,
玉山처럼 저절로 넘어졌고, 남이 밀치지 않았다.
舒州의 술 뜨는 국자와 力士가 새겨진 큰 그릇.
李白은 그대와 함께 死生을 같이 하리라.
襄王의 雲雨의 쾌락은 지금 어디에 있는가?
長江은 東으로 흐르고 원숭이는 밤에도 울어댄다.

| 註釋 | ○ 〈襄陽歌〉 – 악부시제. 《全唐詩》 166권 수록. 양양은 荊州(형주)의 지명. 三國이 다투던 用武之地. 많은 고적이 있음. 孟浩然(맹호연)의 고향.

○ 落日欲沒峴山西 – 沒은 해가 지다. 峴山(현산)은 양양의 산 이름. 이곳에 羊祜(양호, 221 – 278)의 선정을 기록한 墮淚碑(타루비)가 있다. 일명 峴首山(현수산). 지금의 湖北省 襄樊市(양번시)에 있다. 孟浩然의 〈與諸子登峴山〉의 詩가 유명하다.

○ 倒著接䍦花下迷 – 倒著(도착)은 거꾸로 쓰다. 䍦는 얼굴 가리개 이. 두건. 迷는 비틀거리다. 西晉의 山簡(산간, 字 季倫)이란 사람의 逸話(일화)이다.

○ 攔街爭唱白銅鞮 – 鞮街는 길거리를 차단하다. 술에 취해 비틀거리다. 白銅鞮(백동제)는 南朝 梁 武帝가 지었다는 악곡 이름.

○ 笑殺山翁醉似泥 – 笑殺(소살)은 大笑. 笑殺은 笑의 행위를 보충하는 助字. 굳이 새길 필요가 없다. 泥는 진흙 니.

○ 鸕鷀杓, 鸚鵡杯 – 鸕鷀(노자)는 가마우지. 杓는 액체를 떠내는 국자 표. 鸚鵡(앵무) 모양 장식을 한 술잔.

○ 遙看漢水鴨頭綠 – 漢水는 장강의 최대 지류. 양양을 지나 동남으로 흘러 武漢市에서 장강에 합류한다. 鴨頭綠은 오리 정수리의 파란 털.

○ 恰似葡萄初醱醅 – 恰似(흡사)는 비슷하다. 葡萄(포도)는 포도주. 醱은 술이 괼 발. 醅는 거르지 않은 술 배.

○ 壘麴便築糟丘臺 – 壘는 쌓을 루. 麴은 누룩 국. 糟는 술지게미 조.

○ 咸陽市中歎黃犬 – 秦 승상 李斯(이사)는 함양의 저잣거리에서 처형되면서 아들에게 누렁개를 데리고 고향 上蔡(상채)의 성문을 나가 사냥을 하고 싶었는데, 못하고 죽는다며 탄식하였다.

○ 何如月下傾金罍 – 金罍는 황금으로 만든 술 독. 술 항아리.

○ 君不見晉朝羊公一片石 – 晉朝는 西晉. 羊公은 羊祜(양호, 字 叔子). 羊祜(양호)가 荊州의 軍事와 政治의 실권자인 도독이 된 것은 269년이었다. 羊祜와 吳의 陸抗(육항)은 국경을 마주하였는데 사자들이 늘 왕래하였다. 육항이 양호에게 술을 보냈는데 양호는 의심하지 않고 마시었으며, 육항의 병에 양호가 조제한 약을 보냈는데 육항은 그 자리에서 복용하면서 "羊叔子(羊祜)가 어찌 사람을 독살하겠는가!"라고 말했다. 이러한 적장과의 우호를 '羊陸之交'라 한다. 양호는 덕정을 펴기에 힘쓰면서 吳나라 병사들에게도 너그러웠으니 교전할 때마다 날짜를 정한 다음에야 전투를 했고 엄습하지 않았다. 육항 역시 변방의 병사들에게 각자의 경계선만 지키면 될 것이니 작은 이득을 탐하지 말라고 했다. 양호의 덕정에 감화를 받은 荊州 襄陽(양양)의 백성들이 양호가 병사한 뒤 그 덕정을 비석을 세워 기록하였는

데, 그를 읽는 사람들이 모두 눈물을 흘렸다 하여 그 비석을 '墮泪碑(떨어질 타, 눈물 루)' 라 하였고 지금까지 양양에 남아 있다고 한다. 양호는 산수자연을 좋아하여 문학에도 상당한 조예가 있었다고 한다. 다만 지금 전해오는 양호의 글로는 〈雁賦〉, 〈讓開府表〉, 〈請伐吳表〉가 있는데, 양호의 〈請伐吳表〉는 제갈량의 〈出師表〉와 나란한 명성을 누리고 있다.

○ 龜頭剝落生莓苔 – 비석의 거북 밑받침을 龜趺(귀부)라 한다. 그 거북 머리 부분이 잘려졌고, 또 莓苔(매태, 이끼)가 끼었다는 뜻.

○ 玉山自倒非人推 – 竹林七賢의 한 사람인 嵇康(혜강)은 늘 술에 취해 있어 玉山이 무너지듯 스스로 쓰러졌다고 한다.

○ 舒州杓, 力士鐺 – 舒州에서 생산되는 좋은 국자(杓, 조리도구). 鐺은 쇠사슬 당. 솥. 술을 데우는데 사용했다.

○ 襄王雲雨今安在 – 襄王은 楚의 양왕. 巫山의 신녀와 雲雨의 즐거움을 누렸다.

| 詩意 | 인생의 덧없음을 노래했다. 羊祜(양호)와 같은 德將도, 李斯(이사), 嵇康(혜강), 그리고 楚 襄王도 모두 사라졌다. 살아서 술을 즐기고 싶을 때 즐길 수 있어야 한다고 강조하였다. 이백의 일생이 그러했다.

006

高適(고적) - 邊塞生活을 체험한 詩人

高適(고적, 706 - 765, 字는 達夫)은 唐의 邊塞詩人으로 岑參(잠삼)과 함께 '高岑(고잠)'으로 병칭된다. 高適은 매우 窮困하게 출생하여 빌어먹으며 생활한 적도 있었다고 한다. 현종 天寶 8년(749)에 封丘縣尉로 관직에 들어선 뒤 주로 변방에서 생활하였다. 고적은 비교적 늦게 시를 짓기 시작했다고 하는데, 변방의 생활이나 병졸들의 감정, 젊은 부녀자들의 소회를 그린 작품이 많다. 본 〈연가행〉은 이러한 고적을 대표할 수 있는 작품이다.

고적은 숙종을 거쳐 代宗 때 西川節度使가 되었는데 廣德元年(763) 이후 吐蕃(토번)의 공격이 있었고, 고적은 자신의 병력을 거느리고 출전하였으나 성공을 거두지 못했다. 나중에 刑部侍郎과 左散騎常侍(좌산기상시)를 역임하였는데 관직 생활이 가장 순탄했다고 알려진 詩人이다.

고적은 李白, 杜甫와 交友하였으며 그의 시는 강개, 호방하며 기상이 높아 氣骨을 겸비하였다는 평가를 받는다. 고적은 악부시 형식을 즐겨 채용하였는데, 그의 작품을 모은 《高常侍集》이 전한다.

田家春望(전가춘망)

出門何所見，春色滿平蕪.
可歎無知己，高陽一酒徒.

농가의 봄 경치

대문을 나서 눈에 무엇이 뵈는가?
봄날의 풍경 너른 들판에 가득하다.
나를 알아주는 이 없어 슬프지만,
나는 고양 땅의 술꾼으로 살리라.

| 詩意 | 高陽의 酒徒(주도, 술꾼)이란 前漢의 酈食其(역이기, 前 268 – 204)이다. 역이기는 劉邦이 高陽에 왔을 때 책략을 건의했었다. 역이기는 나중에 세객으로 齊王 田廣(전광)에게 유방과의 세력다툼을 중지하라고 유세하였다. 그러나 나중에 韓信이 齊를 공격하자, 전광은 역이기를 잡아 烹刑(팽형)에 처했다. 이 시는《全唐詩》214권에 수록.

送兵到薊北(송병도계북)

積雪與天迥, 屯軍連塞愁.
誰知此行邁, 不爲覓封侯.

계북에 와서 군사를 전송하다

하늘 끝 멀리까지 눈에 덮였고,
변경 군영의 사졸은 고생한다.
누가 알았으리? 이리 먼 행군을,
戰功 작위를 바라지는 않았다오.

| 詩意 | 겨울철의 행군이나 주둔 자체가 고생이다. 물론 장군은 승전에 따른 작위를 軍吏는 受賞을 기대하지만 그 때문에 이런 고생을 한다고 생각하지 않는다. 곧 爲國忠誠이 본질일 것이다.

'不爲覓封侯' 의 覓은 찾을 멱. 구하다. 《全唐詩》 214권에 수록.

營州歌(영주가)

營州少年厭原野, 狐裘蒙茸獵城下.
虜酒千鍾不醉人, 胡兒十歲能騎馬.

營州의 노래

영주의 젊은이는 들판에서 맘껏 놀고,
더부룩한 여우 갖옷 입고 성밖서 사냥한다.
그들은 백 잔 술에도 아니 취하고,
호인의 아이는 열 살이면 말 탈 줄 안다.

| 詩意 | 이 시는《全唐詩》214권에 수록. 營州는 遼陽(요양)으로 唐의 동북방 군사 거점 도시이다. 거란인과 漢人이 함께 살았다고 하였는데, 이 시의 소년은 거란족의 젊은이이다. 거란족은 당의 변경을 가끔 시끄럽게 하였다.

사실 漢人은 이민족에 대하여 호감을 갖고 있지 않으나 이 시에 그려진 거란 젊은이는 씩씩하고 또 사내답다. 털옷, 사냥, 음주, 기마 등 異民族의 모습을 잘 묘사하였다.

九曲詞(구곡사) 三首 (其三)

鐵騎橫行鐵嶺頭, 西看邏逤取封侯.
青海只今將飮馬, 黃河不用更防秋.

九曲의 노래 (3 / 3)

군마를 몰아 철령관 주변을 마음껏 달려서,
서쪽 라사를 공격해 공훈으로 제후를 바란다.
지금 青海의 물을 말에게 먹일 수 있으니,
다시 黃河에 가을 되어도 적을 막지 않는다.

| 註釋 | ㅇ 〈九曲詞〉 – 天寶 12년(753), 당의 장군 哥舒翰(가서한)이 土蕃(토번)을 정벌한 뒤, 황하의 상류 九曲 일대에 주현을 설치한다. 이때 고적은 가서한의 막료로 재직하며 가서한의 전공을 시로 읊었다. 《全唐詩》 214권 수록.

ㅇ 鐵騎橫行鐵嶺頭 – 鐵嶺은, 今 陝西省 서쪽의 관문 이름.

ㅇ 西看邏逤取封侯 – 邏逤(라사)는 拉薩(Lhasa)의 唐代 音譯. 지금 중국 西藏自治區의 首府. 해발 3,650m의 고지대에 형성된 도시.

ㅇ 青海只今將飮馬 – 青海는, 今 青海省의 호수 이름 황하의 발원지라고 믿었다.

ㅇ 黃河不用更防秋 – 가서한의 전공으로 이제는 가을이 되어도 황하 상류 지역을 방어하지 않아도 된다는 뜻.

| 詩意 | 전공으로 영토 확장 및 국경의 안정을 이룩한 공훈을 찬양한 시이다.

別董大(별동대) 二首 (其一)

十里黃雲白日曛，北風吹雁雪紛紛.
莫愁前路無知己，天下誰人不識君.

동씨 첫째와 헤어지며 (1 / 2)

천리 걸친 누런 구름에 해는 지려는데,
北風에 기러기 울고 눈은 펄펄 날린다.
가는 길에 知己가 없다 걱정치 마오,
하늘 아래 누가 그대를 몰라주겠소?

| 詩意 | 제목의 董大는 현종 때의 유명한 琴客인 董庭蘭(동정란)으로 추정하는데 확실치는 않다. 琴을 메고 떠도는 음악가라고 머리에 그리면 될 것이다.

이 시는 변새 지방의 황량한 풍경, 사나이의 우정, 그리고 진실한 마음 가진 사람이니 누가 당신을 몰라주겠느냐는 격려이면서 동시에 자신에 대한 채찍을 드는 시라고 해석하고 싶다. 《全唐詩》 214권 수록.

別董大(별동대) 二首 (其二)

六翮飄颻私自憐, 一離京洛十餘年.
丈夫貧賤應未足, 今日相逢無酒錢.

동씨 첫째와 헤어지다 (2 / 2)

여섯 번이나 떠도는 내가 처량하나니,
장안을 한번 떠나 벌써 십여 년이라.
사내가 貧賤에 자족할 수야 없지만
오늘의 상봉에 내게는 술값도 없다네.

| 詩意 | 사실은 나도 이리저리 떠돌다 보니, 오랜만에 친우를 만났어도 변변히 대접할 만한 술값도 없다고 솔직하게 터놓았다.

이처럼 흉허물 없는 우정이지만 사나이가 뜻을 이루지 못해 빈천한 것을 스스로 만족하지는 않는다는 뜻도 표출하였다.

除夜作(제야작)

旅館寒燈獨不眠，客心何事轉悽然.
故鄕今夜思千里，愁鬢明朝又一年.

제야에 짓다

객관의 희미한 등불에 홀로 잠 못 이루니,
나그네 마음은 무슨 까닭에 그리 슬픈가?
고향은 오늘밤, 천 리 밖에 그리운 그곳,
서리 내린 귀밑털, 내일 아침에 또 새해라네.

| 詩意 | 王維는 〈九月九日憶山東兄弟〉에서 '獨在異鄕爲異客하니 每逢佳節倍思親이라.' 고 하였다.

고적도 나그네가 되어 객지에서 제야를 맞이하고 있다. 옛사람에게 흰머리 또는 하얗게 된 귀밑머리는 곧 노쇠로 인식하였다.

섣달 그믐날 나그네의 심정을 읊은 시로 인구에 널리 회자되고 있다.

秋日作(추일작)

端居值秋節, 此日更愁辛.
寂寞無一事, 蒿萊通四鄰.
閉門生白髮, 回首憶青春.
歲月不相待, 交游隨衆人.
雲霄何處託, 愚直有誰親.
舉酒聊自勸, 窮通信爾身.

가을에 짓다

내가 사는 곳에 가을이 되었으니,
이런 날은 더욱 시름이 깊어진다.
적막 속에 아무런 일도 없고,
쑥과 명아주 길은 이웃에 통한다.
폐문하고 살아도 흰머리 생기고,
고개돌려 젊었던 시절을 생각한다.
세월은 사람을 기다려 주지 않나니,
어울려 지내며 여럿을 따라 다니다.
하늘에 떠도는 구름을 어디 맡기고,
우직한 성격을 누구가 가까이 하랴?
술잔을 들고서 그저 홀로 마시나니,
궁벽과 相通은 결국 자신에 달렸다.

| 詩意 | 가을날에 자신의 살아온 여정을 되돌아보며, 결국 궁핍하고 쪼들리는 생활, 아니면 널리 相通하며 榮達하기는 자신에게 달렸다며 홀로 술잔을 기울인다. 《全唐詩》 214권에 수록.

塞下曲(새하곡)

君不見芳樹枝, 春花落盡蜂不窺.
君不見梁上泥, 秋風始高燕不棲.
蕩子從軍事征戰, 蛾眉嬋娟守空閨.
獨宿自然堪下淚, 況復時聞烏夜啼.

새하곡

그대는 보지 못했는가? 향기로운 꽃가지도,
봄꽃이 지면 벌들조차 찾지도 않는 것을!
그대는 보지 못했는가? 대들보 위 제비집에,
추풍이 불면 높은 집에 제비도 찾지 않는다!
바람 든 사내 군대 가서 전투를 하는 동안,
어여쁜 나방 눈썹 여인은 공방을 지킨다.
외롭게 자며 주체 못하고 흐르는 눈물을,
하물며 새가 온밤 내내 우는 그런 날에야!

| 詩意 | 蛾眉嬋娟守空閨의 蛾眉(아미)는 나방 모양으로 그린 눈썹이고 嬋娟(선연)은 곱고도 예쁘다는 뜻. 낭군은 戰功을 세워 벼슬자리 얻으려고 戰場에 나갔다. 독수공방하는 여인의 恨(한)을 그렸다. 《全唐詩》 213권에 수록.

封丘作(봉구작)

我本漁樵孟諸野, 一生自是悠悠者.
乍可狂歌草澤中, 寧堪作吏風塵下.
秖言小邑無所爲, 公門百事皆有期.
拜迎官長心欲碎, 鞭撻黎庶令人悲.
歸來向家問妻子, 擧家盡笑今如此.
生事應須南畝田, 世情付與東流水.
夢想舊山安在哉, 爲銜君命且遲迴.
乃知梅福徒爲爾, 轉憶陶潛歸去來.

봉구현에서 짓다

나는 본래 孟諸(맹저) 들판의 어부에 나무꾼으로,
평생 홀로 유유히 홀로 만족하며 살아왔다.
가끔 풀밭과 늪지서 멋대로 노래도 했는데,
어찌 관리들 거친 틈새서 견딜 수 있겠는가?
다만 작은 고을이라서 할 일이 없다지만,
관청의 모든 업무는 정해진 때가 있다.
상관의 뜻을 따르면 마음이 찢어질 듯하고,
백성을 매질할 때면 사람을 서글프게 한다.
집에 돌아와 아내에게 물어보면,
집안 식구 모두 웃으며 세상이 그렇다고 한다.

세상 살기야 남녘 몇 마지기 땅이면 족하고,

세상 인정은 강물이 동으로 흐르듯 따라간다.

꿈에 그리던 그런 옛 산은 어디에 있나?

나라의 명을 받았으니 이래저래 망설여진다.

이제야 梅福이 관직을 버린 뜻을 알만하고,

갑자기 도잠의 歸去來辭 참뜻이 떠오른다.

| 註釋 | ○ 〈封丘作〉 – 封丘(봉구)는 현 이름. 고적은 출사하여 처음에, 今 河南省 開封市 부근 封丘縣의 縣尉(현위, 군사와 치안 담당)로 근무했었다. 이 시는 《全唐詩》 214권에 수록.

○ 我本漁樵孟諸野 – 漁樵(어초)는 漁夫와 나무꾼(樵夫, 樵는 땔나무 초). 孟諸(맹저)는, 今 河南省 동부에 위치한 늪지대. 野는 原野(원야). 개간되지 않은 벌판.

○ 乍可狂歌草澤中 – 乍는 잠깐 사. 가끔. 狂歌는 큰 소리로 노래하다.

○ 秖言小邑無所爲 – 秖는 다만 지.

○ 鞭撻黎庶令人悲 – 鞭撻(편달)은 채찍질이나 회초리로 때리다. 黎庶(여서)는 백성. 黎는 검을 려(여).

○ 爲銜君命且遲廻 – 조정의 명을 받아 관리가 되었기에 관직을 버리기가 망설여진다.

○ 乃知梅福徒爲爾 – 梅福(매복, 字 子眞)은 九江郡 壽春 사람. 전한 말기에 南昌縣 縣尉 역임. 王莽(왕망)이 집권하자 관직을 버리고 修道하여 신선이 되었다고 한다.

○ 轉憶陶潛歸去來 – 陶潛(도담)은 陶淵明. 歸去來는 〈歸去來辭〉.

| 詩意 | 하급 관리의 비애도 표출하며 백성을 위하는 마음이 잘 나타나 있다. 그런 번잡하고 번민 많은 관직을 버리고 도연명 같은 은거나 매복 같은 신선의 생활이 그립다는 속마음을 솔직히 서술하였다.

邯鄲少年行(한단소년행)

邯鄲城南游俠子, 自矜生長邯鄲裏.
千場縱博家仍富, 幾度報讐身不死.
宅中歌笑日紛紛, 門外車馬常如雲.
未知肝膽向誰是, 令人却憶平原君.
君不見今人交態薄, 黃金用盡還疏索.
以茲感歎辭舊遊, 更於時事無所求.
且與少年飮美酒, 往來射獵西山頭.

한단 젊은이를 노래하다

邯鄲(한단) 성남의 귀공자 협객들은,
한단에서 낳고 자란 긍지를 가졌다.
이런저런 도박에도 가문은 부유했고,
몇 차례 복수에도 목숨을 잃지 않았다.
집안은 노래와 웃음으로 날마다 시끄럽고,
대문밖 수레와 말은 늘 구름처럼 많았다.
자신의 속내를 누구에게 줘야할지 몰라,
스스로 (趙의) 平原君을 마음에 떠올렸다.
그대는 모르는가? 지금 사람의 얄팍한 교제는,
황금이 바닥나면 교제도 소원해지는 현실을!
그래서 탄식하며 이전의 교제를 중지했으니,

거기에 세상 살면서 얻거나 할 일도 없었다.
또 젊은이와 어울려 좋은 술이나 마시고,
西山 꼭대기 넘나들며 사냥밖에 없도다.

| 註釋 | ㅇ 〈邯鄲少年行〉 – 邯鄲(한단)은 황하 북쪽에 자리한 전국시대 趙나라의 수도. 今 河北省 최남단 邯鄲市. 河南省, 山東省과 접경. 《全唐詩》 213권에 수록.

ㅇ 幾度報讐身不死 – 幾度는 몇 차례. 報讐는 원수를 갚다. 복수하다.

ㅇ 君不見今人交態薄 – 交態는 交情의 실제. 교제하기. 薄은 얇을 박.

ㅇ 令人却憶平原君 – 平原君 趙勝(조승, ? – 前 251)은 趙 武靈王의 아들, 趙 惠文王의 동생. 趙 惠文王과 孝成王 때 재상을 역임했다. 養士를 잘해 명성을 얻었다. 齊國의 孟嘗君 田文, 魏國의 信陵君 魏無忌(위무기), 楚國 春申君인 黃歇(황헐)과 함께 戰國四公子라 칭한다.

| 詩意 | 이 시는 악부 잡곡가사로 분류된다. 시인은 한단에 사는 젊은 협객의 생활을 서술하여 輕薄浮華(경박부화)한 세태를 풍자하였다.

人日寄杜二拾遺(인일기두이습유)

人日題詩寄草堂, 遙憐故人思故鄉.
柳條弄色不忍見, 梅花滿枝空斷腸.
身在遠藩無所預, 心懷百憂復千慮.
今年人日空相憶, 明年人日知何處.
一臥東山三十春, 豈知書劍老風塵.
龍鍾還忝二千石, 愧爾東西南北人.

人日에 杜氏 둘째인 拾遺에게 보내다

人日에 시를 지어 (두보의) 草堂으로 보내니,
먼곳의 친우도 애달피 고향을 그리워하리라.
푸른빛 감도는 버들가지를 차마 볼 수 없고,
꽃이 핀 매화 가지마다 공연히 마음만 아프다.
이 몸은 변방의 먼 곳이라 정사에 참여 못하고,
마음만 온갖 걱정에 또 천만 가지 시름뿐이다.
올해의 人日에 공연히 서로를 그리지만,
명년의 人日엔 어디에 있을지 알 수 없다.
그간에 謝安이 東山에 은거하듯 어언 30년,
책과 칼만 알았지 풍파에 늙는 줄도 몰랐다.
늙고 쇠약한 몸이나 녹봉은 2천석이니,
주변 동서남북 모두에 부끄러울 뿐이다.

| 註釋 | ○ 〈人日寄杜二拾遺〉 - 人日은 정월 7일. 人日의 간지가 戌日(술일)이면 그 해에 풍년이 든다고 했다. 杜二는 두씨 형제 항렬로 둘째. 拾遺(습유)는 左拾遺. 두보가 한때 역임했다. 杜二拾遺는 杜甫. 이 시는 《全唐詩》 213권에 수록되었다.

○ 身在遠藩無所預 - 멀리 지방관으로 나가 있어 중앙 정사에 參預(참예)하지 못하다.

○ 一臥東山三十春 - 東晋의 謝安은 東山이란 곳에 30여 년 은거하다가 쇠락하는 가세를 그냥 두고 볼 수 없어 출사하여 북방 前秦(전진)의 남하를 막아내는 큰 공을 세웠다. 고적은 자신을 사안에 비유하였다.

○ 龍鐘還忝二千石 - 龍鐘(용종)은 늙고 쇠약한 모습. 二千石는 漢代 지방 郡 태수의 연봉. 이천석은 지방관이란 뜻으로 굳어졌다.

○ 愧爾東西南北人 - 愧爾(괴이)는 부끄럽다.

| 詩意 | 음력 정월 초순이라면 입춘 전후이니 봄기운이 움직일 때이다. 지방관으로 나가 있는 고적이 友人인 두보에게 보내면 우인을 그리는 정을 묘사하였다. 두보는 이때 아무 관직이나 생업도 없이 고생할 때였다.

燕歌行(연가행)

(序) 開元二十六年, 客有從御史大夫張公出塞而還者, 作〈燕歌行〉以示適, 感征戍之事, 因而和焉.

漢家煙塵在東北, 漢將辭家破殘賊.
男兒本自重橫行, 天子非常賜顏色.
摐金伐鼓下楡關, 旌旆逶迤碣石間.
校尉羽書飛瀚海, 單于獵火照狼山.
山川蕭條極邊土, 胡騎憑陵雜風雨.
戰士軍前半死生, 美人帳下猶歌舞.
大漠窮秋塞草腓, 孤城落日鬪兵稀.
身當恩遇恒輕敵, 力盡關山未解圍.
鐵衣遠戍辛勤久, 玉筯應啼別離後.
少婦城南欲斷腸, 征人薊北空回首.
邊庭飄颻那可度, 絶域蒼茫更何有.
殺氣三時作陣雲, 寒聲一夜傳刁斗.
相看白刃血紛紛, 死節從來豈顧勳.
君不見沙場征戰苦, 至今猶憶李將軍.

燕의 노래

(序) 開元 26년에 御史大夫 張公을 따라 변경에 나갔다가 돌아온 사람이 있었는데, 그가 〈燕歌行〉을 지어 나에게 보여 주었고, 나는 변방의 업무에 느낀 바가 있었기에 그에 화답하였다.

나라의 동북쪽에서 전쟁이 일어났는데,
장군은 집을 떠나 흉포한 적을 격파하였다.
男兒는 본디 천하를 떠돌며 겪어봐야 하나니,
天子도 가끔 용안을 보이며 격려 해주었다.
징치고 북을 두드리며 산해관에 이르니,
깃발은 구불구불 갈석산까지 뻗어 있다.
校尉의 급한 보고가 사막을 넘어와서,
單于의 사냥 횃불이 낭산에 보인단다.
삭막한 산천은 변경 끝까지 이어졌는데,
胡人의 기마병 돌풍 불듯이 쳐들어온다.
戰士들 절반이 싸움터서 죽고 사는데,
美人은 그래도 휘장치고 노래에 춤춘다.
사막에 가을이 깊어 풀들이 말라 죽고,
孤城에 해지면 싸울 병졸도 거의 없다.
자신은 성은을 입어 늘 적을 업신여겼으나,
죽도록 싸워도 관산의 포위를 풀지 못했다.
갑옷에 머나 먼 방수자리 고생한지 오래고,

눈물과 울음 속에 헤어져 지내온 날.
새파란 아낙은 城南서 애간장이 끊어지고,
戍자리 남편은 북에서 그냥 고개를 돌려본다.
북쪽의 차가운 돌풍을 어찌 이겨 지내며,
외로운 변경은 막막해 또 무엇이 있겠나?
살기는 진종일 변경에 전운을 드리우고,
고함은 밤새워 조두 소리와 함께 들린다.
맞보는 칼날에 핏물이 가득 튀었는데,
옛날 전사자의 忠節이 어찌 공훈 때문이겠나?
그대는 싸움터 전투의 그런 고통 모르겠지만,
지금도 언제나 漢나라 李廣 장군이 그립다오.

| 註釋 | ○ 〈燕歌行〉 - 〈燕의 노래〉. 燕은 地名. 戰國시대 燕나라의 故地. 지금의 北京市 일대. 지금의 北京과 天津, 河北省과 山東省 일부 지역을 차지했던 나라. 이후 5胡16國 시대에도 많은 燕나라가 건국되고 멸망했으며, 隋와 唐에서는 지방 반란세력이 燕을 국호로 내건 경우도 있었다. 그러나 춘추 전국시대 이후 燕은 地名으로 통용된다. 예를 들어 《三國演義》에서 張飛가 '나는 燕人 張翼德이다.' 라고 소리를 지르는데 '연나라 백성 장익덕' 으로 새겨듣지는 않는다.

〈燕歌行〉은 악부시 相和曲辭(漢代 民謠)의 제목으로 전쟁에 동원된 남편을 그리는 여인의 그리움을 노래했다. 《全唐詩》 213권 《唐詩三百首》에 수록되었기에 널리 알려진 작품이다. 曹操의 아들 曹丕(조비, 魏 文帝)의 七言古詩 〈燕歌行〉도 있다.

○ (序) 開元二十六年, 客有從御史大夫張公出塞而還者 – 開元二十六年 – 玄宗의 연호. 서기 783년. 客은 작가 高適의 知人.

御史大夫張公은 輔國大將軍兼御使大夫인 張守珪(장수규, ? – 739), 장수규는 開元 21년 河北節度大使로 幽州(유주)에 주둔하며, 契丹族(거란족)을 여러 번 격파하고 開元 23년(735年)에 낙양으로 귀임하였다. 이때 張九齡은 현종에게 '장수규가 거란족을 격파한 공이 있다 하여 폐하께서는 금방 재상으로 승진시키려 하시는데, 나중에 奚族(해족)을 격파하신다면 무슨 상을 주시겠습니까? 라며 저지했다고 한다.

개원 24年에 幽州節度使인 張守珪는 敗軍將인 安祿山을 잡아 長安으로 압송한다. 이때도 張九齡을 이를 두고 '장수규가 軍法대로 처리했으면 될 것이라.' 하였으나, 현종은 '안록산의 재능이 아깝다.' 며 안록산을 용서하였다. 이에 장구령은 '祿山에게 反相이 있으니 처벌하지 않으면 必爲後患' 이라면서 처형을 적극 주장했었다.

晩年에는 軍紀가 해이해졌고 개원 26년(738년)에 장수규의 部將인 趙堪(조감) 등이 거짓으로 장수규의 명령이라 하고서 奚族(해족)을 공격했다가 대패한다. 그러나 장수규는 이를 승전했다고 거짓으로 보고하였는데, 곧 발각이 되었다. 이 때문에 장수규는 括州刺史(괄주자사)로 좌천되었다가, 곧 등창으로 죽었다. 본 〈燕歌行〉 七古 樂府는 이를 풍자한 작품이라고 보는 견해가 많다.

○ 作燕歌行以示適, 感征戍之事, 因而和焉 – 〈燕歌行〉을 지어 나

에게 보여주기에(以示適) 변방 수비의 일(征戍之事)에 느낀 바 있어 和答하였다. 征은 칠 정. 정벌. 戍는 지킬 수.

○ 漢家煙塵在東北 – 漢家는 漢族의 국가. 이민족에 대한 상대적인 표현으로 唐을 지칭한다. 煙塵 – 연기와 먼지. 전쟁. 在東北은, 지금의 북경이나 遼寧省 일대.

○ 漢將辭家破殘賊 – 漢將은 唐의 將卒. 辭家는 本家를 떠나다. 殘賊(잔적)은 殘惡한 外賊.

○ 男兒本自重橫行 – 重橫行은 천하를 돌아다니는 것을 중히 여긴다. 男兒는 각지를 돌며 다양한 경험을 해 보아야 한다. 橫行은 옆으로 걷다. 건너가다. 제멋대로 행동하다. 여기서는 '여러 가지 일을 겪어보다.' (橫衝直當)

○ 天子非常賜顔色 – 非常은 예사롭지 않은. 대단히, 심히. 돌발적인 재난. 賜顔色은 황제가 출정 장수를 직접 면담하거나 신고를 받으며 격려하다.

○ 摐金伐鼓下楡關 – 摐은 칠 창. 두드리다. 金鼓(금고)는 징과 북. 장졸들은 북소리와 함께 진격하고 징소리에 의거 퇴각한다.

楡는 느릅나무 유. 楡關(유관)은 山海關. 지금 河北省 동쪽 끝과 遼寧省의 경계. 秦皇島市 山海關區의 境內에 있다. 1990년 以前까지는 明나라 長城의 동쪽 시작 지점으로 인정하며 '天下第一關' 의 명성을 누렸으나 최근에는 '東北工程' 으로 만리장성을 요령성까지 연장하면서 동쪽 끝이란 용어는 사용하지 않고 있다. '關東軍' 이라 할 때의 關은 바로 이 山海關이다.

○ 旌旆逶迤碣石間 – 旌은 깃발 정. 旆는 깃발 패. 逶는 구불구불 갈 위. 迤는 비스듬히 갈 이. 逶迤(위이)는 구불구불 길게 이어

진 모양. 碣은 비석 갈. 돌 세울 게. 碣石(갈석)은 산 이름

○ 校尉羽書飛瀚海 – 校尉(교위)는 唐代에는 將軍 아래의 직위. 武散官. 장교. 羽書는 군대의 急報. 瀚은 넓고 클 한. 瀚海(한해)는 사막.

○ 單于獵火照狼山 – 單于(선우)는 흉노족의 부족장. 君王. 單은 오랑캐 임금 선. 獵은 사냥 엽(렵). 狼山(낭산)은 지금의 河北省 張家口市(北京의 서북쪽) 懷來縣의 산 이름과 內蒙古自治區 巴彦淖爾市에 있는 山이 있지만 지리적으로 河北省 북쪽의 산이어야 한다.

○ 山川蕭條極邊土 – 蕭條(소조)는 쓸쓸하고 적막하다. 極邊土는 변방의 땅(邊土) 끝까지(極).

○ 胡騎憑陵雜風雨 – 胡騎는 胡人들의 기마병. 憑은 기댈 빙. 憑陵(빙릉)은 침범하다. 雜은 섞일 잡. 모으다. 함께, 같이. 갑자기. 雜風雨는 갑자기 부는 바람이나 쏟아지는 비. 적병의 고함소리를 형용한 표현이라는 해석도 있다.

○ 戰士軍前半死生 – 軍前은 최 일선에서. 半死生 – 반은 죽거나 산다.

○ 美人帳下猶歌舞 – 美人은 歌妓.

○ 大漠窮秋塞草腓 – 漠은 사막 막. 窮은 가난 궁. 끝나다. 窮秋는 가을의 막바지. 腓는 장딴지 비. 앓다(痱와 通), 衰(쇠할 쇠)와 같음. 시들다.

○ 孤城落日鬪兵稀 – 鬪는 싸울 투. 部首로는 鬥. 斗는 簡體字(簡化字). 稀는 드물 희.

○ 身當恩遇恒輕敵 – 遇는 만날 우. 恩遇는 은혜를 입다. 여기서

는 聖恩을 받다. 輕敵(경적) 적병을 깔보다.

○ 力盡關山未解圍 – 力盡은 힘을 다하다. 분전하다. 解圍(해위)는 포위를 뚫다.

○ 鐵衣遠戍辛勤久 – 鐵衣(철의) 갑옷. 遠戍(원수)는 먼 변경을 지키다. 辛勤(신근)은 고된 근무. 매우 열심히 근무하다. 久는 오랠 구.

○ 玉筯應啼別離後 – 筯는 젓가락 저. 玉筯(옥저)는 장졸의 아내들이 흘리는 눈물. 應啼(응제)는 소리 내어 울다.

○ 征人薊北空回首 – 征人은 征戍에 나간 사람. 남편. 薊는 풀이름 계. 薊州는 지금의 天津市 근처의 지명. 回首는 고개를 돌려 바라보다.

○ 邊庭飄颻那可度 – 邊庭은 변경 지역. 飄는 회오리바람 표. 颻는 질풍 요. 飄颻(풍요)는 매섭고 찬 북풍. 那는 어찌 나. 那可度(나가도)는 어떻게 지나겠나?

○ 絶域蒼茫更何有 – 絶域은 외떨어진 곳. 蒼茫(창망)은 망망하다. 更何有는 더 무엇이 있는가? 아무것도 없다.

○ 殺氣三時作陣雲 – 三時는 아침부터 낮과 밤, 하루 종일. 陣雲은 금방이라도 전투가 벌어질 것 같은 분위기. 戰雲.

○ 寒聲一夜傳刁斗 – 寒聲은 병사들의 외침. 一夜는 밤이 새도록. 刁는 바라 조. 刁斗(조두) – 낮에는 취사용 솥으로 사용하고 밤이면 경보용 징으로 사용하는 도구.

○ 相看白刃血紛紛 – 白刃(백인)은 칼에 날이 선 모양.

○ 死節從來豈顧勳 – 豈顧勳(기고훈)은 어찌 공훈을 바란 것이겠는가? '훈장 타려고 죽었겠는가?' 의 의미

○ 君不見沙場征戰苦 – 沙場(사장)은 싸움터. 싸움터에서 육박전

을 치르는 고통을 못 보았는가?

○ 至今猶憶李將軍 – 李將軍은 前漢 武帝 때의 명장 李廣. 흉노족들이 무서워했다는 漢의 전설적 인물.

| 詩意 | 전쟁의 고통이나 병역 의무 수행의 어려움은 겪어보지 않으면 모른다. 작가 高適은 자신이 그 고통을 직접 체험하였기에 그의 詩가 더 사실적이고 그 느낌이 더 절실하게 와닿는 것이다. 이 시는 고적이 開元 26년(738)에 지은 것으로 알려졌는데 고적의 변새시 중에서 가장 잘 알려진 작품이다. 이 시는 3단으로 짜여 있다.

1단은 행군해서 임지에 도착한 여정을 묘사하였다.

2단은 최전방 변경에서의 어려움을 서술하였으니 병졸의 절반이 죽거나 아니면 살아남는데 지휘 장수는 휘장 안에서 미인의 가무를 즐긴다. 미인의 가무에 어찌 술과 고기가 없겠으며 그 휘장 안은 얼마나 따뜻하겠는가? '美人帳下猶歌舞' – 이 구절은 풍자가 아니라 차라리 절규에 가깝다. 춥고 배고프며 지치고 힘든 병졸은 누구를 위해 그 고생을 하는가? 그 정경이 머릿속에 그려진다. 1970년 그 무렵까지 우리나라 사병들은 늘 '춥고 배고프다' 는 말을 했다. 그 옛날 병졸의 고생을 머릿속에 그릴 수 있다.

3단은 헤어진 남편과 젊은 아낙의 그리움을 묘사하였다. 그 힘든 복무와 애끓는 염원의 그 끝은 무엇이겠는가? 공명도 부귀도 아니다. 장수는 관직이 높아지고 부귀를 누릴 수 있겠지만, 병졸은 죽지 않으면 다행이었을 것이다. 하여튼 이 시를 지은 高適은 그들의 고통을 알고 있었기에 그의 풍자가 지금도 통하는 것이 아니겠는가?

007

儲光羲(저광희)

儲光羲(저광희, 706? – 762?)는 현종 726년에 진사과에 급제한 뒤, 小官을 지내다가 종남산에 은거했다. 천보 6, 7년경에 출사하여 감찰어사에 이르렀다. 나중에 安史의 난 기간 중 안록산의 강요에 의해 관직을 맡았다가 난이 평정된 뒤에 嶺南에 유배되었고 거기서 죽었다고 한다.

저광희는 왕유나 맹호연과 같은 산수전원시를 많이 썼는데, 그 시풍은 質樸(질박)하고 전원생활의 閒適(한적)을 즐겨 묘사하였다.

江南曲(강남곡) 四首 (其一)

綠江深見底，高浪直翻空.
慣是湖邊住，舟輕不畏風.

江南의 노래 (1 / 4)

푸른 강물은 깊어도 바닥이 보이고,
높은 파도는 곧게 하늘로 치솟는다.
오래 물가에 살아서 익숙하기에,
작은 배지만 바람을 겁내지 않네.

江南曲(강남곡) 四首 (其三)

日暮長江裏，相邀歸渡頭.
落花如有意，來去逐船流.

江南의 노래 (3 / 4)

長江에 날이 저물면서,
서로들 함께 나루터로 돌아오네.
낙화도 무슨 뜻이 있는지,
오가며 배를 따라 흐르네.

| 詩意 | 〈江南曲〉은 악부가사이다. 1수와 3수 모두 남녀 간의 은근한 애정을 묘사하고 있지만 깊은 정을 노골적으로 드러내지는 않았다. 3수의 결구에 '逐船流' 가 아니라 '逐輕舟' 가 되어야 더 좋은 표현이라는 주장도 있지만 시인이라 해서 '가장 완벽한 표현'을 골라 쓸 수는 없을 것이다.

지금도 자신이 이미 발표했던 시를 나중에 다시 고쳐 써 발표하는 경우도 종종 볼 수 있다. 《全唐詩》 139권 수록.

長安道(장안도)

嗚鞭過酒肆，袨服遊倡門.
百萬一時盡，含情無片言.

장안에 가는 길

채찍을 흔들며 술집에 들리고,
나들이 옷 입고 창기 집에 들어간다.
백만금을 하룻밤에 탕진하면서
정이 들었지만 말 한마디도 없다.

| 詩意 | 사나이의 정이란 무엇일까? 백만금을 뿌리면서 호기를 부리는 동안 정이 들었을까? 기녀도 같은 감정일까? 돈을 뿌렸다고 돈만큼의 사랑을 요구한다면 쩨쩨한 것이기에 아무 말도 없을 것이다. 袨服의 袨은 나들이 옷 현. 좋은 옷. 《全唐詩》 139권 수록.

洛陽道(낙양도)

大道直如髮，春來佳氣多.
五陵貴公子，雙雙鳴玉珂.

낙양 가는 길

큰 실은 머리카락처럼 곧고,
봄이 되자 좋은 날씨가 많다.
장안의 귀공자들은,
짝을 지어 玉 소리 내며 간다.

| 詩意 | 五陵은 漢代 황제 무덤이지만 장안성을 지칭한다. 玉珂(옥가)는 말굴레의 옥 장식이다. 봄은 귀공자들의 신나는 계절이다.

明妃曲(명비곡) 四首 (其二)

胡王知妾不勝悲，樂府皆傳漢國辭.
朝來馬上箜篌引，稍似宮中閑夜時.

명비곡 (2 / 4)

胡王은 내가 슬픔을 견디기 어렵다 하여,
악부는 항상 중국의 노래를 부르게 했다.
아침엔 馬上서 공후인을 연주하는데
한가한 궁중의 연회와 조금은 비슷하다.

明妃曲(명비곡) 四首 (其三)

日暮驚沙亂雪飛，傍人相勸易羅衣.
强來前殿看歌舞，共待單于夜獵歸.

명비곡 (3 / 4)

날이 저물자 모래 날리고 눈은 마구 내리는데,
곁의 여인은 비단 옷으로 바꿔 입으라고 한다.
억지로 前殿에 나아가 가무를 보아야 하고,
單于가 밤 사냥서 돌아오기를 함께 기다린다.

| 詩意 | 明妃는 漢에서 흉노 선우에게 시집보낸 王昭君이다.

이 시는 흉노 땅에서 왕소군의 생활을 묘사하였다. 위 2/4首는 왕소군 자신의 말이라 할 수 있다.

008

張謂(장위)

張謂(장위, ? – 778?, 字 正言)는 젊어 嵩山(숭산)에서 독서했고, 과거에 합격하여 여러 관직을 역임했다. 玄宗 天寶와 代宗 大曆 연간에 詩名을 크게 얻었는데 고체시와 근체시가 특히 유명했다. 《全唐詩》 197권에 그의 시 40여 수가 전한다.

早梅(조매)

一樹寒梅白玉條，逈臨林村傍谿橋.
不知近水花先發，疑是經春雪未銷.

일찍 핀 매화

추위를 이긴 매화나무는 白玉의 줄기이니,
멀리 산간 마을 계곡의 교량 옆에 피웠다.
냇물 가까운 꽃이 먼저 피는 줄을 몰라서,
봄이 되어도 눈이 아직 안 녹은 줄 알았네.

| 詩意 | 시인의 안목은 예리하다. 일찍 핀 매화나무 가지를 白玉이라 보았고, 멀리(逈, 멀 형) 계곡 교량 옆의 매화를 아직 녹지 않은 눈이라 생각했다고 말했다.

사실 일찍 핀 매화는 그 자체가 驚異(경이)이다. 찬바람에 흔들리는 매화 꽃잎을 한 번쯤은 바라볼 필요가 있다.

題長安壁主人(제장안벽주인)

世人結交須黃金，黃金不多交不深.
縱令然諾暫相許，終是悠悠行路心.

長安城 主人에 대해 짓다

세상 사람들은 오직 황금만으로 교제하나니,
많지 않은 재물이라면 깊이 사귀지도 않는다.
설령 잠시 교제를 수락했다가도,
결국 유유히 제 갈 길 가는 나그네 마음이다.

| 詩意 | 당나라 장안은 실크로드의 시작이며 종점으로 국제 무역이 번창했고, 상업의 발달에 따라 경제적으로 크게 번영했다. 따라서 많은 재물을 축적한 대 상인이 많았다. 그들 장안 성안의 대상인에게는 오로지 황금과 재물만이 사람 평가의 기준이었고 그에 따라 대우를 해주고 또 그런 대우를 받았다.

옛날부터 남자에게는 재물이 외모지만(男人以財爲貌), 여자는 미모가 재산이다(女人以貌爲財). 그리고 군자는 재물로 교제하지 않지만(君子結交不爲財), 소인은 전적으로 입(말)으로 교제한다(小人結交全爲嘴). 그리고 또 한 가지 호한은 여색을 탐하지 않고(好漢不貪色), 영웅은 재물을 탐하지 않는다(英雄不貪財).

009
萬楚(만초)

萬楚(만초, 생졸년 미상) ― 萬이 성씨. 현종 開元 연간에 진사 급제.

河上逢落花(하상봉낙화)

河水浮落花，花流東不息.
應見浣紗人，爲道長相憶.

강물에 뜬 낙화를 보다

강물에 낙화가 떠내려 오는데
꽃잎은 동으로 한없이 떠간다.
비단을 빨래하는 여인을 보았다면,
먼 길을 가면서 오래 기억하리라.

| 詩意 | 비단을 빨래하는 여인은 越國의 西施(서시). 먼 길 가는 사람들의 이야기 소재로 충분할 것이다.

題江潮莊壁(제강조장벽)

田家喜秋熟, 歲宴林葉稀.
禾黍積場圃, 樝梨垂户扉.
野閑犬時吠, 日暮牛自歸.
時復落花酒, 茅齋堪解衣.

강조장의 벽에 짓다

농가에서는 풍년을 기뻐하고,
절기 따른 잔치에 나뭇잎도 드물다.
벼와 수수는 추수할 마당에 쌓였고,
배와 모과는 사립문 곁에 늘어졌다.
한가한 들판에는 가끔 개가 짖어대고,
해가 저물자 소들은 집 찾아 돌아온다.
꽃은 술잔에 아무 때나 떨어지고,
초가 서재에선 옷을 풀어도 괜찮다.

| 詩意 | 풍요롭고 평화로운 농촌 모습을 묘사하였다. 추수가 끝날 무렵에는 마을에 이런 저런 잔치가 많다. 사실, 우리나라의 경우 가을에 꽃이 피는 나무가 없다. 그러다보니 꽃잎이 술잔에 날라 떨어진다는 묘사는 상당히 관념적인 표현이다.

010
劉長卿(유장경)

劉長卿(유장경, 709? – 780?)의 字는 文房이다. 현종 開元 21년(733) 진사과에 급제하였다. 유장경은 강직한 성격으로 權門의 비위를 거슬러 두 번이나 좌천당했다. 유장경은 轉運使判官을 역임한 뒤 숙종 至德 연간(756 – 758)에 감찰어사를 지냈지만 무고에 의해 옥에 간혔다가 풀려나서 潘州南巴縣尉로 폄직되었다가 睦州司馬를 역임한 뒤 隨州刺史(수주자사)로 관직생활을 끝냈다. 보통 劉隨州라고 통칭하고 그의 문집 《劉隨州集》이 전한다.

劉長卿은 두보보다 3세 연장자였으며, 肅宗(756 – 762), 代宗 연간(762 – 779)에 시인으로 명성이 높았는데, 그의 시풍은 平實하면서도 엄정한 구상에 韻律(운률)을 중시하여 音調(음조)가 조화를 잘 이루었다고 한다. 특히 오언 근체시에 우수하여 權德與(권덕여)는 유장경을 '五言長城' 이라는 별칭으로 통하였으며, 王維(왕유)에 견줄 수 있는 산수전원시를 지었고, 客愁와 이별의 恨(한)이나 한적한 심경을 주제로 한 秀作들이 많다.

送靈澈上人(송영철상인)

蒼蒼竹林寺，杳杳鐘聲晚.
荷笠帶夕陽，青山獨歸遠.

靈澈 스님을 보내며

깊고 울창한 숲속 죽림사,
아득히 먼 저녁 종소리 들린다.
삿갓 쓰고 석양을 받으며,
멀리 청산으로 홀로 돌아간다.

| 詩意 | 靈澈(영철)은 中唐의 詩僧인데 詩僧 皎然(교연)과도 친분이 있었으며, 劉長卿, 孟浩然 등과 교유하였고 《全唐詩》에 10여 수의 시가 수록되어 있다. 이 시는 《全唐詩》 147권 및 《唐詩三百首》에 수록되어 널리 알려졌다.

어두워지는 저녁에 죽림사의 종소리를 들으며 바랑을 메고 석양을 받으며 외롭게 청산으로 돌아가는 승려의 모습이 눈에 보이는 듯한 한 폭의 그림이다. 그러면서 어지럽고 혼란하며 시끄러운 세상을 뒤로 하고 청정적막한 절로 돌아가는 은둔자의 외로운 심정이 나타난다.

이는 유장경의 禪味(선미)가 확연히 드러나는 시이다. 禪의 경시는 사람마다 다를 것이고 표현 또한 다를 것이며, 읽는 사람의 느낌도 제각각이 아니겠는가? 사실 이러한 풍경에는 특별한 情이 있을 것이다.

春草宮懷古(춘초궁회고)

君王不可見, 芳草舊宮春.
猶帶羅裙色, 青青向楚人.

춘초궁 회고

君王은 보일 리 없고,
봄날의 고궁엔 방초만 자랐다.
풀색은 비단 치마와 같은 색,
푸르고 푸른 楚땅에 자라났다.

| 詩意 | 隋 煬帝(양제)는 揚州를 江都라 하면서 그곳에 지형을 이용한 10개의 궁궐을 지었는데, 그중 하나가 春草宮이다. 江都가 옛 楚의 땅이기에 '青青히 向楚人하다' 라 읊었다. 《全唐詩》 147권에 수록.

聽彈琴(청탄금)

泠泠七絲上，靜聽松風寒.
古調雖自愛，今人多不彈.

탄금하는 소리를 듣다

맑고도 시원한 일곱 줄 소리,
한적한 소리 조용히 듣는다.
비록 옛 곡조라도 나는 좋은데,
지금 사람들 연주하는 이 없다.

| 詩意 | 〈聽彈琴〉은 琴聲을 빌려 자신의 뜻을 표명하였다. 맑은 七絲의 소리는 다음 句의 '寒'에 이어진다. 여기서 '寒'은 슬픈 듯, 맑은 소리이다. 3, 4句는 對偶(대우)를 이루고 知音을 찾기 어렵다는 뜻이니, 자신처럼 古雅한 知人이 없어 쓸쓸하다는 뜻으로 해석할 수 있으며, 재주를 지니고 있으면서 인정받지 못하여 불우한 자신에 대한 탄식이라고 풀이할 수도 있다.

이 시는 七絃琴에 대한 칭송이면서 유장경이 그때 사람들처럼 천박한 시속을 따르지 않겠다는 선언적 의미가 있다.

실제로 그러했기에 관직 생활에서 두 차례나 폄직되기도 하여 50세에서 55세에 이르는 시기에 睦州司馬라는 從 6품의 한직에도 있었다.

送上人(송상인)

孤雲將野鶴, 豈向人間住?
莫買沃洲山, 時人已知處.

스님을 보내며

孤雲이 野鶴을 따라 가야니,
어찌 속세에 머물려 하시오?
沃洲山에는 들어가지 마시오,
속인들이 벌써 다 알고 있다오.

| 詩意 | 제목을 〈送方外上人〉이라고도 하는데, 方外上人은 '세상 밖에 사는 스님' 이고, 上人은 佛僧에 대한 존칭이나 여기서는 구체적으로 누구를 지적하는지 알지 못하지만, 일설에는 靈澈(영철) 스님이라고도 한다.

옥주산은 浙江省(절강성) 북부 紹興市 관할 新昌縣에 있는데, 부근에 유명한 天台山(천태산)이 있다. 불교나 도교에서 높이는 명산이며, 道教 72洞天의 하나인데, 東晋의 불승 支道林〔支遁(지둔), 314 – 366〕이 여기서 학을 키우며 수도했다고 한다.

孤雲과 野鶴은 짝이 될 수 있을 것이다. 아니면 고운처럼 매인 곳이 없고 야학처럼 자유로운 上人이라고 풀어도 좋다. 시인은 여기서 전송하지만 마음은 上人을 따라가고 있으며 자신도 속세를 버리고 싶은 강한 욕구를 가지고 있다.

속세와 속인들을 멀리하고 虛靜한 자연 속에 살라는 당부를 빼놓지 않았다. '終南捷徑(종남첩경)' 을 생각하고 종남산에 들어가는 세속 관리를 본받지 말라는 뜻이라 해석할 수도 있다.

시인과 上人의 친밀한 정을 확실하게 느끼는 시이며, 惜別(석별)하면서도 挽留(만류)의 정이 넘친다. 또 風趣가 어울리고 뜻이 깊고 묘미가 있는 詩이다.

이 시는 《全唐詩》 147권과 《唐詩三百首》에 실려 널리 알려졌다.

逢雪宿芙蓉山主人(봉설숙부용산주인)

日暮蒼山遠，天寒白屋貧.
柴門聞犬吠，風雪夜歸人.

눈을 만나 부용산 민가에서 자며

해가 저물고 먼 산은 잿빛인데,
날은 차갑고 초가는 초라하다.
사립문에 개 짖는 소리 들리니,
눈보라 치는 밤에 사람이 돌아오네.

| 詩意 | 白屋(백옥)은 하얀 집이 아니라 가난한 선비의 거처를 뜻한다. 날이 저물어 가난한 초가에 투숙을 한 나그네, 바람이 불고 눈이 오는 한밤중에 개가 짖고 누군가가 돌아온다는 시인데, 마치 굵직한 선으로 대충 스케치한 〈寒山夜宿圖〉라고 제목을 붙인 그림을 보는 것 같다. 《全唐詩》 147권에 수록.

3, 4구는 平易(평이)하나 절창으로 시인의 따뜻한 인정을 느낄 수 있다. 시는 전체적으로 쓸쓸한 정경이지만 정감이 가는 시이다. 그리고 이 시는 마치 유장경의 일생을 비유하여 그린 것 같다는 생각이 든다. 많은 시인들은 어렵고 힘들게 그러나 진실한 삶을 보냈다.

送張十八歸桐廬(송장십팔귀동려)

歸人乘野艇，帶月過江村.
正落寒潮水，相隨夜到門.

동려로 가는 장씨 열여덟 번째를 보내며

떠나는 사람은 들을 지나 배를 타고
달빛을 받으며 강촌을 지나가리라.
알맞게 강물 수위도 줄었으니
연달아 밤에는 집에 도착하리라.

| 詩意 | 桐廬(동려)는, 今 浙江省의 지명으로 富春江을 끼고 있다. 潮水가 들어오면 수위가 높아지고 또 강을 따라 나아가기도 어려울 것이다. 조수가 빠지면 수위가 낮아 풍랑도 덜하고 빨리 내려갈 수 있어 하룻밤 사이에 집에 도착할 수 있을 것이라며 떠나는 사람의 평안을 기원하고 있다.

江中對月(강중대월)

空洲夕煙斂, 望月秋江裏.
歷歷沙上人, 月中孤渡水.

강에 비친 달

조용한 물가에 저녁 안개 걷히니,
가을철 강물 속에 달이 떠올랐다.
沙場에 사람이 또렷이 보이더니,
달밤에 혼자서 강을 건너간다.

| 詩意 | 가을 달밤의 풍경을 읊은 이 시는 그림처럼 아름답다. 하늘에 떠오른 달이 물속에 보인다. 물속에 보이는 달을 對月이라 하였다. 그리고 어디선가 사람이 나타나더니 혼자 강을 건너간다고 하였다.

新息道中作(신식도중작)

蕭條獨向汝南行, 客路多逢漢騎營.
古木蒼蒼離亂後, 幾家同住一孤城.

新息縣 가는 길에 짓다

쓸쓸히 홀로 汝南郡을 찾아가는 길,
나그네 길에 騎兵 군영이 많이 보인다.
고목이 울창했으나 난리를 당한 뒤에,
겨우 몇 호만 함께 외딴 성에 들어왔다.

| 詩意 | 汝南은, 今 河南省 남부 駐馬店市 일대에 해당하고, 新息은 현 이름이다. 唐에서는 외적의 침입 말고도 절도사들의 내란이 자주 일어났고 그 폐해는 고스란히 백성들 몫이었다. 次句의 漢騎營은 唐의 군영이다. 《全唐詩》 150권에 수록.

重送裵郎中貶吉州(중송배낭중폄길주)

猿啼客散暮江頭，人自傷心水自流.
同作逐臣君更遠，青山萬里一孤舟.

폄직되어 길주로 가는 裵 낭중을 전송하며 또 짓다

원숭이 울고 나그네 흩어지는 저녁 강가에,
나그네 홀로 슬프지만 강물은 절로 흐른다.
조정서 같이 쫓겼지만 그대는 더 먼 곳이니,
끝없는 청산을 가야 하는 외로운 조각배로다.

| 詩意 | 제목의 '重送~'의 重은 같은 제목의 시에 이어 두 번째로 짓는다는 뜻이다. 시인보다 더 먼 곳으로 폄직되어 가는 벗에 대하여 미안해하는 마음과 어찌할 수 없는 그리움을 말로 다하지 못하고 끝맺었다는 느낌이 든다.

過鄭山人所居(과정산인소거)

寂寂孤鶯啼杏園，寥寥一犬吠桃源.
落花芳草無尋處，萬壑千峰獨閉門.

鄭 山人의 거처에 들리다

적적한 꾀꼬리 하나 살구꽃 핀 정원서 울고,
심심한 강아지 혼자 복숭아 핀 언덕서 짖는다.
꽃은 졌고 무성한 풀밭, 가볼 곳도 없나니,
수많은 골짜기와 봉우리 아래 홀로 지낸다.

| 詩意 | 萬壑千峰(만학천봉)이니 깊고 외진 산속이다. 적막한 그곳에 꾀꼬리 울고 개 짖는 소리 들린다. 이미 꽃은 졌고 풀만 우거진 거기라서 굳이 어디 갈 곳이 없기에 사립문을 닫고 지낸다. 거기 사는 鄭氏 집을 시인이 찾아갔다. 《全唐詩》 150권에 수록.

秋日登吳公臺上寺遠眺(추일등오공대상사원조)

古臺搖落後, 秋日望鄉心.
野寺人來少, 雲峰水隔深.
夕陽依舊壘, 寒磬滿空林.
惆悵南朝事, 長江獨至今.

가을날 吳公臺에 올랐다가 절에서 멀리 보다

옛 누대는 무너진 채 남았고,
가을 날 고향을 그리는 마음.
들판 절을 찾는 사람 드물고,
구름은 강 건너 높이 피어난다.
석양은 옛 보루를 비추고,
조용한 경쇠 소리 낙엽숲 울린다.
南朝의 흥망은 슬픈 일이나,
長江은 지금껏 홀로 흐른다.

| 註釋 | ○ 〈秋日登吳公臺上寺遠眺〉 – 〈가을날 吳公臺에 올랐다가 절에서 멀리 보다〉.

吳公臺는 江蘇省 揚州市 江都區에 있는 활터였는데, 南朝 陳나라의 吳明徹이란 장군이 크게 증축한 이후로 오공대라 불렸다고 한다.

○ 古臺搖落後 – 古臺는 오공대. 搖는 흔들릴 요. 搖落(요락)은 頹落(퇴락)하다.

○ 秋日望鄉心 – 秋日은 秋入으로 된 판본도 있다.

○ 野寺人來少 – 野寺는 이 지역에 높은 산이 없으니 들 가운데 절이 있었던 모양이다.

○ 雲峰水隔深 – 雲峰은 구름. 水隔深(수격심)은 강을 사이에 두고 구름이 높이 피어오르다.

○ 夕陽依舊壘 – 依舊壘(의구루)는 옛 보루에 비추다.

○ 寒磬滿空林 – 磬(경)은 경돌 경. 옥이나 돌로 만든 악기. 滿空林(만공림)은 인적이 없는 숲 또는 낙엽이 진 숲에 가득하다.

○ 惆悵南朝事 – 惆는 슬퍼할 추. 悵은 슬퍼할 창. 惆悵(추창)은 슬퍼하다. 南朝는 長江 중 하류를 중심으로 차례로 건국하고 멸망했던 宋(420 – 479), 齊(479 – 502), 梁(502 – 557), 陳(557 – 589)의 4개 왕조. 吳(222 – 280) 東晋(317 – 420)을 포함하면 六朝라 한다.

○ 長江獨至今 – 長江만은 예로부터 지금까지 흐른다.

| 詩意 | 옛 고적지를 찾으면 으레 지난 역사의 흥망을 생각한다. 공룡이나 맘모스(매머드)가 지구상에서 사라졌다 하여 슬퍼하는 사람은 없다. 잘해서 흥하고 못해서 망한 역사이지만 그것이 인간의 일이기에 서글픈 것이다. 더군다나 그곳이 전쟁터였다면, 그리고 가을 또 석양 무렵 거기에다가 인적도 없는 낙엽이 진 숲에, 절에서 치는 경소 소리가 들려올 때 고향 생각과 함께 슬프기만 하다.

南朝의 귀족문화는 특히나 화려했다. 梁 武帝 蕭衍(소연, 재위 502 – 549)은 중국 역사상 가장 불교에 심취했던 황제였다. 자신의 몸을 부처님께 시주하였으니 황제이면서 승려였다. 그가 후경의 난에 굶어 죽어야 했으니, 그랬던 역사를 알기에 인간사가 더욱 서글픈 것이다. 그러나 그런 역사의 흐름과 무관한 듯 長江만은 유유히 흘러오고 또 흘러간다.

餞別王十一南遊(전별왕십일남유)

望君煙水闊, 揮手淚霑巾.
飛鳥沒何處, 青山空向人.
長江一帆遠, 落日五湖春.
誰見汀洲上, 相思愁白蘋.

王氏 열한 번째의 남쪽 유람을 전별하며

그대를 향해 물안개 깔린 트인 강에서,
손을 휘젔고 눈물은 수건을 적신다.
날던 새는 어디로 사라졌는가?
그댄 공연히 청산을 바라본다.
長江에 배 한 척 멀리 가서,
落日엔 五湖의 봄을 즐기리라.
누가 보는가? 물 가운데 섬에서,
그리움과 걱정으로 바라보는 흰 마름.

| 註釋 | ○ 〈餞別王十一南遊〉 - 〈王十一의 남쪽 유람을 전별하며〉. 餞은 전별할 전. 사람을 전송하기 위해 음식을 대접하는 뜻. 물론 여비를 보태주기도 한다. 王十一은 왕씨 형제 서열 11번째 사람. 人名 미상. 《全唐詩》 148권과 《唐詩三百首》에도 수록.

○ 望君煙水闊 - 煙水(연수)는 물안개가 피는 水面. 闊은 트일 활. 막힘이 없고 드넓다.

○ 揮手淚霑巾 – 손을 흔들고, 눈물이 수건을 적시고. 霑은 젖을 점. 이별할 때 빠질 수 없는 동작이다.

○ 飛鳥沒何處 – 飛鳥는 何處에서 沒했는가? 없어졌는가?

○ 青山空向人 – 사실은 '人空向青山' 이다.

○ 落日五湖春 – 春은 봄이 되다. 봄이 왔다. 봄을 즐기다. 遠에 호응하여 동사로 새겨야 한다. 五湖는 太湖, 곧 江蘇省 남부와 浙江省 북부에 걸친 호수. 호수의 대부분 水域은 江蘇省의 蘇州市에 속한다. 태호 주변의 도시로는 蘇州, 無錫, 宜興(의흥), 浙江省의 湖州가 있다. 이곳에서 산출되는 太湖石은 정원 장식용 또는 假山을 조성하는데 널리 쓰인다. 태호석은 많은 구멍이 있어 기묘하고 신비한 느낌을 주는데 호수에 잠수하여 캐낸다.

○ 誰見汀洲上 – 汀은 물가 정. 호수 가운데의 모래섬. 洲는 물가 주. 호수나 강의 모래 섬.

○ 相思愁白蘋 – 蘋은 개구리 밥 빈. 떠다니는 水草.

| 詩意 | 首聯은 보내는 사람, 곧 시인의 동작으로 別離의 정을 그렸다. 3, 4구는 떠나가는 王十一의 동작이다. 그냥 망연히 청산을 바라보면서 감정을 통제하고 있다. 5, 6구는 떠나는 사람의 여정을 예상하면서 여로를 걱정해준다. 이어 結聯에서는 떠도는 흰 마름에 서로 그리는 마음을 기탁하였다.

이별의 시에 눈물 흘리는 장면이 들어 있긴 하지만 마치 멋진 풍경화를 그려내듯 담담한 심경으로 이별을 묘사하였다. 첫 구의 望君은 8구의 相思와 호응하면서 그 중간에 이별의 모습과 마음을 전부 다 담았다. 하여튼 自然과의 合一 속에 首尾가 일관되게 호응하며 마주보고 이야기하듯 평이하면서도 진정이 통하는 시라고 할 수 있다.

送李中丞歸漢陽別業(송이중승귀한양별업)

流落征南將, 曾驅十萬師.
罷歸無舊業, 老去戀明時.
獨立三邊靜, 輕生一劍知.
茫茫江漢上, 日暮復何之?

漢陽의 別莊으로 돌아가는 李中丞을 보내며

자리에서 물러난 征南大將軍은,
일찍이 십만 대군을 거느렸었다.
사직하고 돌아가나 옛 터전 없어졌고,
늙어 떠나며 明主의 치세를 그린다.
우뚝 섰을 때 모든 변방이 조용했고,
목숨 바친 마음 그의 칼은 알리라.
망망한 長江과 漢水 수면 위로,
저무는 햇살에 또 어디로 가는가?

| 註釋 | ○ 〈送李中丞歸漢陽別業〉 - 〈漢陽의 別莊으로 돌아가는 李中丞을 보내며〉.

中丞(중승)은 관직 이름, 御使中丞의 약칭. 漢陽은 지금의 湖北省의 省都인 武漢市(華中地區의 最大都市, 長江과 漢水가 시 중심을 통과한다. 옛 武昌, 漢口, 漢陽을 武漢三鎭이라 불렀다.) 別業은 별장. 농장.

○ 流落征南將 – 流落(유락)은 현직에 있지 않는. 征南將은 征南將軍.

○ 曾驅十萬師 – 曾은 일찍이. 驅는 몰 구. 지휘하다.

○ 罷歸無舊業 – 罷는 파직, 직책에서 물러나다. 舊業은 옛 재산.

○ 老去戀明時 – 戀은 그리워하다. 연모하다. 明時는 明主가 통치하던 시대. 盛世.

○ 獨立三邊靜 – 三邊(삼변)은 변방. 靜은 平靜.

○ 輕生一劍知 – 輕生은 생명을 가벼이 하다. 나라를 위해 목숨을 바치다.

○ 茫茫江漢上 – 茫茫(망망)은 아득한 모양. 江漢은 長江과 漢水.

○ 日暮復何之 – 何之는 어디로 가는가?

| 詩意 | 송별의 정을 읊었는데 수련의 前 4句는 李中丞의 직위와 경력, 현재를 소개하고 있다. 그리고 경련에서는 그의 변함없는 충성심과 功業을 칭송하고 있다. 爲國忠誠 하였고 나라를 위해 목숨을 가볍게 여겼던 그 충성은 그의 칼이 알고 있으리라 하였으니 절로 숙연해진다. 그리고 結聯에서야 이별의 모습을 그렸는데 敍景이 곧 敍情이라 할 수 있다. 시인은 석양에 망망한 강물 위에 긴 그림자와 함께 어디로 가느냐면서 老將과 別離의 아픔을 토로하고 있다. 그가 늙은 장군이기에 아마도 이별이 더 서글플 것이다.

結聯의 茫茫(망망)과 何之는 首聯의 流落, 함련의 罷歸(파귀)와 호응하여 別離의 정을 매듭지었다.

尋南溪常山道士隱居(심남계상산도사은거)

一路經行處, 莓苔見履痕.
白雲依靜渚, 春草閉閑門.
過雨看松色, 隨山到水源.
溪花與禪意, 相對亦忘言.

南溪로 常山 도사의 은거를 찾아가다

길 따라 걸어가다 보니,
이끼 위에 신발 자국이 보인다.
백운은 조용한 물가에 떠있고,
春草는 닫힌 문 앞에 무성하다.
비온 뒤 소나무는 윤기가 나고,
산길 따라 깊은 골을 걸어본다.
물가의 꽃에 禪(선)의 뜻이,
서로 마주하니 또 말을 잊었다.

| 註釋 | ○ 〈尋南溪常山道士隱居〉 - 〈남계로 常山 도사의 은거를 찾아가다〉. 一作 〈尋南溪常道士〉.

尋은 찾을 심. 보통 尋訪이라 한다. 南溪의 위치나 지명, 常山道士의 성명 미상. 이 시에서는 상산도사의 모습이나 말이 하나도 없다. 결국 못 만났다는 이야기이다.

○ 一路經行處 - 經行은 지나가다.

○ 莓苔見履痕 – 莓는 나무딸기 매. 이끼. 苔는 이끼 태. 莓苔(매태)는 青苔. 見은 보이다. 履는 신 이(리). 짚신. 밟다. 痕은 흉터 흔. 자취.

○ 白雲依靜渚 – 渚는 물가 저.

○ 春草閉閑門 – 閉閑門(폐한문)은 사람 출입이 거의 없기에 문은 닫혀 있다는 뜻. 春草를 芳草라 한 책도 있다.

○ 過雨看松色 – 비가 지난 다음의 松은 특히 윤기가 흐른다. 비에 씻겼으니 당연히 그럴 것이라 생각할 수 있지만, 이는 경험해 본 사람만이 그 느낌을 안다.

○ 隨山到水源 – 水源은 냇물의 발원지.

○ 溪花與禪意 – 溪花는 계곡에 핀 꽃. 禪은 佛僧의 參禪(참선)이 아니라 '조용히 觀照하고 사색하는 뜻' 으로 새기면 된다.

○ 相對亦忘言 – 시인이 忘言했다는 표현은 心得은 했으나 말로(言辭) 표현을 못한다는 뜻이다. 말(言)이란 뜻(意)에 있는 것이니 得意하면 言辭를 잊을 수 있다.

| 詩意 | 首聯에서는 도사를 만날 희망과 가능성을 묘사하였다. 1, 2구의 그린 묘사는 시 전체에 깔린 배경 사진이다. 3, 4구에서는 도사가 은거하고 있는 곳을 비우고 없는 정경을 설명하고 있으며, 5, 6구는 은거지의 모습, 그리고 7, 8구는 深山의 꽃에서 禪境에 들었음을 묘사하였다.

전체적으로 경치를 묘사한 시이나 그 요점은 '溪花與禪意' 이다. 시인의 敍景은 시인의 意景이다. 도사를 찾아갔으나 도사보다 더 깊은 禪意를 터득하였다. 그럴 수 있는 단초는 바로 계곡에 핀 꽃이다. 꽃은 시인에게 아무 말도 하지 않았는데 시인은 말이 없어도 깨우치는 경지에 도달하였다. 이런 경지는 常山道士와 시인의 정신적 유대나 공감을 말해주고 있다.

독자들은 문자를 읽으면서 시인이 쓴 문자 외의 뜻을 깨닫는다. 시를 읽는 사람이 언제나 시인만 못하지는 않을 것이다. 그러나 시인의 묘사가 독자에게 새로운 詩意를 열어주는 단초가 된다면 그 시는 훌륭한 시일 것이다.

계곡에 핀 꽃과 禪은 서로 관계하지 않는다. 꽃은 꽃이고 道士나 시인의 禪은 그냥 禪이다. 꽃은 다만 그들에게 話頭가 될 뿐이다. 그래서 묘한 것 아닌가?

新年作(신년작)

鄕心新歲切，天畔獨潸然.
老至居人下，春歸在客先.
嶺猨同旦暮，江柳共風煙.
已是長沙傅，從今又幾年.

새해에 짓다

고향 생각은 새해에 더 간절하나니,
하늘 끝에서 혼자서 눈물만 흘리네.
늙도록 남의 아래에서 일하나니,
봄은 나그네보다 먼저 돌아왔네.
산의 원숭이와 아침저녁을 보내고,
강의 버들과 날씨를 같이 겪었네.
이미 옛날 長沙王 태부와 같나니,
올해부터 또 몇 년을 근무할는지?

| 註釋 | ○ 〈新年作〉 – 〈새해에 짓다〉.

이를 宋之問의 作으로 알려진 책도 있다. 이 시는 劉長卿이 52세에 지금의 湖北省 서부의 長陽土家族自治縣에 해당하는 睦州司馬(목주사마)로 폄직되어 근무하며 지은 것이다. 또 숙종 乾元 원년(758)에 潘州(今 廣東省 지역) 南巴縣尉로 근무할 때 지은 시라는 주장도 있다. 하여튼 50세를 전후하여 지방관아의 微官末職

에 근무할 때는 확실하다. 《全唐詩》 147권과 《唐詩三百首》에 수록되었다.

○ 鄕心新歲切 – 鄕心은 고향 생각. 切은 간절하다. 切切하다.

○ 天畔獨潸然 – 畔은 두둑 반. 天畔은 하늘 끝. 먼 변경지역. 潸은 눈물 흐를 산. 潸然(산연)은 눈물을 흘리는 모양.

○ 老至居人下 – 老至는 늙도록. 50세면 늙었다고 할 수 있다. 居人下는 다른 사람 아래에 있다. 하급관리로 근무하다.

○ 春歸在客先 – 봄은 나그네(客, 자신)보다 먼저 돌아왔다. 나는 '아직 봄이 온 것을 못 느끼지만 계절은 이미 봄이다.' 라는 뜻이다.

○ 嶺猨同旦暮 – 猨은 원숭이 원(猿과 同). 嶺猨(영원)은 산에 사는 원숭이. 同旦暮(동단모) – 아침저녁을 같이 보내다.

○ 江柳共風煙 – 共風煙은 바람과 안개를 같이 겪다. 날씨를 같이 하다.

○ 已是長沙傅 – 傅는 스승 부. 長沙傅(장사부) – 長沙王의 太傅. 곧 賈誼(가의, 前 200 – 168). 유명한 政論文인 〈過秦論〉을 지은 사람. 유장경은 자신의 억울함을 가의에 견주었다.

○ 從今又幾年 – 又는 또 우. 이제부터 또 몇 년을 지내야 하나? 돌아갈 기약이 없음을 한탄하고 있다.

| 詩意 | 시인의 감회를 읊은 시이다. 그런데 참 절묘한 표현이다.

늙도록 남의 밑에서 일을 해야 한다. 사실 그럴 경우야 많다. 지방 관아의 太守가 아닌 그 속관으로 근무하는 심정이 오죽하겠는가? 그런데 그것도 자신의 의사와는 관계없이 폄직되었고 또

환경이 열악한 타향이다. 그리고 매일 춥고 배고프며 억울하다. 그러니 무슨 여유가 있어 봄을 느끼겠는가? 그러나 他鄉客이 느끼지도 못하는 사이에 신년이고 新春이다. 봄이 나보다 먼저 와 있다! 생각이 깊지 않고서야 어찌 이런 절묘한 표현을 할 수 있겠는가?

首聯에 新歲는 제목의 新年이다. 신년이 대개 입춘 전후이니 신년은 희망의 새 봄이기에 누구나 즐기고 희망을 갖는 명절이다. 그러나 홀로 눈물을 흘리고 있다.

頷聯(함련)의 감회는 독자에게 슬픔을 안겨준다. 頸聯(경련)은 謫居地(적거지)의 풍경이다. 아침저녁으로 원숭이의 애잔한 울음소리를 듣고 강가의 버들과 함께 비바람을 겪고 있다. 슬픔에 고향 생각은 더 간절해지는데 尾聯(미련)에서도 슬픔뿐이다. 남쪽으로 폄직되어 와서 울분 속에 지내다가 통곡했고, 통곡하다가 죽은 요절한 천재 시인 賈誼(가의) – 가의와 같은 신세이니 돌아갈 희망도 없다.

'從今又幾年' 은 거의 절규처럼 들려온다.

長沙過賈誼宅(장사과가의댁)

三年謫宦此棲遲, 萬古惟留楚客悲.
秋草獨尋人去後, 寒林空見日斜時.
漢文有道恩猶薄, 湘水無情弔豈知.
寂寂江山搖落處, 憐君何事到天涯.

長沙의 賈誼 옛집에 들려

3년간 폄직된 벼슬살이에 여기서 살았다니,
예부터 오로지 楚 굴원의 슬픔이 남은 곳이다.
秋草에 나 홀로 떠난 사람의 자취를 둘러보며,
인적 없는 숲에서 망연히 지는 해를 바라본다.
漢文帝가 治道는 있으나 은택은 되레 각박했고,
湘水도 무정하니 가의의 슬픔을 어찌 알겠는가?
적막한 강산이요 낙엽이 지는 곳에서,
그대를 그리나니 어이하여 하늘 끝에 왔었는가?

| 註釋 | ○ 〈長沙過賈誼宅〉 - 〈長沙의 賈誼 옛집에 들려〉.

賈誼(가의, 前 200 - 168). 前漢 文帝 때 博士가 되어 長沙王의 太傅(태부)를 역임. 유명한 〈過秦論〉과 〈弔屈原賦(조굴원부)〉, 〈鵩鳥賦(복조부)〉를 지었고 《史記, 屈原賈生列傳》에 입전되었다.

○ 三年謫宦此棲遲 - 謫宦(적환)은 流配(유배)되듯 지방으로 밀려난 벼슬살이. 가의는 장사왕의 태부로 3년을 장사에서 생활했

었다. 此는 가의의 古宅. 遲는 늦을 지. 棲遲(서지)는 살다. 새가 둥지에 살듯 잠시 거처하다.

○ 萬古惟留楚客悲 – 萬古는 예로부터. 楚客 – 楚의 나그네. 屈原을 지칭함. 楚客悲는 굴원은 장사의 湘江 멱라수에서 투신자살하였다.

○ 秋草獨尋人去後 – 獨은 홀로, 여기서는 劉長卿 자신. 人去後는 사람이 떠난 후. 옛사람의 자취.

○ 寒林空見日斜時 – 인적 없는 숲에서 지는 해를 망연히 바라보다.

○ 漢文有道恩猶薄 – 漢文은 前漢 文帝. 가의를 등용도 했지만 내치기도 했다. 恩猶薄은 은택은 되레 각박했다. 文帝는 젊은 가의를 높이 평가하여 재상급 직책에 임명하려 했으나 개국 원로들이 반대하며 가의를 헐뜯자 가의를 長沙王의 太傅로 내보냈다.

○ 湘水無情弔豈知 – 湘水(상수)는 長江의 지류인 湘江. 弔는 조상하다. 슬퍼하다. 가의는 〈弔屈原賦〉를 지어 굴원의 죽음을 슬퍼했다.

○ 寂寂江山搖落處 – 搖落(요락)은 낙엽이 지다.

○ 憐君何事到天涯 – 何事는 무슨 일로? 어이하여. 天涯(천애)는 하늘 끝. 먼 변방.

| 詩意 | 이 시는 유장경이 761년 長沙를 지나면서 지은 시로 알려졌다. 漢 文帝의 배척을 받아 장사로 폄직된 가의처럼, 유장경은 南巴(남파)에 폄직되었다가 3년 만에 돌아오는 자신은 똑같다고 생

각하며 가의를 추념하였다. 가의에 대한 연민은, 곧 자신의 벼슬살이에 대한 연민이었다.

이 시에서는 가의의 폄직된 3년과 가의가 자신의 처지와 같다고 조문한 굴원을 언급하고, 600년 가까운 세월이 흐른 지금 자신만이 홀로 그 자취를 돌아본다며 타인에게 잊혀진 가의를 슬퍼하였다. 그리고 漢 文帝의 각박함은, 곧 唐 肅宗의 무정과 같다고 하였다. 그리고 마지막 연에서는 다시 한 번 가의를 슬퍼하였다.

이 시의 핵심은 '憐' 이다. 萬古, 客悲, 秋草, 人去, 寒林, 日斜, 無情, 寂寂 어느 하나 '憐' 과 관련되지 않은 것이 없다.

| 參考 | **賈誼**(가의) – 조숙한 천재의 비극적 죽음.

賈誼(가의, 誼는 옳을 의)는 젊은 나이에 前漢 文帝의 신임과 인정을 받아 22세에 나라의 文獻과 典籍을 관장하는 최연소 博士가 되었는데, 이 직책은 황제의 정사에 관한 顧問(고문) 역할까지 담당했다. 가의의 천재성은 文帝가 감탄할 정도라서 1년 뒤에는 太中大夫로 승진하였다. 가의는 새로운 制禮로 秦(진)의 여러 제도를 대체하려 했고, 文帝도 가의의 제안을 채용하려 했으나 관료와 종실의 반대에 부딪쳐 좌절되었고 기원전 177년에는 長沙王의 太傅(태부)로 좌천된다.

가의는 이런 폄직에 불만을 가질 수밖에 없었다. 가의는 湘江(상강)을 거닐면서 〈弔屈原賦(조굴원부)〉를 지어 억울하게 유배되어 멱라수에 투신한 屈原을 弔喪하였다. 장사왕의 태부로 3년을 지냈는데, 불길한 조짐으로 알려진 鵩鳥(복조, 부엉이)가 집에 날아든 것을 보고 〈鵩鳥賦(복조부)〉를 지었다. 〈弔屈原賦〉와 〈鵩鳥賦〉는 그의 離騷体(이소체) 賦의 대표작이다. 굴원과 가의의 문학을 자랑으로 여기기 때문에, 중국 湖南省의 省都인 長沙市는 '굴원과 가의의 고향' 이라는 뜻으로 '屈賈

之鄕' 이라 하며 굴원과 가의의 유적을 보존하고 있다.

前漢 文帝 7年(기원전 173), 문제는 가의를 洛邑(洛陽)으로 불러들인다. 곧 文帝는 가의를 자신이 가장 아끼는 梁 懷王(회왕)의 太傅(태부)로 임명한다. 가의는 이 무렵 太傅의 책임을 다하면서 각종 政論文을 지어 올리며 자신의 주장을 펴는데 〈治安策〉과 〈論積貯疏〉가 이 시기의 대표적 논술이었고, 문채가 찬란하고 논리가 정연하다는 평을 듣는다. 그러나 文帝 11년(前 169)에 양 회왕이 落馬(낙마)하여 죽는 참사가 일어났고, 가의는 자신이 親王을 제대로 보필하지 못했다며 종일 통곡하기를 1년여 계속하며 우울하게 2년을 지내고, 나이 33세에 죽는다. 司馬遷(사마천)은 《史記 屈原賈生列傳》을 지었고 班固의 《漢書》에도 〈賈誼傳〉이 있다.

自夏口至鸚鵡洲夕望岳陽寄源中丞
(사하구지앵무주석망악양기원중승)

汀洲無浪復無煙，楚客相思益渺然.
漢口夕陽斜渡鳥，洞庭秋水遠連天.
孤城背嶺寒吹角，獨樹臨江夜泊船.
賈誼上書憂漢室，長沙謫去古今憐.

夏口서 앵무주에 도착하여 저녁에 岳陽을 보며 源중승에게 보내다

앵무주 잔잔한 물결에, 또 안개도 없는데,
楚땅의 나그네 그리움은 끝없이 이어진다.
漢口에 석양이 비추고 새는 비껴 날고,
동정호 가을물 저 멀리 하늘에 닿았도다.
孤城은 산을 등졌고 쓸쓸한 뿔피리 소리,
나무는 강가 홀로 섰고 밤배가 머물렀다.
賈誼는 글을 올려 나라를 걱정했는데,
長沙에 귀양 오니 예나 지금이나 가련하도다.

| 註釋 | ○ 〈自夏口至鸚鵡洲夕望岳陽寄源中丞〉 - 〈夏口에서 鸚鵡洲에 도착하여 저녁에 岳陽을 보며 源中丞에게 보내다〉.

夏口는 漢口의 옛 이름. 지금의 湖北省 武漢市. 鸚鵡洲(앵무주)는 옛 武漢의 서남에 있었지만, 지금은 사라진 강 가운데의 섬. 岳

陽은 湖南省 東北部의 도시. 상당히 멀리 떨어져 있어 육안으로는 절대 보이지도 또 볼 수도 없다. 望은 마음속으로 생각하다의 의미. 源中丞은 '元中丞' 으로 된 판본도 있다.

- 汀洲無浪復無煙 – 汀은 물가 정. 汀洲는 앵무주.
- 楚客相思益渺然 – 楚客(초객)은 楚땅의 나그네. 劉長卿 자신. 渺는 아득할 묘. 끝이 없다.
- 漢口夕陽斜渡鳥 – 漢口는 제목의 夏口. 渡鳥는 강을 날아 건너가는 새.
- 洞庭秋水遠連天 – 連天은 하늘에 닿다.
- 孤城背嶺寒吹角 – 孤城은 한양성. 背嶺(배령)은 산을 등지고 있는.
- 長沙謫去古今憐 – 謫去(적거)는 유배되다. '古今憐' 에서 古는 가의에 대한 사람들의 憐憫(연민)이고, 今은 자신에 대한 주변인의 연민이다. 곧 가의나 자신이나 연민의 대상이라는 점에서 同一視의 감정을 말하고 있다.

| 詩意 | 수련은 제목의 그 장소에서 그간 우정을 나눈 元中丞이 한없이 그립다고 하였다. 함련과 경련은 저녁의 풍경을 읊었다. 頸聯에서는 시인이 나그네로서 경치를 보며 읊었고, 頸聯에서는 시인이 주관자의 입장에서 情景을 서술하였다.

그리고 미련에서는 역시 賈誼를 동정하면서 자신의 不遇를 토로하였다. 가의는 上書했기에 폄직된 것이 아니라 폄직된 뒤에 상서하여 다시 장안의 중앙무대로 복귀하였다. 아마 유장경이 사건의 전후를 잠깐 착각했을 것이다. 이 시는 《全唐詩》 151권과 《唐詩三百首》에 실려 널리 알려졌다.

江州重別薛六柳八二員外(경주중별설육유팔이원외)

生涯豈料承優詔，世事空知學醉歌.
江上月明胡鴈過，淮南木落楚山多.
寄身且喜滄洲近，顧影無如白髮何.
今日龍鍾人共棄，媿君猶遣愼風波.

江州에서 薛六과 柳八의 두 員外와 다시 이별하다

생전에 두터운 성은을 받을 줄 어찌 알았겠나?
세상에 공연히 술취해 부르는 노래만 배웠다.
강위에 달은 밝고 북쪽의 기러기 날아가는데,
淮南에 낙엽 지니 楚땅에 봉우리 많아졌도다.
타향에 살며 또 바닷가서 기꺼이 지내겠지만,
거울속 뵈는 백발을 내가 어이 하겠는가?
오늘에 이리 늙고 병들어 남이 모두 버린 몸,
그대가 풍파 조심하란 당부하니 되레 부끄럽다오.

| 註釋 | ㅇ 〈江州重別薛六柳八二員外〉 - 〈江州에서 薛六과 柳八의 두 員外와 다시 이별하다〉.

江州는 江西省 九江市. 重別은 다시 헤어지다. 두 번째 지은 이별의 시. 薛은 맑은 대 쑥 설. 성씨. 薛六柳八의 六과 八은 排行. 人名 미상. 員外는 員外郎의 줄임. 정원 외의 관직이라는 뜻. 상서성 소속. 從 6품에 해당.

○ 生涯豈料承優詔 – 料는 되질할 요(료). 헤아리다. 생각하다. 優는 넉넉할 우. 優詔(우조)는 황제의 특별한 조서. 유장경이 南巴(今, 廣東省 서남부의 茂名市 – '南方油城' 으로 불리는 華南地區 最大 석유화학 기지)로 폄적된 것을 이렇게 표현했다.

○ 世事空知學醉歌 – 學醉歌는 취해서 노래하기를 배우다. 인생을 성실하게 살지는 않았다고 자신의 인생 역정을 고의로 비하하는 표현.

○ 江上月明胡鴈過 – 胡鴈(호안)은 胡地에서 날아온 기러기.

○ 淮南木落楚山多 – 淮南 지금 시인이 있는 江州. 木落楚山多는 가을이라 낙엽이 지니 산이 더 많아 보인다는 시적 표현.

○ 寄身且喜滄洲近 – 滄洲近(창주근)은 滄海(창해) 부근의 땅, 바다에 가까운 任地. 자신이 폄직되어 부임할 그곳에 대한 표현.

○ 顧影無如白髮何 – 顧影(고영)은 거울을 보다. 無如～何 – ～을 어찌해야 하나? 여기서는 백발을 어찌해야 하는가? 나로서도 어찌할 수 없다는 한탄의 뜻.

○ 今日龍鍾人共棄 – 龍鍾(용종)은 늙고 병든 모양. 失意한 모양. 人共棄는 타인들로부터 소외된다는 뜻. 棄는 버릴 기. '人共老' 로 된 판본도 있다.

○ 媿君猶遣愼風波 – 媿는 창피를 줄 괴. 부끄럽다. 君은 薛六과 柳八의 두 사람. 遣은 보낼 견. 말해주다. 愼風波(신풍파)는 풍파를 조심하다. 먼 여행길의 풍파와 벼슬살이에서의 풍파라는 두 가지로 해석 가능.

| 詩意 | 아무리 '聖恩이 망극하옵니다.' 라는 말을 입에 달고 살아야

했던 그때 사람들이었지만 화가 나면 은근히 풍자를 해야만 했을 것이다. 폄직되어 그 험한 남방으로 가면서 사직을 하지 않은 것은 언젠가 다시 돌아올 수 있으리라는 기대 때문일 것이다.

1, 2구에서 자신을 밀어낸 사람, 그리고 그런 사람들과 적당히 어울리지 못한 자신을 탓해서 '重別' 하는 이유를 밝혔다.

3, 4구에서는 이별하는 계절 시간 장소를 밝혔다.

5, 6구에서는 자신이 폄직되어 가는 곳과 자신의 근황을 말하면서 늙음을 한탄하였다.

이어 7, 8구에서는 이미 늙은 몸이지만 두 사람으로부터 세파에 조심하라는 말을 듣는 것이 부끄럽다며 이별을 마무리 하였다. 《全唐詩》 151권에 수록.

〈저자 약력〉

도연 진기환(陶硯 陳起煥)

서울 대동세무고등학교장 역임

《三國演義》 원문읽기 (2020년), 《新譯 王維》 (2016년), 《唐詩絶句》 (2015년), 《唐詩逸話》 (2015년), 《唐詩三百首 (上·中·下)》 (2014년. 공역), 《金瓶梅 評說》 (2012년), 《上洞八仙傳》 (2012년), 《三國志 人物 評論》 (2010년), 《水滸傳 評說》 (2010년), 《中國人의 俗談》 (2008년), 《儒林外史》 (抄譯) 1권 (2008년), 《三國志 故事名言 三百選》 1권 (2001년), 《三國志 故事成語 辭典》 1권 (2001년), 《東遊記》 (2000년), 《聊齋誌異(요재지이)》 (1994년), 《神人》 (1994년), 《儒林外史》 (1990년)

《완역 漢書》 八表 / 十志. 5권. 近刊 예정, 《正史 三國志》 全 6권 (2019년), 《완역 後漢書》 全 10권 (2018 - 2019년), 《완역 漢書》 全 10권 (2016 - 2017년), 《十八史略》 5권 중 3권 (2013 - 2014년), 《史記人物評》 (1994년), 《史記講讀》 (1992년)

《孔子聖蹟圖》 (2020년), 《論語名言三百選》 (2018년), 《論述로 읽는 論語》 (2012년), 《중국의 神仙 이야기》 (2011년), 《아들을 아들로 키우기 / 가정교육론》 (2011년), 《三國志의 지혜》 (2009년), 《三國志에서 배우는 인생의 지혜》 (1999년), 《中國人의 土俗神과 그 神話》 (1996년)

唐詩大觀(당시대관) [3권]

초판 인쇄 2020년 9월 15일
초판 발행 2020년 9월 25일

편　　역 | 진기환
발 행 자 | 김동구
디 자 인 | 이명숙 · 양철민
발 행 처 | 명문당(1923. 10. 1 창립)
주　　소 | 서울시 종로구 윤보선길 61(안국동)
우체국 010579-01-000682
전　　화 | 02)733-3039, 734-4798, 733-4748(영)
팩　　스 | 02)734-9209
Homepage | www.myungmundang.net
E-mail | mmdbook1@hanmail.net
등　　록 | 1977. 11. 19. 제1~148호

ISBN 979-11-90155-53-3 (94820)
ISBN 979-11-90155-50-2 (세트)
25,000원

* 낙장 및 파본은 교환해 드립니다.
* 복제불허